Isaac Blum

Ruhm und Verbrechen des Hoodie Rosen

ISAAC BLUM

RUHM UND VERBRECHEN DES
HOODIE ROSEN

Aus dem Amerikanischen
von Gundula Schiffer

Für meine Eltern

Begriffserklärungen unter www.beltz.de/hoodie

Dieses Buch ist erhältlich als:
ISBN 978-3-407-75721-0 Print
ISBN 978-3-407-75722-7 E-Book (EPUB)

© 2022 Beltz & Gelberg
in der Verlagsgruppe Beltz · Weinheim Basel
Werderstraße 10, 69469 Weinheim
Die Verlagsgruppe Beltz behält sich die Nutzung ihrer Inhalte für Text und
Data Mining im Sinne von § 44b UrhG ausdrücklich vor.
Alle deutschsprachigen Rechte vorbehalten
© 2022 by Isaac Blum
Zuerst erschienen unter dem Originaltitel
The Life and Crimes of Hoodie Rosen
bei *Philomel Books,* einem Imprint von Penguin Random House LLC, 2022
By Arrangement with *The Deborah Harris Agency*
Übersetzung: Gundula Schiffer
Lektorat: Matthea Dörrich
Neue Rechtschreibung
Umschlagillustration: Dana Lédl
Druck und Bindung: Beltz Grafische Betriebe, Bad Langensalza
Beltz Grafische Betriebe ist ein klimaneutrales Unternehmen (ID 15985-2104-100).
Printed in Germany
1 2 3 4 5   26 25 24 23

Weitere Informationen zu unseren Autor:innen und Titeln finden Sie unter:
www.beltz.de

KAPITEL 1
in dem ich Tu B'Av feiere und den ersten Schritt in mein eigenes Verderben gehe

Später versuchte ich Rabbi Moritz zu erklären, was ironisch daran war, dass ich ausgerechnet durch mein schreckliches Verbrechen die ganze Gemeinde gerettet hatte. Er begriff es nicht, entweder weil er zu verärgert war oder weil er andere Dinge im Kopf hatte oder weil der Mann einfach keinen Sinn für Humor hat.

Heute finde ich es nicht mehr lustig – diese Sache hat mein Leben zerstört, mich auf die Intensivstation gebracht und mich und meine Familie zutiefst gedemütigt. Aber damals fand ich es lustig.

Alles begann an Tu B'Av, an einem der etwas merkwürdigeren jüdischen Feiertage. Ich bin orthodox, aber selbst ich könnte nicht spontan erklären, was wir an diesem Tag eigentlich feiern. Es fiel mir erst wieder ein, als ich aus dem Fenster blickte und das Mädchen in Weiß entdeckte. Sie stand auf dem Bürgersteig der gegenüberliegenden Straßenseite.

Es war im Halacha-Unterricht, in dem wir jüdisches Recht und jüdischen Lebenswandel lernten. Wir sprachen gerade über das rituelle Händewaschen. Rabbi Moritz schritt vor dem Whiteboard auf und ab, las aus dem Schulchan Aruch vor und schrieb gelegentlich etwas auf Hebräisch oder Englisch an die Tafel.

Ich war ein bisschen abgelenkt, weil Mosche Zvi neben mir sein Müsli schlürfte, und außerdem ein bisschen abgelenkt, weil Ephraim Reznikov laut, aber nicht exakt synchron mit Rabbi

Moritz in seinem Schulchan Aruch las. Vor allem aber war ich abgelenkt, weil mir verflixt noch mal nicht einfallen wollte, was Tu B'Av eigentlich für ein Fest war.

Meinen Kumpel Mosche Zvi konnte ich nicht fragen, der würde mich auslachen, weil ich das nicht wusste. Mosche Zvi ist Meister im Talmud. Das ist kein offizieller Titel, aber der Kerl lernt echt hart und gibt dir das Gefühl, dass du ein dummer Schmock bist, wenn du nicht so viel weißt wie er. Also starrte ich weiter aus dem Fenster, als läge die Antwort draußen auf der Straße. Und das tat sie.

Denn jetzt tanzte das Mädchen, bewegte die Hände, ließ sachte die Hüften kreisen.

Was mich daran erinnerte, dass Tu B'Av etwas mit tanzenden Mädchen und der Weintraubenernte zu tun hatte – die Weinernte war in biblischen Zeiten ein echtes Highlight. Während der Weinernte zogen alle unverheirateten Mädchen von Jerusalem in die Weinberge hinauf, wo die Ernte stattfand. Sie tanzten und trugen nichts als schlichte weiße Gewänder. Weil alle diese Mädchen schlichte weiße Gewänder trugen, wussten die Jungen nicht, ob die Mädchen reich oder arm waren, ja nicht einmal, welchem Stamm sie angehörten. Unter diesen fairen Wettbewerbsbedingungen konnten die Jungen eine Frau wählen, ohne darüber nachzudenken, ob sie womöglich arm war oder irgendeinem unliebsamen Stamm angehörte.

Das Mädchen draußen trug kein weißes Gewand, denn wir waren im 21. Jahrhundert. Sie trug ein weißes T-Shirt, das ihre dünnen Arme frei ließ. Das Shirt reichte bis knapp über die verwaschenen Shorts, die so kurz waren, dass man ziemlich viel von ihren nackten Beinen sehen konnte. Dazu trug sie weiße, blau gestreifte Adidas-Sneakers.

Sie tanzte. Doch für wen tanzte sie? Außer einem kleinen weißen Hund war niemand mit ihr auf dem Bürgersteig. Ich fand dieses Verhalten seltsam, aber vielleicht tanzten nichtjüdische Mädchen ja die ganze Zeit vor ihren Hunden. Ich hatte keine Ahnung. Nichtjüdische Mädchen sollte ich sowieso gar nicht anschauen. Vermutlich gab es auch jüdische Mädchen, die sich so kleideten, aber bestimmt keines von denen, die ich kannte. Und falls sie ein jüdisches Mädchen war, das sich derart kleidete, dann war es mir ebenfalls nicht erlaubt, sie anzuschauen.

Als sie mit dem Tanzen fertig war, ging sie zu einem Baum hinüber, bückte sich und hob ein Telefon auf. Hatte sie ihren Tanz gefilmt? Sie stand auf, sah herüber und unsere Blicke trafen sich. Oder zumindest kam mir das so vor. Als sie zu mir – oder zur Schule – aufschaute, sah ich unwillkürlich weg und zur Tafel, zu Rabbi Moritz. Der Kontrast zwischen Rabbi Moritz und dem Mädchen hätte krasser nicht sein können. Er trug einen schweren schwarzen Anzug und hatte einen gewaltigen Bart. Außerdem sabberte Moritz ein bisschen, wenn er sprach. An seiner Unterlippe hing ein wenig Speichel.

»Welchen Grund«, fragte der Rebbe, »nennt uns dieser Text für das Händewaschen morgens nach dem Aufstehen? Warum müssen wir das tun, noch bevor wir vier Ellen gegangen sind?«

Reuven Miller dachte eifrig mit. »In der Nacht sind wir bösen Geistern, die über uns kommen, ausgeliefert. Darum müssen wir diese Geister abwaschen.«

»Großartig. Es ist genau wie Reuven gesagt hat: Über Nacht waren wir verwundbar«, fuhr Moritz fort, er überschlug sich fast vor Aufregung, verweilte einen Moment auf dem Wort »verwundbar«, bevor er mit »nicht nur für die Geister des Bösen, sondern für was noch?« den Rest des Satzes hinterherschleuderte. Gleich darauf erhob er wieder die Stimme und die Frage »Was noch?« wurde ein schriller Quiekser.

Wieder Miller: »Die Geister sind gekommen, und je nachdem, wie man es liest, haben uns die Seelen dafür über Nacht verlassen, stimmt's?«

»Richtig. Unsere Seelen sind uns durch die Hände entschlüpft. Doch wenn wir sie reinigen und das ›Mode Ani‹-Gebet sprechen, uns damit bedanken, kehren die Seelen zu uns zurück und wir sind bereit, Haschem zu dienen.« Alles, was Moritz sagte, lief immer wieder darauf hinaus, dass man Gott dienen müsse.

»Und wenn man Handschuhe anhat?«, fragte Mosche Zvi. Er war noch nicht fertig mit seinem Müsli, machte aber eine Pause, gestikulierte mit seinem Plastiklöffel und tropfte dabei Milch über seinen Tisch. »Ich meine, beim Schlafen. Muss man sie dann trotzdem waschen?«

Rabbi Moritz hielt mit dem Schreiten durch den Raum kurz inne. »Das ist eine gute Frage«, sagte er. »Vom Text ausgehend würde ich sagen, die Handschuhe verhindern, dass deine Seele den Körper verlässt. Obwohl es natürlich unpraktisch wäre, mit Handschuhen zu schlafen.«

»Okay«, sagte Mosche Zvi und kratzte sich an seinem kahlen Kinn. »Und was ist, wenn die Handschuhe ein kleines Loch haben? Welche Ausmaße hat unsere Seele? Kann man sie … zusammenquetschen?«

»Die Frage ist gar nicht, wie groß das Loch in den Handschuhen ist, sondern vielmehr, ob sich derjenige, der die Handschuhe trägt, des Loches *bewusst* ist oder nicht«, sagte Rabbi Moritz.

Das ist immer die Frage. Das Judentum hat einfach für alles Gesetze, angefangen dabei, wie du deine Tiere schlachtest, über wie man Fernsehen schaut, ohne den Schabbos (so heißt unser Schabbat, unser Ruhetag, auf Jiddisch) zu brechen, bis hin zu wann und wie lange du an Fastentagen (wovon es viele gibt) nichts essen darfst. Aber der Trick ist, dass du diese Gesetze nur befolgen musst, wenn du davon weißt. Wenn du Jude bist, aber nicht *weißt*, dass du Jude bist, musst du keines dieser Gesetze befolgen. Das ist so, als würdest du ins Kaufhaus gehen, einen Haufen Dinge stehlen, und wenn dann die Polizei käme, um dich festzunehmen, würdest du sagen: »Warten Sie, ich *wusste* nicht, dass man das Zeug hier nicht mitnehmen darf, ohne zu zahlen«, woraufhin die Polizei sagen würde: »Oh, okay, bitte entschuldigen Sie vielmals. Einen schönen Tag noch. Und viel Spaß mit dem Gratisfernseher.«

Ich hatte eine Frage an den Rebbe, aber ich war zu sehr damit beschäftigt, aus dem Fenster zu sehen, und so entglitt sie mir. Genau wie das Mädchen – es war weg.

»Und was, wenn das Loch ziemlich groß ist?«, fragte Mosche Zvi. »So groß, dass man nicht glaubhaft behaupten kann, es nicht bemerkt zu haben? Vielleicht hält man die Hand mit der löchrigen Seite nach unten, sodass man es nicht sieht, aber man fühlt das Loch.«

»Dann muss man die Hände waschen.«

Rabbi Moritz nahm wieder das Buch zur Hand und wollte gerade umblättern, doch Mosche Zvi war noch nicht zufrieden. »Was, wenn Hoodie mit Handschuhen schläft und er weiß, sein Handschuh hat ein Loch, aber dann schlage ich ihm mit einem Eisenrohr auf den Kopf und wegen des Schädel-Hirn-Traumas vergisst er das Loch in seinem Handschuh?«

Rabbi Moritz überlegte, nickte mehrmals bedächtig mit dem Kopf. »Das würde davon abhängen, in welchem Geisteszustand er sich nach dem Erwachen befindet. Können wir weitermachen?«

»Nein«, sagte Mosche Zvi. »Wir müssen darüber sprechen, was ist, wenn man mit Fäustlingen schläft.«

»Oi, Moischeee.«

Moritz fuhr fort. Nun erklärte er uns, wie man beim Händewaschen korrekt vorgeht. Ich hörte nicht zu, zum einen, weil ich es machen konnte, wie ich wollte, wenn ich nicht wusste, wie es richtig ging. Vor allem aber, weil ich noch immer ganz abgelenkt war, aus dem Fenster starrte und nach dem Tu-B'Av-Mädchen in Weiß Ausschau hielt. Jetzt, da sie verschwunden war, konnte ich nicht sicher sein, dass ich sie auch wirklich gesehen hatte. Sie konnte auch bloß meiner Fantasie entsprungen sein, ein Hirngespinst meiner Gedanken über Tu B'av, so wie sich mein Geist ein tanzendes Traubenernte-Mädchen ohne erkennbare Stammeszugehörigkeit von heute vorstellte.

Ich musste es unbedingt rausfinden.

Also erhob ich mich von meinem Platz. Mosche Zvi reichte mir seine Müslischüssel aus Styropor, als ich an ihm vorbeiging. Ich verließ den Raum und schlürfte währenddessen den süßen Rest Milch. Draußen warf ich die Schüssel in den Mülleimer und setzte meinen schwarzen Hut auf.

Wenn ich Spaziergänge unternahm, trug ich immer gern das Sakko meines Anzugs und den Hut. Denn ich wollte klug und edel aussehen. »Ehrenwert« war das Wort, das mein Vater dafür benutzte.

Es war noch immer Sommer, das Viertel roch nach gemähtem Gras. In der Ferne brummte ein Mäher. Eine angenehme Brise wiegte die Bäume, welche die Straßen säumten.

Für gewöhnlich stromerte ich langsam, in meine Gedanken versunken, umher. Achtete nicht darauf, wo ich war oder wohin ich ging. Aber heute hatte ich ein Ziel und schritt das Netz der Straßen auf systematische Weise ab, vergewisserte mich, dass ich auch wirklich in jede Straße hineinschaute.

Ich entdeckte sie auf der Cellan. Sie zerrte an der Leine, versuchte den Hund weiterzuziehen, aber das kleine Geschöpf hatte etwas Interessantes an einem Baumstamm gerochen, stürzte sich darauf und hielt mit seinem Gewicht gegen.

Ich ging langsam auf sie zu, wurde mit jedem Schritt nervöser. Ich hatte noch nie mit einem Mädchen aus dem Viertel gesprochen. Jeschiva-Schüler dürfen nicht mit Mädchen sprechen, schon gar nicht mit solchen, die so angezogen waren wie dieses. Ich *wollte* nicht wirklich mit ihr sprechen. Es war eher so, dass ich es *musste*. Etwas zog mich wie so ein Science-Fiction-Traktorstrahl zu ihr hin.

Es war Tu B'Av. Sie war weiß gekleidet. Vielleicht wollte Gott es so.

Sie kämpfte zu sehr mit dem Hund, um mich kommen zu sehen. Ich überlegte, wie ich am schlauesten ein Gespräch anfangen könnte. »Ähm«, sagte ich. Mehrere exzellente Optionen hatte ich erwogen und mich jetzt für die beste entschieden.

»Oh«, sagte sie und schaute auf.

Der Hund nutzte die Gelegenheit, drängte zu dem Baum und beschnüffelte ihn geräuschvoll. Während das Mädchen mich anstarrte, pinkelte der Hund an den Baum.

Das Mädchen sah mich an, als hätte ich acht Köpfe.

»Schicker Hut«, sagte sie.

Sie hatte dunkle, braune Augen und hatte die pechschwarzen Haare hinten mit einem Haargummi zusammengebunden.

»Danke«, sagte ich. »Es ist ein Borsalino.« Der Hut war das Wertvollste, das ich besaß, ein Bar-Mizwa-Geschenk von meinen Eltern. Als sie nicht antwortete, erzählte ich ihr, dass das ein italienischer Hut war.

»Okay«, sagte sie.

Ich trat von einem Fuß auf den anderen. Ich schwitzte. Die Brise hatte sich gelegt und es war glühend heiß draußen, wahrscheinlich war das der Grund.

Ich wollte weg. Und ich merkte, dass sie auch wegwollte. Als der Hund an der Leine zerrte, erschien ein Ausdruck der Erleichterung auf ihrem Gesicht, und sie machte einen Schritt von mir weg.

»Wie heißt der Hund?«, fragte ich. Ich hatte nicht vorgehabt, zu fragen. Ich hatte vorgehabt, nichts zu sagen. Ich hatte vorgehabt, sie gehen zu lassen, damit ich den Rest meines Lebens in Frieden leben konnte, ohne jemals wieder in so eine unangenehme Situation zu geraten. Aber ich hatte etwas gesagt, geradezu gegen meinen Willen.

»Borneo«, sagte sie. »Ich mag die Insel.«

Ich hatte niemals von Borneo gehört, aber ich wollte nicht, dass sie das wusste. »Oh ja«, sagte ich, »die Insel. Im ... Ozean.« Denn da sind doch die Inseln, nicht wahr? Im Ozean. »Wie heißt du?«, fragte ich, bevor ich mich selbst bremsen konnte.

»Anna-Marie.« Und sie sagte auch einen Nachnamen, Diaz-irgendwas, aber den bekam ich nicht mit.

»Mist«, sagte ich. In diesem Moment hatte ich keinerlei Kontrolle über meine Worte.

»Hä?«, fragte sie.

Als ich sie nach ihrem Namen fragte, hoffte ich, sie könnte eine Chaja oder Ester sein. Aber nein. Sie war eine Anna-Marie. Anna allein hätte noch einen Hoffnungsschimmer bedeutet. Durch die Shorts wusste ich, dass sie keine streng praktizierende Jüdin, definitiv nicht frum war wie ich. Aber Anna ohne Bindestrich hätte zumindest jüdisch, wenn auch säkular sein können.

Hier in der Umgebung lebten einige säkulare Juden. Es gab eine Reformsynagoge und einen Feinkostladen in der nächsten Stadt.

Aber Anna-*Marie*? Goijischer hätte ihr Name nicht sein können.

Als Anna-Marie an der Hundeleine zog, kam über dem Kragen ihres Shirts ein Kreuz zum Vorschein. Es wippte an einer Silberkette genau über ihrem nackten Schlüsselbein. Ich betrachtete es verzweifelt.

Sie wollte weitergehen.

»Ich bin Hoodie«, sagte ich.

»Hoodie?«

»Wie der Pulli.« Ich machte eine Bewegung, als wollte ich mir eine Kapuze über den Kopf ziehen.

Anna-Marie hielt mir ihre Hand hin, ich blickte darauf. Sie hatte schmale Finger, jeder Nagel war sorgfältig aquamarinblau lackiert. Aqua-marine. Anna-Marie. Wie gern hätte ich Anna-Maries aquamarinblaue Hand genommen. Ich sah mich um, ob irgendjemand zuschaute. Da war niemand. Aber ich konnte es trotzdem nicht tun. Ich war ein Bar Mizwa, ein religiös mündiger jüdischer Junge, und nicht mit ihr verheiratet. Also starrte ich sie nur an, bis sie die Hand zurückzog.

»Okay, Hoodie. Borneo und ich gehen jetzt.«

»Wohnst du hier in der Nähe?«, fragte ich.

»Nein. Ich habe mir ein Taxi genommen, um mit dem Hund hier spazieren zu gehen.«

Ich lachte, und die Anspannung löste sich ein wenig. »Blöde Frage«, sagte ich. »Es war schön, dich kennenzulernen, Anna-Marie.«

Sie ging ein Stück weiter, dann drehte sie sich um. »Hey«, sagte sie und zog ihr Telefon aus der Tasche: »Was ist dein Insta-Name? Dann folge ich dir.«

Ich wusste, sie meinte Instagram, diese Video- und Foto-App, die die Leute auf ihren Smartphones haben. Ich durfte das nicht benutzen, aber das sollte sie nicht wissen. Ich griff in meine Tasche und holte ebenfalls mein Telefon heraus.

Als sie es sah, leuchtete ein breites Lächeln über Anna-Maries ganzes Gesicht. Dann begann sie zu lachen. »Du hast ein *Klapphandy??*«, sagte sie. »Warte, warte. Einen Moment. Da muss ich ein Foto von machen. Das glaubt Cassidy *nie*.«

Ich lächelte für Anna-Maries Foto, glücklich, dass sie sich für mich interessierte. Denn ich interessierte mich für sie. Ihre Fingernägel. Das Lächeln auf ihrem ganzen Gesicht.

»Das ist so süß.«

Sie fand mich süß. Ich lächelte sie an. Ich fand sie auch süß.

»Das Telefon«, stellte sie klar. »Schau mal, wie *klein* das ist. Wie so ein Babyphone. Weißt du was«, sagte sie, immer noch lachend, »meine Oma hat auch so ein Klapphandy. Ihr zwei solltet euch echt mal kennenlernen. Dann könnt ihr euch SMS schicken und Bücher in Großdruck lesen.«

Jetzt wurde Anna-Marie von ihrem eigenen Lachen überwältigt. »Ihr zwei könntet euch um vier Uhr zum Abendessen treffen, die Speisekarte mit einer Lupe lesen und dabei über Strickmuster plaudern.«

Mir war bewusst, dass sie sich über mich lustig machte. Ich hätte verärgert sein sollen. Aber das war ich nicht. Ich war bereit, mich mit Anna-Maries Oma zu treffen. Ich würde definitiv mit ihrer Oma abendessen gehen, solange das Restaurant koscher war. Ich würde mich vorher extra übers Stricken informieren, damit uns auf keinen Fall der Gesprächsstoff ausginge. Hoffentlich würde Anna-Marie dann auch kommen, sie dürfte mich gern die ganze Zeit verspotten, während ich sämtliche Kleiderschichten durchschwitzte.

»Großartig«, sagte ich. »Sag ihr, sie soll mich anrufen.«

Anna-Marie winkte nur zum Abschied. Ich sah zu, wie Borneo sie die Straße hinunterzog. Sie verschwand um die Ecke zur Rhyd Lane.

»Jehuda.«

Ich schaute auf und erblickte Rabbi Moritz. Wenn ein Schüler während der Schulzeit einen Spaziergang machen ging, bedeutete das normalerweise, dass er irgendetwas auf dem Herzen hatte. Wenn er nicht rasch zurückkam, ging der Rabbi ihm nach, um zu sehen, ob alles in Ordnung war oder ob es etwas gab, über das der Schüler reden wollte. Ich musste eine ganze Weile draußen gewesen sein.

»Hi, Rebbe. Das ist ein besonders interessanter Baum, meinen Sie nicht auch? Er steht auf meiner Shortlist für den besten Baum im Viertel.«

»Alles in Ordnung, Jehuda?«

»Mir geht's gut.«

»Etwas auf dem Herzen?«, fragte Moritz.

Ich hatte exakt eine Sache auf dem Herzen, also sagte ich nichts.

»Mosche Zvi wollte dir nicht ernsthaft den Kopf einschlagen.«

»Wissen Sie, wo Borneo liegt, Rebbe?«, fragte ich ihn.

»Nein«, sagte er.

»Im Ozean«, erzählte ich ihm. »Es ist eine Insel. Inseln liegen im Ozean …«

»Komm«, sagte Rabbi Moritz. »Es ist Zeit, zu beten. Gehen wir zurück in die Schule, dann kannst du mir von den Bäumen auf deiner Liste erzählen.«

Ich drehte mich um und folgte ihm die Straße hinunter.

In der Schule kamen wir jetzt zur Mincha, zu den Nachmittagsgebeten, zusammen. Ich betrat das Beis Medrasch und nahm meinen Platz neben Mosche Zvi ein. Wie immer betete er inbrünstiger als jeder andere, das Gebetbuch gegen die Nase gepresst, schaukelte er auf und nieder, dass seine blauen und weißen Zizit nur so tanzten.

Doch ich fand kaum in die Gebete hinein. Ich versuchte, mich auf das »Aleinu« zu konzentrieren, meinen Gott zu preisen und zu erkennen, aber ich vergaß beinahe, mich zu verbeugen. Und das Spucken, das Mosche Zvi und ich immer gleichzeitig tun, verpasste ich ganz.

Wir spucken nicht wirklich, denn das Beis Medrasch hat einen Teppichboden. Aber wir geben alle so einen Laut von uns, als würden wir spucken, machen »pss« mit der Zunge gegen die Vorderzähne. Es ist eine Geste des Protests, die an die christliche Zensur jüdischer Gebete erinnert, wenn man an einer bestimmten Stelle in der Rezitation spuckt. Alte Synagogen haben besondere Spucknäpfe eigens für diesen Zweck, was ziemlich cool ist, weil »Spucknapf« ein tolles Wort ist und es vermutlich überall Spucknäpfe geben sollte.

Mosche Zvi hat ein paar Mal echt gespuckt, richtige große Bäusche von Spucke direkt auf den Teppich vor seine Füße. Und hat keinen Ärger bekommen. Für Überfrömmigkeit bekommst du keinen Ärger. Du könntest sogar eine lebendige Ziege für Pessach opfern, und dann, wenn sich eine Pfütze Blut um die Füße des verendeten Tieres sammelte, die Beine ein letztes Mal zuckten, würden die Rabbis sagen: »Nun, der Junge beweist echte Hingabe.«

Nicht die Reinigungsaktion bewirkte, dass Mosche Zvi das Spucken sein ließ. Erst als die anderen Jungen um ihn herum anfingen, ihm auf die Füße zu spucken, überlegte Mosche Zvi es sich noch einmal. Seine offizielle Begründung lautete: »Wenn wir das Spucken als Auflehnung gegen die Nichtigkeit der Ungläubigen betrachten, dann kann ich es rechtfertigen, aber wenn wir es bloß als Protest gegen mittelalterliche Verfolgung ansehen, dann hat es seine Grundlage weniger im jüdischen Gesetz als vielmehr in der weltlichen Tradition, sodass die Übertragung in eine bloße Pantomime legitim ist. Ich glaube, es war Rabbi Ismar Elbogen, der sagte –«

»Bist du dir sicher, dass es nicht einfach an Reuven liegt, der dir auf den Schuh gespuckt hat?«, fragte ich ihn.

»Ziemlich sicher«, sagte Mosche Zvi.

»Ganz gewiss?«

»Was ist gewiss, Hoodie?«, fragte er.

Als die Mincha zu Ende war, hängte ich meinen Fedora an seinen Haken und spazierte aus dem Beis Medrasch hinaus in die Sonne. Ich musste zum Unterricht zurück ins Hauptgebäude, aber ich war mir sicher, dass ich für den Rest des Tages nichts mehr lernen würde.

KAPITEL 2
in dem ich dir meine Familie vorstelle

Aus leicht nachzuvollziehenden Gründen kannst du meine Familie nicht wirklich *kennenlernen*. Ich werde dir nur von ihr erzählen. Fangen wir mit mir an. Denn ich gehöre zu meiner Familie.

Die meisten Leute nennen mich bei meinem Spitznamen Hoodie. Mein Vorname ist Jehuda, die hebräische Version von Juda, ein Sohn Jakobs. Er ist vor allem dafür bekannt, dass er aus Eifersucht seinen Bruder Joseph in eine Grube warf. Aber ich habe keinen Bruder, also steht auch nicht zu befürchten, dass ich einen solchen in die Grube werfe.

Mein Nachname ist Rosen.

Du hast dir vielleicht im Geiste vorgestellt, wie ich aussehe. Wenn du dich an stark übertriebenen jüdischen Stereotypen orientierst, dann liegst du goldrichtig. Masel tov. Ich bin ein wandelnder Bar Mizwa: mit dunklen Locken und einer ziemlich prägnanten Nase. Ich bin dünn und etwa durchschnittlich groß. Und obwohl ich nicht besonders schnell bin, lege ich beim Basketball jedes Mal einen geschmeidigen linkshändigen Sprungwurf hin. In unserer Schulmannschaft ist nur Chaim Abramowitz ein noch besserer Werfer als ich. Wir sind die einzigen Zehntklässler, die in der Unimannschaft trainieren dürfen.

Die Tatsache, dass ich keine langen Schläfenlocken trage, ist wohl das Einzige, womit ich die Stereotypen breche. Meine Familie ist orthodox. Streng praktizierende Juden. Frum sogar.

Aber wir sind keine Chassidim, also sind wir in einigen Dingen flexibler. Mein Vater trägt seine Koteletten kurz und so mache ich es auch.

Du hast dir meine Familie vielleicht im Geiste vorgestellt. Wenn du dich an stark übertriebenen orthodoxen Stereotypen orientierst, dann liegst du wieder goldrichtig. Masel tov. Wir passen nur dann in unseren Honda Odessey, wenn wir uns Chana quer über den Schoß legen, und meine Eltern arbeiten zweifellos just in diesem Augenblick daran, auch noch einen zweiten Kleinbus zu bevölkern.

Wie in den meisten orthodoxen Schulen läuft der Unterricht in meiner Jeschiva zweigeteilt. Morgens haben wir Jüdische Studien, wo wir Tora lernen und unsere heiligen Texte studieren, und nachmittags weltlichen Unterricht, wo wir allgemeine Dinge wie Geschichte und Mathe lernen. Wir verlassen die Schule erst kurz nach sechs Uhr abends.

An jenem Tag ging ich direkt nach der Schule nach Hause zum Abendessen, aber meine ältere Schwester Zippy hatte mir eine SMS geschrieben, dass Vater länger arbeiten und die Familie nicht zusammen essen würde. So verstand ich es jedenfalls. Die Nachricht lautete eigentlich: »**Papa starrt in den Dreck. Iss selbst.**«

Zippy ist lustig.

»**Das schaffe ich, ich kann sogar schon schreiben**«, schickte ich als Antwort.

Von der Schule nach Hause war es nur ein kurzer Umweg zur Baustelle, also ging ich dort vorbei. Zippy ist überhaupt allwissend, denn ganz richtig stand mein Vater am Rand der Baustelle und starrte auf einen großen Haufen Dreck.

Meine Familie und unsere orthodoxe Gemeinde lebte vorher in einer Stadt namens Colwyn. Aber dann wurde Colwyn für viele der Familien aus der Gemeinde zu teuer. Darum zogen einige von uns nach Tregaron, wo wir eine neue Schule und eine neue Synagoge eröffneten.

Meine Familie zog nicht wegen des Geldes um. Sondern weil mein Vater für ein Bauunternehmen arbeitete, das ein Hochhaus mit Wohnungen baute – oder zu bauen *versuchte* –, wo Familien wohnen sollten, die mit nach Tregaron kommen wollten.

Als die Entscheidung gefallen war, einen Teil der Gemeinde nach Tregaron umzusiedeln, kaufte das Unternehmen meines Vaters ein großes Gebäude neben dem Pendlerbahnhof. Das Gebäude war einst ein Filmtheater gewesen, das man vor Jahren geschlossen und dann hatte verkommen lassen.

Das Unternehmen meines Vaters riss das Theater ab. Da, wo es einst gestanden hatte, erstreckte sich jetzt wie eine kleine Wüste, eine riesige sandfarbene Fläche Dreck.

Mein Vater stand da und starrte auf einen Haufen Dreck neben einem nutzlosen Baugerät. Die Sonne begann unterzugehen, aber noch reflektierte der gelbe Bagger ihr helles Licht. »Der Fanatismus dieser Leute ist grenzenlos«, sagte er. »Sie sind feige, Jehuda. Sie sind durch ihren Hass auf uns geblendet. Wieder und wieder kämpfen wir denselben Kampf, eine Generation nach der anderen, ein Jahrtausend nach dem anderen.«

Als wir die Jeschiva eröffneten und das Unternehmen meines Vaters das Theater gekauft hatte, versuchten die Anwohner, zu verhindern, dass wir herzogen. Sie redeten über uns wie über eine Armee, die in ein fremdes Land einfällt, als kämen wir auf Pferden, mit Fackeln und Heugabeln in der Hand hereingeritten, um ihre Häuser in Brand zu setzen und sie auf koschere Weise abzuschlachten. In der Online-Tageszeitung hieß es, wir ruinierten ihre »Lebensweise«, als würden wir von Haus zu Haus gehen, allen Speck einsammeln, die Meeresfrüchte beschlagnahmen und am Freitagnachmittag systematisch die Batterien aus ihren Autos entfernen, damit sie am Schabbos nicht fahren konnten. Die Vermieterin unseres Hauses erhielt Drohbriefe von den Nachbarn.

»Wenn es da diese Angst gibt, diese Angst vor uns, weiß ich, was passiert«, sagte er. »Nämlich das, was deinen Urgroßeltern in der Ukraine passiert ist. Und was auch in Brooklyn passiert ist.«

Im Schtetl meiner Urgroßeltern in der Ukraine hatten Pogrome gewütet. Die Russen hatten viele der jüdischen Männer getötet und die Überlebenden zum Armeedienst gezwungen. Mein Großvater hatte sich die eigenen Zehen abgeschnitten, um dem Militär zu entgehen. In Brooklyn hatte es neulich Angriffe auf Juden gegeben. Aber so etwas würde hier nicht geschehen. Das war nicht die alte Heimat. Um meine Zehen zu verlieren, müsste irgendein irrer Unfall passieren. Und Tregaron war auch nicht New York City. Sondern ein verschlafenes, ruhiges Städtchen. Hier würden uns die Anwohner nicht angreifen.

»Es ist immer dasselbe«, antwortete mein Vater. »Immer dasselbe.«

Vater hielt diese Rede öfter, aber seine Worte hatten immer einen hoffnungsvollen Ton. Jetzt klang er anders. Er starrte nicht triumphierend auf den Dreck, versunken in das Bild von all den jüdischen Familien, die um ihre Schabbostische sitzen, in ihren mit zwei Kühlschränken ausgestatteten koscheren Küchen kochen und in ihre glänzend neuen Spucknäpfe spucken würden. Er starrte vielmehr niedergeschlagen darauf, sah nur den Dreck selbst. »Wir wollten heute mit dem Bau beginnen«, sagte mein Vater. »Aber sie haben gestern Nacht den Stadtrat zu einem Krisentreffen einberufen. Um 22 Uhr haben sie ein Treffen abgehalten. Um in letzter Minute die Bebauungspläne zu ändern. Und jetzt hat das Bauamt verfügt, dass dieses Baugrundstück lediglich gewerblich genutzt werden darf und nicht für Wohnungen.«

Mein Vater kratzte sich am Bart, aber nicht auf nachdenkliche Art. Er wirkte plötzlich alt. Er war gerade vierzig geworden, aber sein Bart wurde bereits grau und seine Augen wirkten schlaff und müde.

»Es ist diese *Frau*«, sagte er.

Ich sah mich nach einer Frau um, aber wir waren die einzigen zwei Personen, die sich hier versammelt hatten, um den Sonnenuntergang über dem leeren Baugrundstück zu betrachten. »Welche Frau?«

»Diaz-O'Leary«, sagte er.

Monica Diaz-O'Leary war die Bürgermeisterin der Stadt. Sie führte den Protest gegen uns. Sie hatte einen Artikel in der Online-Tageszeitung geschrieben, und sie war es auch, die die Kampagne mit den Rasenschildern organisiert hatte. Darauf war zu lesen: BEWAHRT TREGARON. »NEIN« ZUM NEUEN WOHNUNGSBAU.

Im Vorgarten unserer Nachbarn standen gleich zwei davon.

»Und jetzt?«, fragte ich.

»Nun, wir könnten dafür sorgen, dass unsere Leute in den Stadtrat kommen und die Entscheidung kippen, doch zuerst müssten wir genug Bewohner in der Stadt haben, um wählen zu dürfen, und das können wir nicht, bevor wir nicht mit dem Bau anfangen, und wir können nicht bauen, bis wir nicht Einfluss auf den Stadtrat haben. Darum weiß ich nicht weiter. Wir beginnen ein Gerichtsverfahren.«

»Ich bin dabei. Aber ich bin auch *sehr* hungrig. Können wir vor dem Gerichtsverfahren zu Abend essen?«

Ich machte mich auf den Nachhauseweg und ließ meinen Vater bei seinem Dreck. Ich kam nur bis zum koscheren Supermarkt, wo mich mein Hunger überwältigte und ich Starburst kaufen ging. Der koschere Markt war das einzige jüdische Geschäft in der Stadt. Es hatte in Aussicht auf das neue Wohnungsgebäude eröffnet. Es gehörte der Familie von Chaim Abramowitz, der dort nach der Schule arbeitete.

Amerikanische Starburst sind nicht koscher – sie enthalten Gelatine –, aber die britischen sind es, darum hat der Laden sie aus England importiert.

Am Ende der Hauptstraße überquerte ich die Gleise und kürzte über den Friedhof ab, der zwischen der Einkaufsstraße und dem größten Wohnungsgebiet der Stadt lag. Ich ging jeden Tag auf meinem Weg zur Schule und zurück dort entlang, aber ich hatte mich niemals groß umgeschaut. Doch als ich an diesem Abend an den Grabsteinen vorüberging, las ich die Namen. Viele von ihnen klangen irisch: Quinn, Flanagan, O'Neil. Aber es gab auch einen Bernier, einen Lopez, einen Olivieri – es war ein Who's who toter Menschen.

Neben dem toten Olivieri fand ich einen gleichfalls verstorbenen Chonofsky. Es wurde dunkel, aber ich konnte gerade noch den vollen Namen erkennen: Miriam Chonofsky. Da gab es keinen Zweifel: eine tote Jüdin. Ich lächelte meine Vorfahrin an.

Als der gewundene Pfad des Friedhofs die letzte Biegung machte, entdeckte ich eine Cohen und einen Canter. Da war noch etwas anderes, das ich nicht erkennen konnte, entweder weil es dunkel war oder weil der endgültige Untergang der Sonne das Ende von Tu B'Av markierte und mich wieder an Anna-Marie denken ließ, ihre lackierten Fingernägel und die Art, wie ihr Kreuz über dem Kragen ihres T-Shirts tanzte.

Noch bevor ich die Eingangstür erreichte, hieß mich eine herunterfallende Kiste willkommen, sie traf mich an der Schulter.

»Hi, Chana«, sagte ich.

Ich habe zahlreiche, verschiedene Schwestern. Chana ist eine davon. Kürzlich hatte sie entdeckt, dass sie durch ihr Schlafzimmerfenster aufs Dach klettern konnte, und ihre neue Lieblingsbeschäftigung war es, mittelgroße Gegenstände von dort auf Passanten abzufeuern. Beginnen hatte sie mit schwereren Sachen: Bällen, Büchern. Ich hatte noch immer einen Bluterguss am Arm von dem Tacker, mit dem sie mich eine Woche zuvor getroffen hatte. Doch kürzlich hatte sie, Gott sei Dank, herausgefunden, dass leichtere, unförmige Geschosse wie etwa Amazon-Kartons eine größere Herausforderung für Scharfschützen vom Hausdach darstellten.

»Ich freu mich auch, dich zu sehen. Wie war dein Tag?«, fragte ich in das Dunkel hinaufschauend. Bevor meine Augen sich daran gewöhnt hatten, wurden sie auch schon wieder von Dunkelheit bedeckt, als mich ein großer Karton traf, an der Schläfe abprallte und auf meinem Kopf landete. »Guter Wurf«, sagte ich zum Inhalt des Kartons.

»Danke«, sagte eine gedämpfte Chana von oben.

In der Diele warf ich meinen Rucksack auf den Boden, bahnte mir meinen Weg durch ein Minenfeld von Spielzeug und Büchern und stolperte in die Küche. Zippy saß am Küchentisch. Zippy war immer am Küchentisch. Der Rest von uns: ich, meine Eltern, meine anderen Schwestern außer Zippy, ja sogar das Haus selbst, wir alle waren Planeten, die sich um Zippy drehten, unsere Sonne, die stets am Küchentisch saß.

Ich konnte hören, wie diverse Schwestern oben Krach und Rambazamba machten. Ich konnte die Stille meiner Mutter hören – oder vielmehr nicht hören –, die in ihrem Schlafzimmer Klausuren benotete oder Unterricht plante. Ich konnte meinen Magen knurren hören. Aber nichts davon beeinflusste Zippy auf irgendeine Weise. So war es immer. Zippy saß mit einem Computer, einem Stapel Papieren und einer Tasse Kaffee am Tisch. Sie trug einen langen schwarzen Rock und ein Jeanshemd mit Knöpfen. Wo es auf ihr geflochtenes Haar traf, saß der Kragen etwas schief.

Ich ging zum Tresen mit unseren beiden Sandwichmakern, schaute zwischen ihnen hin und her und versuchte, mich zu entscheiden. »Welcher von euch beiden will mich heute Abend auf meiner Reise gegen den Hunger begleiten?«, fragte ich sie. »Wirst du es sein, mein milchiger Liebling, auf einer Odyssee voller Käse? Oder wird es eine Suche nach Fleisch werden, mein teurer fleischiger Schatz?«

»Es wird eine Odyssee voller – nein, ich sage es nicht. Es wird etwas Milchiges sein«, sagte Zippy.

»Dich hat niemand gefragt«, sagte ich ihr, als ich in den Kühlschrank schaute. »Meine Anfrage richtete sich speziell an –«

»Das Fleisch vom Mittagessen ist weg. Goldie hat die letzten Streifen Truthahn gegessen.«

Ich sprach den Segen über das Händewaschen. Dann belegte ich zwei Scheiben Brot mit ordentlich viel Käse und presste sie zusammen. Ich warf das heiße Sandwich auf ein Küchenpapier und sprach den Segen über das Brot, obwohl man argumentieren könnte, dass meine Mahlzeit fast ausschließlich aus Käse bestand, zumindest was die Kalorien anbelangte.

Wir haben für alles Segenssprüche. Es würde definitiv auch einen Segensspruch über den Sandwichmaker geben, wenn sie in biblischen Zeiten Sandwiches gegessen hätten. Aber damals befanden wir uns noch in der Prä-Sandwich-Ära. Das müssen harte Zeiten für die Juden gewesen sein, als sie ohne ein getoastetes Sandwich in Sicht durch die Wüste wanderten.

Ich aß am Tresen. Zippy hatte den Tisch in Beschlag genommen, es gab kein Fleckchen mehr für meinen Teller.

»Wie war es in der Schule?«, fragte Zippy, ohne aufzuschauen. Sie scrollte durch irgendwelche Seiten im Computer und glich die Zahlen auf einem ihrer Blätter ab.

Mein Herz machte einen Sprung. Sie hätte die Frage nicht gestellt, wenn sie nicht schon etwas wüsste. Hatte sie einen meiner Rabbis getroffen? Hatte jemand gesehen, wie ich mit Anna-Marie redete?

»Es war ... gut«, rückte ich heraus.

»Ich frage«, fuhr sie fort, »weil wir eine E-Mail von Rabbi Moritz bekommen haben, dass *bereits jetzt* klar ist, dass du in Mathe und Gemara durchfällst.«

Er hatte die E-Mail bestimmt an meine Eltern geschickt, aber wer weiß, wann sie dazu gekommen wären, sie zu lesen. Möglicherweise nie. Zippy galt noch als Teenager – ich könnte ihr genaues Alter ausrechnen, aber wir hatten ja gesagt, dass ich schlecht in Mathe bin –, und sie kümmerte sich um diese Dinge, nahm Mails aus der Schule und Anrufe von ihrem Bürotisch aus entgegen.

»Du solltest nicht enttäuscht, sondern beeindruckt sein.«

»Na schön«, sagte sie. »Es ist beeindruckend, dass du in nur zwei Wochen bereits derart versagst, dass der Rabbi meint, eine Nachricht an unsere Eltern schicken zu müssen.« Sie klang noch immer nicht beeindruckt oder amüsiert. Zippy nahm diese Sache persönlich, gerade weil Mathe und Heilige Schrift ihr Ding waren. Sie hatte im Jahr zuvor die High School abgeschlossen und belegte jetzt Kurse am College, um Ingenieurin zu werden. Sie klang erschöpft und gleichgültig, als sie hinzufügte: »Wie konnte der Apfel nur so weit vom Stamm fallen?«, fragte sie.

Ich kaute an der Toastkruste. »Du bist nicht der Baum. Du bist bloß ein weiterer Apfel. Also lautet die Frage eher: Wie kann derselbe Baum erst einen frischen, glänzenden Apfel und dann einen verfaulten, missgebildeten, von Würmern zerfressenen Apfel hervorbringen?«

»Du bist weder verfault noch missgebildet«, sagte Zippy, womit sie zumindest zustimmte, dass ich von Würmern zerfressen war. »Was lernst du dieses Jahr überhaupt? Geometrie? Ich weiß, es ist ein Kampf für dich, aber ... *bereits jetzt?*«

»Mathe ist für mich von der sitra achra.«

»Alles, was du nicht magst, ist von ›der anderen Seite‹.«

»Tut mir leid. Da habe ich mich wohl versprochen. Ich wollte sagen, meine liebe ältere Schwester, Mathe ist großartig. Willst du mir Unterricht geben?«

»Quäl dich nicht mit Mathe. Du bist ein jüdischer Junge. Keinen interessiert es, ob du Mathe kannst. Konzentrieren wir uns auf die Gemara. Ein jüdischer Junge muss sich im Talmud auskennen.«

Sie sah von ihrem Computer auf und unsere Blicke trafen sich zum ersten Mal. Zippys Augen waren dunkel und tief liegend wie meine. Wenn ich sie anschaute, war es fast, als sähe ich mich selbst, nur eben weiblich, älter, klüger und weiser.

Manchmal wünschte ich, wir könnten tauschen.

Ich musste es als einziger Junge in dieser Familie aushalten, mit allen Erwartungen, die diese Rolle mit sich brachte. Ich erfüllte die Erwartungen nie: Ich war nicht gut in der Schule. Ich hatte nie die passende Auslegung einer Talmudstelle parat, wenn es darauf ankam. Ich konnte kaum Hebräisch lesen. An Zippy wurden keine großen Anforderungen gestellt, aber sie nahm jede Hürde mit Leichtigkeit. Sie konnte schwer verständliche, religiöse Kommentare zitieren oder computergestützte Baupläne entwerfen, wobei sie dieselbe geistige Energie aufwendete, die es mich kostete, um mir etwa die Socken anzuziehen.

Dann gab es ein Krachen über unseren Köpfen, gefolgt von

einem Rums, der die Decke erschütterte. Es klang wie ein Rums von Goldie, aber Zippy winkte ab. »Das war Rivkie«, sagte sie. »Das erkennst du an der Art, wie der Kronleuchter wackelt.« Ihre Hypothese wurde bestätigt, denn die folgenden Schreie kamen eindeutig von Rivkie, ein Sirenengeheul, wie nur sie es hervorbrachte. »Hör mal. Ich helfe dir bei deiner Gemara, *wenn* du dich darum kümmerst.« Zippy wies mit dem Stift an die Decke.

»Und ich kümmere mich darum, *wenn* du mir noch zwei Sandwiches machst.«

»Nein.«

»Einen Versuch war's wert.«

Ich ging zum Tisch hinüber, legte das Stück Küchenpapier ab und ging dann nach oben, um auf Rivkies blauen Fleck zu pusten.

KAPITEL 3
in dem wir über Nutztiere und deren Unterscheidung voneinander diskutieren

Mosche Zvi Gutman polarisiert, man liebt oder hasst ihn. Ich bin gespalten. Einerseits mag ich ihn nicht, weil er keine besonders angenehme Person ist, sich rücksichtslos und peinlich benimmt, soziale Signale nur schwer versteht und immer so überheblich tut, obwohl er außer Talmudlernen nicht wirklich viel kann.

Andererseits ist er mein bester Freund. Muss man seine Freunde *mögen*? Ich glaube nicht, dass Freundschaft so funktioniert. Ich mag Mosche Zvi nicht besonders, und ich habe nie darüber nachgedacht, ob er mich mag, aber ich weiß, dass Mosche Zvi *alles* für mich tun würde. Er würde buchstäblich jemanden für mich umbringen. Er hat mir das tatsächlich schon oft gesagt. Wenn ich so darüber nachdenke, scheint er ziemlich begierig darauf, jemanden um meinetwillen umzubringen. Er mag Waffen und Gewalt. »Du brauchst nur ein Wort sagen, Hoodie«, sagt er mir. Bevor er seine Ausbildung zum Rabbiner macht und ans MIT geht, will er zur Armee.

Heute trug er das T-Shirt mit der großen Aufschrift »Israel Defence Forces«. T-Shirts verstoßen gegen die Kleiderordnung, aber die Rabbis sehen über jeden Verstoß gegen den Dresscode weg, solange irgendwo ein jüdischer Stern zu sehen ist. Du könntest vermutlich auch in knapper Badehose in die Schule kommen, solange hinten drauf eine israelische Flagge prangt.

Außerdem trug Mosche Fäustlinge. Er behauptete, dass er damit geschlafen habe, woran niemand zweifelte. Der rechte triefte vor Milch – es ist ganz schön schwer, mit Fäustlingen Müsli zu essen.

Im Anschluss an unseren morgendlichen Unterricht zum Händewaschen am Tag zuvor sprach Rabbi Moritz über die anderen Dinge, die wir tun müssen, um den Tag zu beginnen. »Die Abläufe sind klar«, sagte er. »Wie also behandeln die Kommentare das Thema?«

Ich blickte auf die Kommentare am Seitenrand, aber ich konnte die Worte nicht sinnvoll verbinden. Mein Herz raste noch von meinem morgendlichen Weg zur Schule.

Niemand schien die Antwort zu wissen. Selbst Mosche Zvi schwieg.

»Die Frage, die sie sich stellen müssen …« Rabbi Moritz' Stimme kletterte immer höher, so dass »müssen« im reinsten Falsett erklang. »Sicher, wir können wissen, was wir tun müssen, wenn der Tag beginnt. Wir können das sogar recht leicht wissen. Aber all das nutzt uns nichts, wenn wir nicht wissen, *wann* der Tag beginnt.«

Die Köpfe rundherum im Klassenzimmer nickten.

»Wann beginnt nun aber laut den mittelalterlichen Kommentaren der Tag?«

Ich schaute auf die Spur, die Mosche Zvis linker Fäustling auf dem hebräischen Text zeichnete, während sich sein rechter Fäustling in die Luft erhob.

Rabbi Moritz bemerkte ihn und beugte sich nach vorne über den Tisch in den Raum.

»Der Tag beginnt«, hob Mosche an, »wenn es genug Licht gibt, um zwischen einem Schwein und einem Wildschwein zu unterscheiden.«

Das ist der Clou an Mosche Zvis Talmudauslegungen: Sie sind immer irgendwie anstößig, aber immer auch irgendwie richtig, darum können die Rabbis ihn nur schwer kritisieren. Wenn ich mich wirklich auf die Seite konzentrierte, konnte ich sehen, dass er absolut recht hatte. Die mittelalterlichen Kommentare stimmten darin überein, dass der Tag begann, wenn man zwischen einem Haustier und einem wilden Tier unterscheiden konnte.

»Es geht darum, verschiedene Arten von Schweinen zu unterscheiden«, erklärte Mosche und zeigte mit dem Daumen auf eine Seite im Buch. »So steht es hier. Es geht darum, zu erkennen, was ein Schwein ist. Schweinische Wahrnehmung sozusagen. Denn darum dreht es sich: um das Schwein, das du sehen *kannst,* und das Schwein, das du trotz deines *Versuchs,* das Schwein zu sehen, nicht sehen kannst –«

Rabbi Moritz räusperte sich und rückte seine Krawatte zurecht. »Das konkrete Beispiel, das der Gelehrte an dieser Stelle gewählt hat, lautet allerdings ›Esel‹. Und wirklich, wenn ihr mal –«

»Gewählt hat? Das heißt ja, es gibt noch andere Möglichkeiten! Sie sagen also, Rebbe, es gibt gewiss auch die Rabbis aus der Schweinefraktion? Eine kleine, aber stolze Gruppe, das Schweinerabbinat?«

»Treib es nicht auf die Spitze, Mosche Zvi. Was du sagst, ist richtig, aber du bist nah an der Gotteslästerung, am nivul peh, der unflätigen Rede.«

»Darf ich es nur *ein bisschen* weitertreiben? Denn ich möchte gern ein Schweineschüler sein und erbitte dafür Ihren Segen, Rebbe.«

Rabbi Moritz presste die Lippen zusammen und starrte Mosche Zvi an.

»Segen abgelehnt«, sagte Miller.

»Der Rebbe erhebt sich am Rand«, ahmte ich einen Sportreporter nach, »und *schleudert* den Segen direkt in Gutmans Gesicht. Die Menge geht –«

Moritz fiel mir ins Wort und brüllte los. »Warum sind meine Finger gerade?«, rief er. Und die Spucke schoss von seiner Oberlippe quer über den Tisch. »Warum? Warum? Die Gemara sagt, meine Finger sind gerade. Warum!?« Jetzt brüllte er uns richtig an.

Der Rabbi sah uns alle reihum an, seine Augen bohrten sich in unsere. Einer nach dem anderen schüttelten wir die Köpfe. Natürlich war Mosche Zvi der Einzige, der es wusste. Mosche Zvis blaue Augen strahlten, als Moritz sich ihm zuwandte. Er winkte dem Rabbi freundlich mit seinem Fäustling zu.

»Was gibt es, Mosche Zvi?«

»Ich bin bereit, Ihre schwierige Frage zu beantworten, aber nur, wenn Sie mir Ihren Schweinesegen geben.«

So laufen Talmuddiskussionen immer ab: wie im Krieg. Es ist ein Kampf um Geist, Wissen und in diesem Fall um Willen. Ich denke, so war es schon immer.

Jüdische Tradition basiert auf der Tora. Die Tora gibt es zweimal. Eine davon hat Gott auf dem Berg Sinai Moses übergeben. Das ist die schriftliche Tora, sie wurde Moses frisch gedruckt und Korrektur gelesen überreicht. Die andere Tora ist die mündliche Tora. Gott hatte offenbar nicht genug Zeit, um sie niederzuschreiben – der Alte ist eben echt busy –, also flüsterte er sie Moses als so ein PS ins Ohr. Moses, der ohne das Ladegerät für sein Laptop aus Ägypten ausgezogen war, hatte keine Gelegenheit, sie abzutippen. Also erzählte er seinen Leuten nur davon. Und dann erzählten wiederum diese Leute anderen Leuten davon, und so wurde die Tora von einer Generation an die nächste mündlich weitergegeben, was, wenn ihr mich fragt, nicht der beste Weg ist, um absolut notwendiges Wissen von Gott selbst sicher zu bewahren.

Niemand hat mich gefragt, aber einige babylonische Rabbis hatten denselben Gedanken, also schrieben sie den ganzen Kram nieder. Sie übertrugen ihn aus dem Gedächtnis, manches auf Aramäisch, anderes auf Althebräisch und das alles ohne Satzzeichen. Weil es auf alten Geschichten gründet, welche die Väter dieser Typen ihnen erzählt haben, geschrieben in zwei altertümlichen Sprachen und ohne Punkt und Komma, ist es ein recht verwirrendes Dokument.

Zweitausend Jahre lang haben verschiedene Rabbis versucht, den Sinn dieses Textes zu verstehen, sie schrieben ihre Kommentare, Argumente und Einwände nieder und fügten sie dem Originaldokument hinzu. Diese Hinzufügungen nennt man Gemara. Die ursprüngliche mündliche Tora plus all diese Kommentare zusammen bilden den Talmud. Es ist ein riesiges Labyrinth jüdischer Gesetze, Regeln, Gedanken, Betrachtungen, Grübeleien. Das zu studieren, ist, wie Mosche Zvi es einmal ausgedrückt hat, »im Grunde mittelalterliche Folter, aber auf die coole, jüdische Art. Ein süßer Schmerz.«

In der Schule lernen wir jeden Tag Talmud.

In diesem Kampf um den stärkeren Willen gewann Rabbi Moritz. »Warum?«, fragte er ein letztes Mal. »Warum, Mosche Zvi?«

Mosche Zvi zog langsam und dramatisch seinen rechten Fäustling aus und bog dann seine langen, schlanken Finger.

»Die Gemara sagt, dass meine Finger gerade sind, damit ich mir, sobald ich nivul peh höre, die Finger in die Ohren stecken und mich abschotten kann.«

»Großartig«, sagte Rabbi Moritz. Und wie bei jedem Talmudkampf waren die Kämpfenden anschließend gleich wieder

Freunde. Der Rebbe nickte Mosche Zvi zu, öffnete wieder sein Buch und blätterte eine Seite weiter.

In meinem Geiste schlug ich eine Seite zurück zu meinem nervenaufreibenden Weg zur Schule. Mein Herz schlug noch immer sehr schnell und die Beine fühlten sich wacklig an. Ich hatte gedacht, die Routine des Unterrichts würde mich beruhigen, aber da hatte ich mich getäuscht.

Ich war an diesem Tag mit meinem Wecker aufgewacht. Mein Wecker ist Zippys Fuß. Meine Schlafzimmertür hat unten einige Dellen und Kratzer von Zippys morgendlichen Tritten, denn sie hat immer zu viele Sachen und/oder Schwestern im Arm, um mit der Hand anzuklopfen.

Selbst wenn sich ganze Viehherden im Vorgarten gedrängt hätten, wäre es zu dunkel gewesen, um sie deutlich zu erkennen. Ich sagte das Mode Ani, stieg aus dem Bett, wusch meine Hände, aß fünf bis sieben Müsliriegel und hetzte aus der Tür.

Ich ging in demselben halb schlafenden Dämmerzustand zur Schule wie jeden Morgen, ermunterte meine Füße, sich vorwärtszubewegen.

Glaubt ihr an Zufälle? Die Tora sagt, es gibt keine Zufälle, Gott hat überall seine Hand im Spiel. Na schön. Aber wie sehr achtet er auf Details?

Soweit ich verstehe, kümmert es ihn, wenn ich eines seiner Gebote breche. Aber wo liegt die Grenze? Stört es ihn, wenn ich verkehrswidrig eine Straße überquere? Interessiert es ihn, ob meine Socken zusammenpassen?

Ich frage, weil ich am Abend zuvor, nachdem ich magische Pflaster auf Rivkies lädiertes Knie geklebt hatte, Goldie ermahnt hatte, vorsichtiger zu sein, wenn sie Leute über die Kante schubste, mich vergewissert hatte, dass Chana und Lea zumindest so taten, als machten sie ihre Hausaufgaben, und noch ein paar Sandwiches gegessen hatte, die restliche Zeit damit verbracht, über Anna-Marie nachzudenken, in Dauerschleife unser kurzes Gespräch im Kopf durchzugehen und mir vorzustellen, wie ich und sie (und ihre Oma) zusammen essen würden, und wünschte, ich hätte ihre Hand genommen, als sie sie mir hinhielt. Im Licht, das von der Straße in mein Schlafzimmer schien, starrte ich auf meine Hand und stellte mir vor, wie sich ihre Hand in meiner angefühlt hätte.

Als ich dann gleich nach Sonnenaufgang zur Schule ging, überlegte ich, was sie zur selben Zeit wohl machte. Darüber sann ich nach, bis ich sah, was sie machte.

Ich hatte eben den Friedhof betreten, da entdeckte ich sie. Ich ging sofort langsamer. Der Friedhof lag ruhig und still in der schwülen Morgenluft.

Anna-Marie war wieder nur spärlich bekleidet, Arme und Beine waren nackt. In meiner Gemeinde gibt es etwas, das nennt sich Tznius, das sind Sittsamkeitsregeln, die sie auf etwa acht verschiedene Weisen brach. Sie trug eine Art Tunika, bloß dass der untere Teil kein Rock war. Direkt unter ihrer Taille ging die Tunika in weite, fließende Shorts über. Sie trug dieselben Sneakers, aber ihr dunkles, schwarzes Haar hing dieses Mal offen, in einer geraden Linie bis knapp über die Schultern.

Selbst aus der Entfernung konnte ich sehen, dass sie weinte, was mich nicht weiter überraschte – Weinen ist schließlich das, was man üblicherweise auf einem Friedhof macht. Sie stand vor einem der neueren Gräber und schaute auf den Stein. Eine Träne nach der anderen perlte von ihrem Kinn und tropfte ins Gras.

Mein erster Impuls war, mich hinter einem Grabstein zu verstecken. Ich wollte gerade hinter einem abtauchen, aber dann dachte ich: Wie mache ich es am besten, *nicht* wie ein Serienmörder auszusehen? Gruselig hinter einem Grabstein nach jemandem zu spähen, schien mir nicht die richtige Option.

Also entschied ich, einfach so über den Friedhof zu gehen, wie eben ein normaler Mensch über einen Friedhof geht. Es gingen die ganze Zeit Leute über den Friedhof. Also könnte auch ich einer dieser Leute sein.

Der einzige Gehweg führte mich geradewegs zu ihr. Ich versuchte, meine Augen auf die Füße zu richten. Aber meine Willensstärke hatte ihre Grenzen. Als sie aufschaute, trafen sich unsere Blicke.

Ich sah, dass sie mich erkannte, sie lächelte mich durch ihre Tränen hindurch an. Ich ging spontan in Flammen auf und hörte anschließend auf zu sein.

Nein, nicht wirklich. Ich dachte, das würde geschehen. Aber eigentlich sagte sie bloß: »Hey, du bist es.«

»Ja«, sagte ich, ich war ich.

»Hoodie.«

»Ja. Anna-Marie.«

»Schön«, sagte sie, und richtete ihre ohnehin schon gerade sitzende Kleidung, zupfte an einem ihrer Ärmel.

Dass sie mir nicht richtig in die Augen schaute, nahm mir die Befangenheit. Als ich am Tag zuvor mit ihr geredet hatte, hatte ich mich trotz all meiner schweren Kleidung ausgesetzt gefühlt. Anna-Marie strahlte eine Gelassenheit und Selbstsicherheit aus, mit der ich nicht mithalten konnte, ich kam mir neben ihr verletzlich vor. Doch jetzt wirkte sie *verletzlich*. Ich hatte nicht beabsichtigt, sie in diesem intimen Moment zu ertappen, aber ich war froh, dass es so gekommen war, denn plötzlich war sie nicht mehr ganz so Furcht einflößend. Sie war keine engelhafte Erscheinung mehr. Sie war ein Mensch, genau wie ich.

»Wo ist Borneo?«, fragte ich.

»Das ist sein Grab«, antwortete sie.

»Oh, ich –«

»Jesus, das war ein Witz. Ich kann es nicht glauben, dass ich das gesagt habe. Ich bin echt schrecklich. Es tut mir leid. Bist du hier, um ... jemanden zu besuchen?«

»Nein. Es ist nur die Abkürzung zur Schule. Meine Familie ist ursprünglich nicht von hier. Du weißt schon«, schloss ich, mein Außenseitertum war offensichtlich: mein Anzughemd, meine Kippa, die Rasenschilder. Aber vielleicht wusste Anna-Marie gar nichts von den Rasenschildern. Vermutlich bemerktest du sie nur, wenn sie sich an dich richteten.

»Stimmt«, sagte sie. »Meine Familie – nun, die meisten davon – war schon immer hier. Meine Urgroßeltern sind hier auch beerdigt.«

Als sie aus Witz gesagt hatte, dass sei Borneos Grab, hatte ich sofort instinktiv hinüber zu dem Grabstein gelugt, an dem Anna-Marie stand. Aber meine Augen hatten die Inschrift nicht richtig erkannt – vor zehn Uhr morgens wollen sie meistens nichts richtig erkennen. Aber jetzt erkannten sie.

Der Nachname war O'Leary. Der Vorname Kevin. Ich sah auf die Jahreszahlen unter seinem Namen und brauchte nur etwas Mathe light. Er war mit etwa vierzig dieses Jahr gestorben, genau das richtige Alter, um Anna-Maries Vater zu sein.

»Ist – war das –«

»Mein Vater? Ja.« Anna-Marie hatte aufgehört zu weinen, wischte sich aber noch die Tränen ab.

»Scheiße«, sagte ich.

»Ja«, stimmte sie zu. »Es ist *richtig* scheiße.«

Doch wir meinten nicht dasselbe. Ich wünschte, meine nivul peh hätte sich auf den Tod ihres Vaters bezogen. Aber so war es nicht. Sie bezog sich auf die Tatsache, dass ihr Vater O'Leary hieß, was sie zu (Diaz-)O'Leary machte und ihre Mutter zu Diaz-O'Leary und zur Bürgermeisterin, zu derjenigen, die den Bau des Wohnungsgebäudes verhindert hatte, die versuchte, uns aus Tregaron zu vertreiben.

Ich wusste nicht, was ich sagen sollte, also sagte ich, was jeder gute jüdische Junge in diesem Moment zu sagen weiß: »Zichrono livracha.« Und als Anna-Marie mich schräg ansah, übersetzte ich: »Sein Andenken sei zum Segen.«

»Ja«, sagte sie, »ein Segen.« Und sie wandte sich zum Gehen. Ich wollte einfach dort warten, bis sie weg war, aber sie sagte: »Komm«, also folgte ich ihr.

»Gefällt es dir hier?«, fragte sie.

»Ja, ich meine, es ist ein schöner Friedhof.«

»Nein. Du weißt schon, die Stadt. Tregaron.«

Ehrlich gesagt hatte ich mir noch nie wirklich Gedanken darüber gemacht. Es hatte mich auch niemand gefragt, ob ich hierherziehen wollte. Genug von meinen Freunden und Klassenkameraden waren mitgekommen, sodass es sich nicht so anders anfühlte.

»Es ist okay«, sagte ich. »Aber die Stadt mag keine –«

Anna-Marie holte plötzlich scharf Luft.

Ich folgte ihrem Blick hinunter vor unsere Füße. Neben ihrem blau gestreiften Adidas-Sneaker lag der Cohen, den ich einen Tag zuvor entdeckt hatte. Er hieß Oscar Cohen. Er war in den späten 1940er-Jahren gestorben.

Aber jetzt sah ich auch das Hakenkreuz auf seinem Grabstein. In schwarzer Sprühfarbe. Das Zentrum des Nazisymbols schwebte über seinem Namen und der untere schwarze Arm zeigte auf seine Jahreszahlen. Auf dem nahe gelegenen Grabstein von Elsie Cantor war ein weiteres Hakenkreuz, etwa in derselben Größe, ebenfalls schwarz. Der Grabstein von Cantor war größer und ließ Raum für einen kurzen Kommentar: »Geht nach Hause, Juden«, stand da.

Ich versuchte zu verstehen, was ich da sah. Die Nachricht auf dem Cantor-Grabstein richtete sich direkt an mich, sagte mir, dass ich verschwinden solle, dass ich unerwünscht war, vertrieben wurde von dem Ort, der mein neues Zuhause sein sollte.

Mein ganzes Leben lang war ich mir bewusst gewesen, dass es Antisemitismus gab, aber ich war niemals damit *konfrontiert* worden. Doch jetzt starrte ich ihm buchstäblich ins Gesicht. Oder besser gesagt, ich hätte das tun sollen.

Doch anstatt das Graffiti anzusehen, sah ich Anna-Marie an. Mit weit aufgerissenen Augen starrte sie die Grabsteine an. Sie stand unbewegt, wie auf einem Foto festgehalten. Irgendwie konnte ich sehen, dass sie mich ansehen wollte, aber sich zwang, es nicht zu tun.

Langsam wandte sie mir den Kopf zu. »Ich –«, begann sie.

»Es ist okay«, sagte ich.

»Es ist *nicht* okay.«

»Natürlich ist es nicht okay. Das meinte ich nicht. Ich meinte, es ist okay. Lass uns einfach gehen.« Ich wollte mir das nicht länger ansehen. Ich wollte mir das Zusammensein mit Anna-Marie nicht davon zerstören lassen. Aber dafür war es schon zu spät.

Wir gingen schweigend. Das Schweigen war unangenehm. Es umhüllte uns wie Nebel. Es war beklemmend.

Beide wollten wir weg, aber keiner von uns wollte der Erste sein, der seines Weges ging. Ich nahm alle Straßen zur Schule wie immer, hoffte bei jeder Biegung, dass ihr Haus in der anderen Richtung liegen würde. Aber das Haus lag nur eine halbe Straße von meiner Schule entfernt, direkt auf meinem üblichen Weg.

Als wir bei der Schule ankamen, blieb Anna-Marie stehen. Hinter ihr im Vorgarten ragte groß eines der Rasenschilder auf.

So wie Anna-Marie dastand, schien es fast, als ob sie es absichtlich verdeckte, aber sicher war ich mir nicht.

Ich dachte, sie würde etwas sagen, aber sie sagte nichts. Sie drehte sich bloß um und ging zum Vordereingang. Das Haus war ein Kolonialhaus mit offener Veranda. Zwei dicke weiße Säulen stützten die hervorspringende zweite Etage. Es war dem Haus, das meine Familie auf der anderen Seite der Stadt mietete, ziemlich ähnlich, nur dass dieses hier in viel besserem Zustand war und es niemanden gab, der von dem Dach über der Veranda Haushaltsgegenstände auf die Leute im Garten schleuderte.

Neben der Veranda im Garten stand eine Frau. Vermutlich war das die Bürgermeisterin Monica Diaz-O'Leary. Sie trug ein leichtes Shirt und diese Sportleggins, in denen man praktisch nackt aussieht – hätte man sich von der Hüfte abwärts schwarz angemalt. Sie hielt Borneo an der Leine, der in einem Blumenbeet herumschnüffelte.

Frau Diaz-O'Leary schaute auf, als ihre Tochter den Weg hinaufkam. Sie konnte sehen, dass ich dort auf dem Bürgersteig stand, aber sie winkte oder grüßte nicht. Sie schlang einen Arm um Anna-Marie und dann verschwanden Mutter und Tochter im Haus.

Ich stand noch immer am Straßenrand, als Anna-Marie wieder aus der Haustür geplatzt kam. Sie rannte den Weg zum Haus zurück. »Wie ist deine Nummer, Hoodie?«, fragte sie. »Ich würde dich ja einfach bei Insta oder TikTok suchen, aber ...« Sie verstummte.

Ich schaute zwischen ihr und ihren Rasenschildern hin und her. Sie war eine von *ihnen*. Selbst wenn sie es verurteilte. Ich beschloss, ihr nicht meine Nummer zu geben.

Ich gab ihr meine Nummer. »Sag deiner Oma, sie soll vor dem Schlafengehen anrufen«, sagte ich. »Irgendwann vor acht Uhr.«

Anna-Marie lachte nervös. Aber ein nervöses Lachen war immer noch ein Lachen.

Das Lachen beflügelte mich und ich fühlte mich den restlichen Weg zur Schule leicht. Beim Schacharis, dem Morgengebet, kamen mir die Bilder vom Friedhof wieder in den Kopf. Während ich mit geschlossenen Augen vor und zurück schaukelte, sah ich innen auf meinen Lidern die Hakenkreuze. Sie erinnerten mich, wofür sie standen. Millionen von Juden waren unter diesem Symbol, *für* dieses Symbol abgeschlachtet worden. An diesem Morgen betete ich zu ihrem Gedenken.

Nach dem Gebet sagte ich Rabbi Moritz, dass ich mit ihm über etwas reden wolle. Ich hatte nicht wirklich vor, in ein Wespennest zu stechen – ich bin der festen Überzeugung, dass man Wespen am besten in Ruhe lässt –, aber ich wusste nicht, was ich anderes tun sollte. Ich konnte doch nicht zulassen, dass Leute Grabsteine mit ihren Schweinereien beschmieren, und nichts sagen. Was würden meine Vorfahren denken?

Als die anderen wie wild aus dem Raum stürzten, um sich vor der nächsten Unterrichtsstunde ein paar Snacks zu besorgen, blieb ich zurück.

»Jehuda«, sagte Rabbi Moritz, während er die Bücher auf seinem Tisch ordnete.

Ich war gerade dabei, die Wespen aufzuscheuchen, als das Telefon in meiner Tasche summte. Spontan griff ich danach und klappte es auf. Es war eine Nachricht von einer unbekannten Nummer. Ich las: »**Hoodie! Hier ist deine neue Freundin. Ich fühle mich so schlecht wegen des Graffitis. Wollen wir das zusammen wegmachen?**«

Bevor ich die Nachricht richtig verstanden hatte, schrieb ich zurück: »**Ja. Jetzt?**«

»**Ich dachte, du hast Schule**«, antwortete Anna-Marie.
»**So ähnlich**«
»**Was heißt so ähnlich Schule?**«
»**Erklär ich dir**«
»**Komm zu meinem ☐**«, schrieb sie, ich war ziemlich sicher, die Box sollte ein Symbol sein, aber mein Telefon konnte keine Emojis darstellen. Das Emoji zeigte vermutlich ein Haus.

»Jehuda«, sagte Rabbi Moritz wieder. »Du wolltest mir etwas Dringendes sagen?«

»Oh, ja«, sagte ich. »Ich habe gestern versäumt, Ihnen von einer Birke zu erzählen, an der ich große Freude finde. Ich war so eingenommen von der Eiche, dass ich sie völlig vergessen hatte. Aber jetzt habe ich … zu tun. Ich muss gehen. Wir müssen das auf ein anderes Mal verschieben.«

Rabbi Moritz steckte sich einige Bücher unter den Arm, straffte die Schultern und vollführte eine kleine Verbeugung. »Ich freue mich, wenn du mir zu einem späteren Zeitpunkt alles darüber erzählst«, sagte er.

»Ich werde Sie nicht enttäuschen«, versicherte ich und folgte ihm zur Tür hinaus.

Ich sprang die Treppen zur Straße hinunter und ging mit langen Schritten zum Diaz-O'Leary-Rasen. Borneo kam mich begrüßen und rannte dann zu meiner neuen Freundin Anna-Marie zurück. Meine neue Freundin begrüßte mich überhaupt nicht. Sie passte sich bloß meinem Schritt an und lenkte uns in Richtung Stadt. Borneo ließ sich an seiner Leine hinter uns herschleifen.

Anna-Marie war groß, in etwa so groß wie ich, aber sie bewegte sich so grazil. Sie ging in einer Art leichtem Galopp, die langen Beine eilten ihr voraus, zogen sie mit sich wie die Leine den Hund.

»Also, was heißt *so ähnlich* Schule? Und warum hast du im August Schule?«, fragte sie.

»Wir haben im August Schule, weil wir den Rest des Jahres wegen der Feiertage so viel Unterricht verpassen. Das ist erlaubt. Und ...« Ich machte eine Pause, um darüber nachzudenken, wie ich ihr am besten erklärte, dass ich einfach aus der Schule herausspazieren konnte, wann immer ich wollte. »Okay, warum geht man überhaupt zur Schule?«, fragte ich sie.

»Um Naturwissenschaften, Mathe, Geschichte zu lernen? Um später aufs College zu gehen? Um süße Jungs anzuschauen, aber so zu tun, als würde man sie nicht anschauen?«

Sie und ich besuchten *sehr* unterschiedliche Schulen. Aber vielleicht würde ihr meine sogar gefallen. Es gab dort nämlich *viele* Jungs. »Wir gehen in die Schule«, sagte ich, »um ein echter Mann zu werden, zu lernen, was der rechte Lebenswandel ist und wie man Gott am besten dient. Jedenfalls bei unserer Schule. Jetzt, da wir Männer sind, müssen wir unsere persönliche Beziehung zu Gott und zu unserer Religion finden, wir müssen verstehen, *warum* wir auf diese Weise leben, warum es *wichtig* ist, auf diese Weise zu leben, und das erfordert manchmal Selbstreflexion, und darum dürfen wir, wenn wir über uns selbst reflektieren müssen, einen Spaziergang machen.«

»Dann reflektierst du dich also gerade selbst?«

»Ja«, sagte ich. »Sehe ich nicht selbstreflektierend aus?«

»*So was* von selbstreflektierend. Du bist die personifizierte Selbstreflexion. Jesus, wenn ich einfach so aus der Schule spaziere, dann sucht mich die Polizei.«

»Wir leben nach unterschiedlichen Regeln«, sagte ich.

»Das habe ich gemerkt«, sagte Anna-Marie.

»Was soll das heißen?« fragte ich.

Anna-Marie schaute auf Borneo. »Ich wollte nicht ...«

»Nein. Was meinst du?«

»Ich wollte dich nicht verletzen. Es tut mir leid.«

Ich war nicht verletzt. Moment. Doch, ich war verletzt. Alles an Anna-Marie verletzte mich: die Art, wie sie sich kleidete, der Witz über das Grab ihres Vaters, das Rasenschild in ihrem Garten. Aber es war dasselbe, was ich über Mosche Zvi gesagt hatte: Du musst deine Freunde nicht mögen. Anna-Marie konnte mich tief verletzen und ich wollte trotzdem *all* meine Zeit mit ihr verbringen.

»Ich weiß einfach nicht, was du meinst«, sagte ich.

»Ihr Typen – nicht ›ihr Typen‹. Ich … Schön, wir sind Freunde, richtig?«

»Ja, wir sind Freunde«, sagte ich, hauptsächlich, weil ich hören wollte, wie ich es laut sagte. Ich wollte es wieder und wieder sagen.

»Okay, es ist nur, dass ich manchmal sehe – nun, deine Leute – sie kümmern sich nicht wirklich um die wirkliche Welt. Ein Typ latscht einfach über die Straße, ohne auf die kommenden Autos zu achten, Kinder spazieren auf dem Weg zur Schule durch die Vorgärten anderer Leute und so Sachen. Unsere neuen Nachbarn … Wenn ich mitten in der Nacht aufwache, rennen ihre Kinder schreiend durch den Garten, und das um zwei Uhr morgens. Ich bin nicht – ich will nicht –«

»Hm«, sagte ich. Über das Erste hatte ich nie wirklich nachgedacht. Überquerte nicht jeder verkehrswidrig die Straße? Aber was das Zweite anging, war ich eindeutig schuldig. Ich kürzte jeden Tag auf meinem Weg zur Schule durch mindestens zwei Vorgärten ab. Und ebenfalls zugestehen musste ich, dass Chana auf ihrem Scharfschützenhochsitz fast zu jeder Tages- oder Nachtzeit Wache hielt. »Die wirkliche Welt …«, überlegte ich. »Was ist die *wirkliche* Welt?«

»Das hier«, sagte Anna-Marie und zeigte auf das Wohnviertel, den heißen Tag, die Einkaufsstraße, auf die wir zuliefen.

Ich war anderer Meinung, aber ich hatte keine Lust, ihr zu widersprechen.

Wir gingen eine Weile schweigend weiter. Dann sagte sie: »Wäre gut, man könnte mal in eine andere Welt wechseln. Diese hier ist nicht immer so toll, oder? Zumindest hätte ich gern eine, wo ich meine Mutter ab und zu los bin.«

Anna-Marie band Borneo draußen vor dem kleinen Baumarkt fest.

Draußen brannte die letzte Sommersonne. So fühlte es sich für mich an. Trotzdem waren noch immer eine Menge Menschen draußen unterwegs, die diese Hölle genossen. Junge Eltern schoben Kinderwagen vor sich her. Jugendliche in unserem Alter gingen in den Cafés ein und aus, schlürften eisgekühlte Getränke. Gelegentlich joggte so ein Masochist mit knallroter Birne, hechelnd wie Borneo, vorbei.

Im Baumarkt war es kühl und es roch nach Sägespänen. Die Frau an der Kasse schaute auf, als wir eintraten. Abgesehen vom koscheren Markt ging ich nie in irgendeinen von den Läden in der Innenstadt, weil mich die Leute immer so komisch ansahen. Diese Frau sah mich nicht böse an oder so. Sie zog bloß unwillkürlich die Augenbrauen hoch, als fragte sie: »Was tut *er* hier drin?« Als wären jüdische Schrauben und Muttern anders als nichtjüdische.

Der Gesichtsausdruck der Frau veränderte sich, als sie meine Freundin sah. »Anna-Marie«, sagte sie. »Was verschafft mir die Ehre?«

Ich bin ein ganz schlechter Lügner. Ich bin einfach atemberaubend schlecht im Lügen. Es würde mir zum Beispiel schwerfallen, dir zu sagen, dass ich Zucchini mag.

Ich *liebe* Zucchini. Sie sind köstlich. Ich mag besonders … dass sie so matschig sind.

Nein. Das ist nicht wahr. Ich hasse Zucchini. Sie sind ekelhaft. Verstehst du, was ich meine?

Darum war ich überrascht, mit welcher Leichtigkeit Anna-Marie die Baumarktfrau anlog. »Ich besorge nur was für meine Mutter«, sagte sie.

»Wie geht es ihr denn?«, fragte die Baumarktfrau mit besorgter Miene.

»Gut. Gut.«

»Womit kann ich dienen?«

Anna-Marie ging zur Kasse. Ich stand hinter ihr herum, wippte langsam vor und zurück.

Anna-Marie hielt der Dame an der Kasse das Display ihres Telefons hin. »Ich weiß nicht genau, wofür sie es braucht, aber so etwas hier. Um Sprühfarbe zu entfernen.«

Die Frau glitt leichtfüßig um die Kasse herum und ging in den hinteren Teil des Ladens.

Wir folgten.

Die Frau nahm eine Flasche aus dem Regal und reichte sie Anna-Marie. »Damit sollte es gehen«, sagte sie. »Du brauchst nur ein paar Lumpen.«

»Verkaufen Sie welche?«

»Was? Lumpen? Hat die Bürgermeisterin denn keine Lumpen?

»Ich weiß nicht. Ich will nicht, dass sie mich zurückschickt.«

»Ich hole dir ein paar Schwammtücher – das sollte passen. Wir sehen uns an der Kasse.«

Anna-Marie zahlte, versicherte der Dame, sie würde ihrer Mutter einen Gruß ausrichten, dann waren wir wieder auf der Straße bei Borneo und steuerten auf den Friedhof zu. Wir nahmen einen Umweg, um die Hauptstraße zu umgehen. »*Jeder* hier kennt mich«, erklärte Anna-Marie.

Das stimmte. Die Dame im Baumarkt kannte ihren Namen, und selbst auf den Nebenstraßen, abseits von der Hauptstraße, grüßte jeder, wenn sie vorbeiging.

Ich kannte dieses Gefühl von der Zeit in Colwyn. Jeder dort war jüdisch gewesen und jeder kannte mich und meine Familie. Sie blieben stehen und fragten mich, wie es meiner Familie ginge, sagten, sie hätten eben Zippy und Yoel im Judaica-Laden gesehen (und wie glücklich das Paar gewesen sei) und wie ich doch »jeden Tag Vater ähnlicher würde«.

Wenn ich in Tregaron umherspazierte, behandelten sie mich, als wäre ich Luft. Als wir anfangs umgezogen waren, störte mich diese Anonymität nicht, aber jetzt, seit dem Graffiti, fühlte es sich unheilvoller an, wie sie ihre Augen auf die Erde richteten. Es war, als ob sie bewusst vermieden, mich anzusehen.

»Ich kann es nicht erwarten, hier rauszukommen«, sagte Anna-Marie. »Ich werde an die New York University gehen, die größte Uni in der größten Stadt, wo mich keiner kennt. Mein Ziel ist, niemandem zweimal zu begegnen.«

Wir nahmen den Seiteneingang zum Friedhof und gingen schnurstracks auf Cohen und Cantor zu. Die Hakenkreuze stachen im hellen Mittagslicht noch stärker hervor.

Anna-Marie hockte sich nieder und packte die Papiertüte aus. Ich bückte mich neben sie, als sie die Flasche und die Schwammlappen vor den Grabsteinen platzierte. Wir waren nah beieinander: ich, sie, die beschmierten Grabsteine. Sie streckte die Hand aus und legte sie auf meinen Arm. Ich hatte mein langärmeliges Shirt ein Stückchen hochgerollt und einer ihrer Finger berührte meine nackte Haut. Es war seltsam, wie normal es sich anfühlte, wie etwas so Seltsames, etwas nahezu Unvorstellbares, sich einfach völlig unspektakulär anfühlen konnte. Es war so ein Moment, in dem man einen Donnerschlag erwarten würde, den Ausbruch von Schwefel, irgendein Zeichen von Gott. Dass Mr. Cohen aus seinem Grab aufersteht und mich auf Jiddisch anschreit.

Aber nichts dergleichen geschah. Ich lächelte innerlich und Anna-Marie sagte: »Es tut mir wirklich leid, Hoodie. Die Menschen sind schrecklich. Ich kann mir nicht vorstellen, wie ich mich fühlen würde, wenn das jemand meinen…«

Und dann, anstatt ihre Hand für alle Ewigkeit, wie ich gehofft hatte, auf meinem Arm ruhen zu lassen, schraubte sie die Flasche auf, und wir machten uns an die Arbeit.

Ich muss zugeben, dass ich mir mein allererstes Date anders vorgestellt hatte. Ich konnte mich nicht entscheiden, was davon unwahrscheinlicher war: das Mädchen, das nicht jüdisch war, oder was wir gemeinsam machten, nämlich antisemitische Schweinereien von Grabsteinen zu entfernen.

»Entfernen« war nicht der richtige Ausdruck. »Verschmieren« traf es besser.

»Es tut mir leid, was hier passiert«, sagte Anna-Marie, während sie mehr Farbentferner auf ihr Schwammtuch tupfte. »Ich denke, so sind alte Leute einfach. Sie mögen keine Veränderung. In Tregaron ist wirklich lange Zeit alles gleich geblieben. Jeder kennt jeden. Jeder hat dieselbe Schule besucht und in denselben Läden eingekauft. Und sie wollen nicht, dass sich das ändert.«

»Dinge ändern sich aber«, sagte ich.

»Sagt der Junge mit dem Klapptelefon.«

»Ich *will* kein –«, begann ich und hielt inne. »Es soll verhindern –« Aber ich wollte auch diesen Satz nicht beenden. Das Klapptelefon sollte verhindern, dass ich von der Tora abgelenkt würde, verhindern, dass ich meine Zeit damit verbrachte, Videos zu gucken, Memes durchzuscrollen oder Bilder von Mädchen anzuschauen, die so angezogen waren wie das, welches mich eben berührt hatte.

»Es fühlt sich aber anders an. Wären wir nicht … wir, wäre es anders. Die Leute reden über uns, als wären wir eine Armee, die in ein fremdes Land einfällt.«

»Aber seid ihr das nicht auch? Irgendwie?«

»Wir haben nicht vor, zu *plündern*. Wir suchen nur einen Ort zum Leben.«

»Vielleicht höre ich nur, was meine Mutter mir erzählt«, sagte Anna-Marie, »aber wenn ihr Typen dieses Hochhaus baut, wird die Stadt dann nicht doppelt so viele Einwohner haben? Wird dann nicht alles anders sein?«

Damit hatte sie wahrscheinlich recht. Das war das Ziel: die Stadt so umzugestalten, dass sie jüdische Läden, koschere Restaurants, eine neue Synagoge samt Lehrhaus bekäme. Dass am Schabbos alles geschlossen wäre und es einen Eruv gäbe, einen mit einer Schnur begrenzten Bereich, in dem man trotz Schabbat Dinge mit sich tragen darf.

»Ich glaube eher nicht, dass das alte Leute waren«, sagte ich zu dem Geschmiere.

»Ja, das waren wahrscheinlich Jugendliche. Die jetzt auf Social Media damit prahlen. Als ich sagte ›Die Menschen sind schrecklich‹, meinte ich *alle* Menschen.«

Als uns schließlich der Schweiß auf der Stirn stand, waren die Hakenkreuze und die Nachricht auf dem Cantor-Grab nicht mehr zu erkennen. Es sah nur so aus, als hätte jemand tiefschwarzen Schlamm über die Grabsteine gekippt. Ich hielt für einen Moment inne und schaute gleich zweimal auf mein Telefon, wie viel Uhr es war. »Ich muss gehen«, sagte ich.

»Wir haben es fast geschafft«, sagte Anna-Marie.

»Ich … ich muss. Ich verpasse sonst die Mincha. Die Gebete. Man kann so ziemlich den ganzen Tag verpassen. Du könntest das *ganze* Jahr den Matheunterricht schwänzen und das habe ich auch vor. Aber wenn du die Gebete verpasst, führen sie sich hinter den Holzschuppen und schlagen dich mit dem Gürtel jüdischer Schuld.«

Anna-Marie fuhr sich über die Braue und schaute mich mit großen Augen an.

»Es ist ein metaphorischer Holzschuppen«, stellte ich klar. »Wir haben keinen echten Holzschuppen. Und keinen Gürtel.«
»Ah.«
»Ich bekomme eine Menge Ärger, will ich damit sagen.«
»Hab ich kapiert. Soll ich hier Schluss machen?«
»Ja.« Ich stand auf und streckte meine Beine. Aus dem Augenwinkel meinte ich, jemanden am Eingang zum Friedhof gesehen zu haben, eine Gestalt in dunklem Anzug mit Hut. Aber vielleicht spielte mir mein schlechtes Gewissen etwas vor, denn als ich wieder hinschaute, war niemand dort.

»Wollen wir das mal wieder machen?«, fragte Anna-Marie und korrigierte sich. »Nicht das. Du weißt, was ich meine. Uns treffen.«

Ich wollte sie nicht anlächeln. Ich wollte lässig reagieren, als wäre es total normal, dass ich mich mit coolen nichtjüdischen Mädchen traf. Aber ich strahlte. Ich konnte meinen Mund nicht geschlossen halten. Ich nickte heftig und machte mich voller Energie auf den Rückweg zur Schule.

Spät und schweißtriefend kam ich zurück. Glitt an meinen Platz neben Mosche Zvi und betete die Mincha. Rabbi Friedman leitete die Gebete und ließ seinen typischen Singsang erschallen. Er hatte eine ruhige, friedliche Stimme, die dich die Außenwelt und das Gebäude im Schuhkartongebäude, in dem du dich befandst, vergessen ließ.

Ich hatte einen inneren Frieden, schaukelte vor und zurück,

dachte an Anna-Marie. Ich war noch immer beunruhigt wegen der Schweinerei, aber ich fühlte mich gut, weil wir sie zusammen beseitigt hatten. Und ich konnte noch immer ihre Finger auf meinem Arm spüren, eine Berührung, mit der sie mir zeigte, dass sie mich als ihren Freund ansah. Nein, es war mehr als das. Ein Mädchen berührte nicht einfach einen Jungen, wenn da nicht mehr als Freundschaft im Spiel war.

Gegen Ende des Gottesdienstes bemerkte ich, wie Rabbi Moritz zu mir herübersah, und als wir alle aus dem Beis Medrasch hinausdrängten, passte er mich ab. »Komm zu mir ins Büro«, sagte er.

»Ich habe Unterricht.«

»Das war keine Bitte.«

Jetzt, als ich ihn wirklich anschaute, sah ich, dass er verärgert war. Und verschwitzt. Ich bin schlecht in Mathe, aber ich kann eins und eins zusammenzählen.

Bevor die Jeschiva das Grundstück im Jahr zuvor gekauft hatte, war das Hauptgebäude eine presbyterianische Kirche gewesen. Ich wusste nicht viel über Presbyterianer. Ich wusste nur, dass sie Christen waren, denn Jesus erfüllte das ganze Gebäude: die Glasfenster, die Schnitzereien über den Haupttoren.

Bevor die Kirche zur Schule wurde, war Moritz' Büro mit Sicherheit eine Abstellkammer gewesen. Die kleinen notdürftigen Büros der Rabbis waren über die ganze Schule verteilt. Das von Moritz war fensterlos, und jedes Mal, wenn sich die Tür öffnete, stieß sie gegen seinen Tisch. Die Wände waren schmucklos, abgesehen von einem Porträt des großen rabbinischen Gelehrten Chofetz Chaim.

»Möchtest du ein Seltzer?«, fragte mich Rabbi Moritz.

Moritz hatte einen kleinen Kühlschrank unter seinem Tisch und bot bei jedem Treffen stets ein Seltzer an.

Spazierte man mit einer Dose Seltzer in der Hand durch die Schule, wurde man gefragt, was man angestellt hatte. Das Seltzer sagte alles.

»Es ist furchtbar heiß draußen«, sagte der Rabbi. »Das Seltzer ist schön kalt.«

Ich sagte nichts. Es war besser, den Rabbi den ersten Schritt machen zu lassen. Vielleicht war er auch nur verärgert, weil ich zu spät zur Mincha erschienen war.

Aber der Rebbe sagte nichts. Er bückte sich und öffnete den Kühlschrank. Er suchte bedächtig eine Dose Seltzer aus. Von dem schiefen Regalbrett rechts neben ihm nahm er einen Plastikbecher und schenkte sich ein. Der Rabbi nahm in Ruhe einen Schluck und starrte mich über den Becherrand an.

»Ich habe keine Birken auf dem Friedhof gesehen«, sagte Moritz ruhig, beinahe so, als spräche er zu dem Seltzer.

Ich wollte wirklich auf dem Gegenteil beharren, dass der Friedhof *voller* Birken war. Das Problem war nur, dass ich nicht wusste, wie eine Birke aussah. »Ja, nun, sehen Sie, Rebbe, die Birke ist so überwältigend, dass man ihre Gegenwart nicht lange erträgt. Am besten hängt man ihrem Glanz aus sicherer Entfernung nach, wo man – wissen Sie was, ich nehme doch so ein Seltzer.«

»Erdbeere?«

»Limone, wenn Sie haben.«

»Gute Wahl.«

Er schob mir das Seltzer über den Tisch zu.

Ich ploppte den Verschluss auf und schluckte gierig. Während ich trank, überlegte ich, dass ich wohl am besten aus dieser Situation herauskäme, wenn ich das Blaue vom Himmel herunterlog. »Ich habe nur das Grab meines Großvaters besucht«, erzählte ich ihm.

»Zichrono livracha. Möge er in Frieden ruhen. Wie war sein Name?«

»Cohen.«

»Vorname?«

Ich konnte mich nicht an den Vornamen auf dem Grab erinnern, aber ich tippte auf ›Mosche‹, denn die Chance war eins zu vier, dass ein jüdischer Mann Mosche hieß.

»Von welcher Seite der Familie?«, fragte Rabbi Moritz nach.

»Von Mutters«, sagte ich schnell.

Rabbi Moritz seufzte. »Jehuda, ich *kenne* den Vater deiner Mutter. Er *lebt* noch. Ich habe ihn vor zwei Jahren auf deiner Bar Mizwa gesehen und dann noch einmal letzten Frühling zu Purim.«

Die Geschichte des Rebbe war wasserdicht. Ich erinnerte mich an beide Ereignisse. Ich mochte meinen Opa, auch wenn er ständig Mundgeruch hatte. »Also, er hat sich bereits einen Platz ausgesucht. Sie wissen schon, diese Vereinbarungen zum Familiengrab.«

»Weißt du, was der Talmud über das Lügen sagt?«, fragte mich Rabbi Moritz.

»Er plädiert ... stark dafür?«

»›Wahrheit ist das Siegel des Heiligen, er sei gepriesen.‹ *Das* sagt er uns. Und Raschi erklärt, dass Gott dort ist, wo die Wahrheit ist und wir seine Abwesenheit fühlen, wann immer Unwahrheiten erzählt werden.«

Ich fühlte definitiv die Abwesenheit von *etwas* im Raum.

Der beste Grund, Talmud zu lernen, war, dass man damit Diskussionen für sich gewinnen konnte. Aber im Moment sah es nicht danach aus, dass ich den Rebbe bald schlagen würde. Er besaß ein enzyklopädisches Wissen, was jüdische Weisheit betraf, und hatte die Kommentare aller wichtigen jüdischen Philosophen memoriert. Der Kerl hatte Raschi in der einen Tasche, Ibn Esra in der anderen, und Nachmanides lauerte in seiner Schreibtischschublade, allesamt bereit, hervorzubrechen und mich mit der bloßen Kraft ihres vereinten Wissens niederzuschmettern.

»Da waren Hakenkreuze auf den Gräbern«, sagte ich leise. »Ich habe sie entfernt. Und da war ein Mädchen, das das auch gesehen hat. Sie hat mir geholfen. Aber ich habe das nicht getan. Ich habe keine jüdischen Gräber geschändet.«

Der Rebbe schüttelte traurig den Kopf. »Oh, Jehuda. Oh, Jehuda«, sagte er.

Ich wollte, dass sich seine Traurigkeit auf mich übertrug. Denn das Graffiti machte mich traurig und es machte mir Angst. Aber ich fühlte mich auch stolz, dass Anna-Marie und ich das in Ordnung gebracht hatten.

»Ich wünschte fast, du *hättest* es getan.«

»Was?«, sagte ich. »Sie wünschten, ich hätte jüdische Gräber *geschändet*? Warum? Weil das bedeuten würde, dass wir nicht von Antisemiten umgeben wären? Dass nicht Tregaron uns hasst und versucht, uns zu vertreiben, wie wir einst vertrieben –«

»Über die Jahre habe ich oft sehen müssen, wie junge Juden den Abscheu verinnerlichen, den die Außenwelt ihnen entgegenbringt. Der Selbsthass kann ein Leiden sein, gegen das sich schwer ankämpfen lässt, aber man kann ihn bezwingen. Ich kann diesen jungen Männern auf ihrem Weg zurück zur Tora helfen. Aber diese Gedanken, die du hast, mit denen ist es anders. Diese Triebe, *diese* Triebe sind stärker.«

»Diese Triebe? Können Sie mir die näher beschreiben, Rebbe?«

»Ich glaube nicht, dass wir so unsere Zeit produktiv nutzen würden.«

»Ich möchte nur gern wissen, über welche Triebe wir sprechen?«

»Körperliche.«

»Oh, *jetzt* verstehe ich, weil ich genau weiß, was das Wort –«

Ich bekam genau den Aufwind, nach dem ich suchte. »Der *Körper*, Jehuda. Gedanken und Triebe, die zum *menschlichen Körper* gehören.«

Dachte ich an Anna-Maries Körper? Nun, *jetzt* tat ich das. Eins zu null für den Rebbe.

»Darum schützen wir unsere Schüler«, fuhr er fort. »Darum sind Fokussierung, Konzentration, Hingabe so wichtig in deinem Alter, denn es gibt bestimmte äußere Einflüsse, die stärker sind als andere. Ich beneide dich nicht. Heutzutage gibt es sehr viel mehr Ablenkungen. Ablenkungen wie diese machen es schwieriger, sich der Tora zuzuwenden. Aber wir *müssen* uns der Tora zuwenden. Du magst denken, du könntest Antisemitismus bekämpfen, indem du dich mit der Welt da draußen auseinandersetzt. Aber das kannst du nicht. Du glaubst, dass sie dich akzeptieren werden, wenn du dich der Außenwelt öffnest. Aber das werden sie nicht. Wir wissen das. Die vergangenen Jahrhunderte beweisen es. Wir haben es wieder und wieder gesehen. Darum müssen wir unsere eigenen Schulen haben, unsere eigenen Geschäfte. Das ist der einzige Weg. Mit deinen jüdischen Glaubensbrüdern und mit Haschem wirst du in diesem Leben Frieden finden. Aber du findest Haschem nicht in der profanen Welt. Allein durch die Tora kannst du dich mit ihm verbinden. Es gibt diesen Midrasch – wir hatten das im Unterricht –, der besagt, dass das Studium der Tora der *einzige* Weg ist, um unsere Feinde zu besiegen. Verstehst du?«

Ich verstand, was er sagte: Meine Freundschaft mit Anna-Marie, dem Feind, würde mich von der Tora abbringen, und ich könnte Antisemitismus nicht mit einer Nichtjüdin bekämpfen. Aber *genau das* hatte ich getan, als wir die Farbe entfernt hatten.

Ich trank mein Seltzer aus und stellte die Dose auf den Tisch. Rabbi Moritz sah durch mich hindurch. »Dein Volk hat gekämpft und ist gestorben für die Tora, für das Studium unserer heiligen Texte. Immer wenn man ihnen verbat, ihre Religion auszuüben, studierten sie sie insgeheim, riskierten ihr Leben und das Leben ihrer Frauen und Kinder. Du *hast* die Tora. Jeden Tag wird dir die Tora gegeben. Du musst nicht darum kämpfen. Dir ist die Tora gegeben und du nimmst sie nicht an.« Er legte die Hände auf den Tisch. »Wir werden dir helfen, das zu überwinden. Wir werden dich zurück zur Tora führen, Jehuda. Nach den Pogromen, nach der Inquisition, nach dem Holocaust sind wir durch die Tora wieder heil geworden. Allein durch die Tora werden wir überwinden, womit wir hier an diesem neuen Ort konfrontiert sind.«

Er sprach über mich, als wäre ich an irgendeiner Grippe erkrankt, als hätte Anna-Marie mir eine gojische Krankheit übertragen. Ich rechnete fast damit, der Rebbe würde ein Blatt Papier zücken und mir ein Rezept für eine Pille verschreiben, die mich heilen sollte. Er sagte nichts zu den Hakenkreuzen oder zu der Tatsache, dass ich richtig gehandelt hatte, als ich sie entfernte.

»Ich verstehe nicht, warum das zwei getrennte Dinge sein müssen. Warum kann ich nicht beides gleichzeitig tun?«

»Was beides? Tora ... und ein *Mädchen*?«

Mir fiel keine Antwort ein, mit der ich hätte punkten können.

Jetzt sah mich der Rebbe direkt an. »Du wirst die Schule nicht noch einmal ohne Erlaubnis verlassen, Jehuda. Auf diese Weise werden wir dir helfen. Wenn du die Schule verlassen musst, einen Spaziergang machen willst, werde ich mit dir gehen.«

»Das ist großartig«, sagte ich. »Bringen Sie Ihre Frau mit. Dann machen wir ein Doppeldate.«

Ich hatte das nicht sagen wollen.

Alles wäre okay gewesen, wenn ich das nicht gesagt hätte.

Rabbi Moritz explodierte, Speichel spritzte wie Granatsplitter quer über den Tisch. Das meiste von dem, was er sagte, hörte ich nicht. Etwas von Respektlosigkeit, was mein Vater denken würde und etwas über »die Jugend von heute«. Nichts über die Hakenkreuze.

Die Bürotür schlug hinter mir zu, und ich stand draußen auf dem Flur, mit der leeren Dose Seltzer in meiner geballten Faust. Ein kleines Grüppchen – genug für einen Minjan zum Beten – hatte sich im Flur zusammengefunden. »Was hast du gemacht?«, fragte Mosche Zvi.

Ich warf die Seltzerdose nach ihm.

KAPITEL 4
in dem ich auf Drängen meines gesetzlichen Vertreters Schnurkäse esse

Sobald meine letzte Unterrichtsstunde zu Ende war, bekam ich eine SMS von Zippy: »**Renn nach Hause, als ginge es um dein Leben, denn das tut es. Du und deine Anwältin müssen deine Verteidigung vorbereiten, bevor Vater nach Hause kommt.**«

Allwissenheit war die einzige Erklärung dafür, dass Zippy bereits davon wusste, aber ich tat, was sie gesagt hatte. Ich joggte fast den ganzen Weg nach Hause und sprintete das Stück über den Friedhof. Ich schoss quer durch unseren Vorgarten, wich Chanas Luftangriff aus.

Mit meinem Rucksack noch immer festgeschnallt auf dem Rücken, stand ich in der Küche, ganz außer Puste.

Zippys SMS hatte absolut dringlich geklungen, aber sie saß tiefenentspannt in ihrem Büro. Sie recherchierte etwas im Computer, schielte auf den Bildschirm. »Der Rabbi hat angerufen«, sagte sie, während sie etwas tippte. »Genau genommen beide. Moritz *und* Friedman.«

»Die Gräber waren –«

»Erklär mir nichts. Wir haben keine Zeit. Sie haben mich nach Papas Handynummer gefragt.«

»Also hast du ihnen eine falsche Nummer gegeben, unser Festnetz abgeschaltet, den Briefkasten gesprengt und unseren Nachnamen gesetzlich zu Smith geändert.«

»Das habe ich nicht getan.«

Mein Atem verlangsamte sich endlich, während meine Angst mehr und mehr anschwoll. Ich ließ meinen Rucksack auf den Fußboden gleiten und ordnete meine Zizit. »Ich denke, wir sollten es komplett abstreiten«, sagte ich. »Lügen wie gefuckt.«
»Hast du gerade *gefuckt* gesagt?«
»Nein?«
»Es heißt *gedruckt* – wie im Buch –, oi, mein lieber Bruder.«
Zippy hörte auf zu tippen und schwang sich auf dem Stuhl herum. Sie setzte sich in den Schneidersitz. »Weißt du, was die Gemara über das Lügen sagt? ›Wahrheit ist das Siegel des Heiligen, Er sei gepriesen.‹ Und Raschi erklärt, dass Gott dort ist, wo die Wahrheit ist, und wir –«
»›Seine Abwesenheit fühlen, wann immer Unwahrheiten erzählt werden.‹ Erzähl mir was Neues. Einen Versuch ist es wert.«
»Ja? Findest du? Okay. Ich will dich nicht abhalten. Dann los. Versuch es. Stell dir vor, ich wäre Papa.«
Ich räusperte mich. »Hey, hallo, Abba. Willkommen zu Hause. Ich hoffe, du hattest einen arbeitsreichen, angenehmen Tag, der du als Hauptbrotverdiener alle möglichen Sorten köstlichen Brots für unsere Familie erwirbst.«
»In Ordnung. Ein bisschen schwafelig, aber kein schlechter Anfang.«
»Du hast wahrscheinlich einiges meschugges Zeug von Rabbi Moritz gehört. Höre bitte nicht auf ihn. Der Rebbe meint es gut, aber er ist schizophren und leidet an Halluzinationen, eine lebhafter und absonderlicher als die andere.«
Zippy hob eine Hand. »Hier muss ich dich unterbrechen. Siehst du nicht, wie deine Lüge beides zugleich ist: (a) unwahrscheinlich und (b) verletzend für diejenigen, die an einer psychischen Krankheit leiden?«
»Haben wir Schnurkäse?«

»Lenk nicht ab.«

»Gut. Gut. Was schlägst du vor?«

»Verweigere die Aussage. Iss Schnurkäse. Sag nichts. Lass mich für dich sprechen. Zeig dich reumütig, devot.«

»Darf ich für die Rolle ein Wörterbuch benutzen?«

Zippy gluckerte. Auch wenn sie nicht wollte, sie konnte nicht anders. »Warum bist du so clever, nur immer auf die falsche Art? Tu so, als täte es dir leid.«

»Ich habe nichts Falsches getan. Ich habe das *Richtige* getan. Wir sprechen hier über die Schändung *jüdischer* Gräber, ein Angriff auf –«

»Was müssen wir tun? Dir einen Maulkorb verpassen? Schau. Vielleicht verstehst du nicht wirklich, was du getan hast. Vielleicht siehst du nicht, wie schlecht das ausgehen kann. Vielleicht bist du einfach nicht so helle. Aber ich sage dir, wie du das bestmögliche Ergebnis erzielen kannst. Akzeptier es oder lass es bleiben.«

Zippy wandte sich wieder ihrem Computer zu. Ich wandte mich dem Kühlschrank zu und griff nach meinem Schnurkäse-Maulkorb.

Gerade als ich die Packung Schnurkäse in die Hand nahm, ging die Vordertür auf.

»Stell dich nah zu mir«, flüsterte Zippy, »damit ich dir wortlos Stichworte geben kann.« Sie zog mich zu sich, packte mich mit der Faust unten am Shirt wie ein Puppenspieler, der eine Puppe steuert.

Man sollte wissen, dass mein Vater grundsätzlich eine sanftmütige Person ist. Er ist nachdenklich und ruhig. Reicht man ihm die Hand, nimmt er sie behutsam, als würde er sie eher umarmen als drücken.

Sein Name ist Abraham und am Tag vor meiner Bar Mizwa sagte er zu mir: »Ich gebe mein Bestes, um Haschem zu dienen. Aber wäre ich Abraham gewesen, ich weiß nicht, ob ich den Bund mit Gott hätte schießen können. Ich hätte meinen Sohn binden und ihn den Berg hinaufführen können. Aber ich glaube nicht, dass ich die Opferung hätte durchführen können.« Er ließ beschämt den Kopf hängen, als er das sagte, während ich ganz glücklich war, dass er mich nicht opfern wollte.

»Das war seine Art, dir zu sagen, dass er dich liebt«, sagte Zippy später.

»Nur weil er nicht gewillt ist, mir in einer rituellen Zeremonie die Kehle aufzuschlitzen?«

»Ja. Er hat dir gesagt, dass du ihn schwach machst, dass die Liebe zu seinem Sohn das Einzige ist, das ihn davon abhalten könnte, seinem Gott zu dienen.«

Ich sage das hier vorab, damit der Kontrast zur folgenden Szene klar wird: Als mein Vater durch die Vordertür hereinbrach, sah er aus, als wäre er bereit, jeden in seiner Sichtweite zu binden und zu opfern. Er sah alles andere als liebevoll und weich aus. Er sah aus, als wollte er mich wie ein Stück Fleisch weich klopfen.

Er flog in die Küche, mit rotem Gesicht, einem feuchten Mund à la Moritz: giftspeiend wie eine Schlange. Ich hielt die Packung Schnurkäse wie einen Schutzschild vor mich.

»Wie konntest du nur?«, knurrte er. »Wie *konntest* du? *Mein* Sohn. Mir – mir fehlen die Worte.«

Das sagen die Leute, wenn ihnen ganz besonders viel einfällt.

Ich tat, wie Zippy mir befohlen hatte. Ich sah meinen Vater nicht einmal an. Ich entzog einen plastikumhüllten Schnurkäse seinen Brüdern, sah zu, wie er sich entlang des perforierten Rands von ihnen trennte. Ich zupfte an der oberen Lasche des Schnurkäses und pulte ihn aus der Verpackung.

Auch Zippy hielt die Augen gesenkt. Sie blickte auf die Computertastatur, während sie mit meinem Vater redete. »Es tut ihm leid. Er wusste nicht, was er tat. Er wollte das Richtige tun.«

»Das Richtige? Seine eigene Gemeinde verraten? Seine Familie? Seinen Vater?«

Instinktiv öffnete ich den Mund, um zu antworten, aber Zippy kniff mich in den Rücken und mein Mund schnappte zu.

Zippy sprach langsam, ruhig. »Es tut ihm leid. Er wusste es nicht besser.«

Es tat mir überhaupt nicht leid, aber ich presste die Lippen aufeinander. Mit geübten Bewegungen schälte ich dünne Fäden von dem hauchzarten Käse. Ich versuchte, so zu tun, als ob die Welt nur aus mir und Käse bestünde, denn genau so, offen gesagt, *sollte* sie idealerweise sein.

Zippy versuchte die Aufmerksamkeit meines Vaters auf sie zu lenken, aber ich fühlte es, wie er mich jetzt ansah. Seine Augen brannten. »Du hast ein Foto davon gemacht, richtig? Bevor du das Graffiti entfernt hast, hast du ein Foto gemacht, korrekt?«

Ich schaute Zippy an.

Sie schloss die Augen und atmete resigniert aus. Sie hatte vergessen, mich zu fragen, ob ich ein Foto gemacht hatte. Sie wusste es nicht. Sie war ein schlechter Anwalt. Ich musste also selbst antworten. War ganz auf mich gestellt.

»Warum sollte ich ein Foto machen?« fragte ich.

»Was er sagen will, ist –«, begann Zippy.

»Warum?, fragt er wie ein Am ha'arez, wie ein Tölpel. Warum er ein Foto machen sollte? Als Beweis natürlich. Als Beweis sollte er ein Foto machen.«

»Ich habe etwas, das ganz offensichtlich falsch ist, richtiggestellt. Ich habe eine Mizwa erfüllt.« Warum niemand anders sah, dass ich eine gute Tat getan hatte, wollte ich nicht begreifen.

»Er denkt, er hätte eine Mizwa erfüllt«, sagte mein Vater ungläubig zu sich selbst oder zu Gott.« Er denkt, es war eine Mizwa, ein Gebot.« Dann wandte er sich wieder an mich. »Hättest du die Schweinereien zumindest gelassen, wo sie sind. Hättest du zumindest ein Foto gemacht, dann hätten wir etwas Gutes in der Hand, etwas, worauf wir uns stützen könnten.«

»Ich verstehe nicht –«, begann ich. »*Willst* du, dass sie uns hassen? Willst du, dass die Leute sehen ...«

»Dann könnten wir es ihnen *zeigen*, zeigen, was passiert, wenn sie ihren Hass versprühen, zeigen, was ihr blinder Fanatismus angerichtet hat. Damit hätten wir ein Druckmittel. Damit hätten wir sie zwingen können, den Bebauungsplan zu ändern. Mit so einem Beweisstück hätten wir nächste Woche mit dem Bauen beginnen können. Dann hätten wir zur Gemeinde, zu unseren Mitgliedern sagen können: Nun ja, es sieht nicht gut aus, aber Jehuda hat uns wirklich geholfen. Er hat unserer Sache geholfen. Er hat sich unserem Kampf angeschlossen, um hier ein wenig Frieden für uns zu schaffen. Ja, es sieht schlecht aus, aber er hilft uns. Aber jetzt? Jetzt hat er mich beschämt. Wie kann das *mein* Sohn sein? Er hat mich verraten und wir stehen mit leeren Händen da. Alles für nichts und wieder *nichts*.«

Das letzte »nichts« klang wie ein Knurren. Mein Vater atmete jetzt heftig, er hatte ein rotes Gesicht. Es war ein leiser, schwelender Zorn, wie ich ihn nie zuvor bei ihm erlebt hatte. Er redete sonst nicht über mich, als wäre ich nicht da. Und er hatte mich nie zuvor so angeschaut, als würde er mich nicht kennen, als *wollte* er mich nicht kennen.

Ich fühlte mich gefangen, in die Enge getrieben, wie ein Tier in einem zu kleinen Käfig. Alle waren wir in diesem kleinen Raum zusammengedrängt.

Und jetzt kamen noch zwei weitere hinzu. Als sie näher kamen, drehte mein Vater sich um, und seine Gesichtszüge wurden weicher, als er Rivkie und Goldie entdeckte. *Sie* wollte er noch kennen. Sie sahen verängstigt aus. Rivkies kleine Augen huschten umher, erst zu Vater, dann zu Zippy und schließlich zu mir.

Sie waren kleine, völlig unschuldige Mädchen.

Mein Vater hob die beiden schwungvoll hoch. Dann drehte er sich zu mir, trat mir gegenüber, in jedem Arm eine Schwester. Er richtete sie wie Waffen auf mich.

Rivkie und Goldie starrten mich an. Ihre kleinen, molligen Babyspeck-Gesichter sahen mir entgegen, flehten mich still an, mit dem Streiten aufzuhören.

Es war unfair von ihm, sie so zu benutzen. Ihre Augen waren angstgeweitet, und ich wollte, dass das aufhörte, der Schrecken aus ihrem Blick verschwände, das Haus sich beruhigte, damit sie wieder nach oben gehen und sich weiter in Frieden gegenseitig terrorisieren könnten.

Und ich hätte auch dafür gesorgt, hätte mein Vater nicht gesagt: »Wie konntest du mir das antun?«

Ich hatte *ihm* nichts angetan. Hätte ich irgendetwas Falsches getan – was ich nicht hatte –, dann müsste es ihn vor allem kümmern, dass ich mich von der Tora abwandte. Ich dachte, er wäre bekümmert, weil ich Gott nicht dienen konnte, wenn ich meine Gedanken auf die nichtjüdische Welt oder ein nichtjüdisches Mädchen richtete. Aber ihn kümmerte nur, inwiefern mein Verhalten auf ihn zurückfiel. Wie er jetzt vor der Gemeinde dastünde. Er hätte stolz auf mich sein sollen. Aber ihn kümmerte nur sein politischer Kampf, wie die Grabschändungen ihm zunutze sein konnten, seinen kostbaren Wohnungsbau zu verwirklichen.

»Ich habe eine Lehre für euch alle«, sagte mein Vater. »Hört zu.«

Als er »für euch alle« sagte, meinte er ausschließlich mich, doch Rivkie und Goldie auf seinem Arm schauten zu ihm auf und Zippy hob höflich den Blick.

Ich blickte auf meinen Käse, arbeitete an immer dünneren Streifen, doch Zippy stupste mich mit dem Ellbogen an, flehend, dass ich Papa in die Augen sähe.

Ich gab nach.

»Einst in unserer alten Heimat«, hob mein Vater an, verlagerte ein wenig sein Gewicht, um Goldie besser stützen zu können, »war die Wirtschaft desaströs. Einer der Gründe war, dass es keine richtigen Banken gab, denn die Gojim durften einander kein Geld leihen. Die Bibel verbat es ihnen, Zinsen zu nehmen. Also fragten sie die Juden, ob sie Geld leihen und helfen würden, dass jedermann zu Reichtum käme. Und die Juden taten, worum man sie bat. Sie vergaben Darlehen an jedermann und nahmen angemessene Zinsen. Sie revolutionierten ganze Wirtschaftsformen. Doch dann gingen die Gojim, wie immer, wenn es Probleme gab, gegen die Juden vor. Sie klagten uns an, gierig zu sein. Sie gaben den Juden die Schuld an ihrer Armut. Sie sagten, alles könnte wunderbar sein, wären die dreckigen jüdischen Geldleiher nicht. Und sie brachten die Juden dafür um, dafür, dass sie auf redliche Weise genau das taten, worum sie gebeten worden waren.«

»Das war nicht sehr nett«, stellte Goldie fest.

»Nein, Goldie. Es war *nicht* sehr nett. Und dennoch will sich dein Bruder eine von ihnen zur Freundin nehmen.«

Ich brannte vor Zorn. Ich hasste ihn dafür, wie er Goldie benutzte. Ich mochte es nicht, wie er ihr auf diese Art eine gewalttätige Geschichte erzählte. »Soll heißen«, sagte ich, »indem ich Hakenkreuze von jüdischen Gräbern entferne und zulasse, dass ein Mädchen mir dabei hilft, stürze ich sie in Armut, und sie bringt mich deswegen um? Nein. Du bist –«

»Hoodie«, sagte Zippie, und ich fühlte, wie sie mich hinten am T-Shirt zupfte.

Aber ich redete weiter. »Kannst du noch ein bisschen besser erklären, wie diese spitzfindige Analogie auf die gegenwärtige Situation anzuwenden ist? Machst du dir eigentlich auch Sorgen um mich? Oder geht es dir nur um dich? Darum, dass sie dir deine Geldmarktgeschäfte kaputt machen?«

»Hoodie«, sagte Goldie.

»Jehuda«, sagte mein Vater –, jeder sagte jetzt in verschiedenen Variationen meinen Namen. Mein Vater ließ die Mädchen herunter, zuerst Rivkie, dann Goldie. Er richtete das Sakko seines Anzugs.

Zippie sah es kommen. Etwas Bedrohliches und Gewalttätiges, Zippy sah es. »Jehuda geht auf sein Zimmer«, sagte sie.

»Jehuda, *du* –«, begann mein Vater.

»Jehuda geht auf sein Zimmer«, wiederholte Zippy. Dann sagte sie es noch einmal, ruhig, aber bestimmt. Sie sagte es wieder und wieder, rhythmisch, wie ein Trommelschlagen. Und ich marschierte zu diesem Takt. Ich wollte es nicht. Aber das war der einzige Weg. Ich marschierte an Rivkie und Goldie vorbei, wich Lea auf den Treppenstufen aus und hörte erst auf zu marschieren, als sich die Schlafzimmertür hinter mir schloss.

Mein Zimmer ist das kleinste im Haus – nur etwa eineinhalb Mal länger, als ich groß bin –, aber immerhin ganz allein meins.

Meinen Freunden, die Brüder haben, wie Mosche Zvi, geht es anders. Niemand furzt mir ins Gesicht, während ich schlafe, oder füllt Erdnussbutter in meine Schlaffäustlinge. Chana hat mir einmal Mayonnaise in die Schuhe getan, aber daran war ich selbst schuld. Wenn du deine Tür nicht abschließt, schaust du besser zweimal nach, ob du nicht Mayo in den Schuhen hast, bevor du sie anziehst. Und überhaupt war es gar nicht so unangenehm, wie du vielleicht denkst. Mir scheint, wenn man sein Schuhwerk würzen will, ist Mayo die richtige Wahl. Die Konsistenz ist wie gemacht für orthopädische Einlagen und sie hinterlässt keine Flecken wie Senf oder Ketchup.

Das eigene Zimmer ist der einzige Vorteil, den es hat, der einzige Junge in der Familie zu sein, aber dafür ist es auch ein echt großer Vorteil.

Nachdem mein Vater mich jetzt beispielsweise wegen des Graffitis und Anna-Marie leise zur Sau gemacht hatte, konnte ich in meine eigenen vier Wände flüchten und mich ganz allein in meinem Elend suhlen. Und weil ich mein eigenes Zimmer habe, bin ich auch die einzige Person auf der Welt, die weiß, ob ich geweint habe oder nicht – habe ich nicht.

Fun fact über mich: Ich habe eigentlich noch nie geweint. Ich bin so stoisch und emotionsleer wie ein Monolith: eindrucksvoll, unerschütterlich, gefühllos.

Wenn ich aufgewühlt bin, versuche ich, mit Gott zu reden. Das Problem beim Reden mit Gott ist, dass seine Antworten nicht immer leicht zu entschlüsseln sind. In dem Fall wende ich mich an Zippy oder Mosche Zvi, denn beide sind Profis im Interpretieren von Gottes Lehren und Botschaften. Ich kenne niemanden, der besser Gottes Lehren und Botschaften zu entschlüsseln wüsste.

Als ich damit fertig war, nicht zu weinen, wollte ich wieder hinuntergehen, um mit Zippy zu reden, aber ich war mir nicht sicher, ob die Luft rein war. Also überlegte ich, mein Telefon zu holen und Mosche Zvi anzurufen, aber ich spürte, dass ich eigentlich nicht mit ihm darüber reden wollte. Er würde es nicht verstehen. Um zu verstehen, was ich durchmache, hätte er ja normale menschliche Gefühle wie etwa Empathie empfinden müssen.

Die Person, mit der ich reden wollte, war Anna-Marie. Sie war empathisch. Sie hatte ein verständnisvolles Lächeln. Sie war nicht herablassend. Wäre sie hier, dann könnte sie die Hand auf meinen Arm legen und mich beruhigen. Denn sie war mit mir dort gewesen, und für uns beide gab es keinen Zweifel, dass wir das Richtige getan hatten.

Ich starrte an die Decke, zwischen den Rissen im Putz schwebte mir ihr Gesicht vor. Machte sie dasselbe durch? Hatte ihre Mutter sie auch ausgeschimpft, weil sie sich mit der falschen Person traf, ein Date mit dem Feind hatte? Starrte meine neue Freundin – das heißt sie, mit der ich *zusammen* sein könnte – an die Decke, doch ohne Tränen in den Augen, fragte sich, wie es mir ginge, wünschte sich, ich wäre da, damit wir gemeinsam damit fertigwürden, so wie wir mit dem Graffiti fertiggeworden waren?

Als die Zeit kam, schlafen zu gehen, konnte ich nicht einschlafen. Es war ein langer Tag gewesen. Ich war erschöpft. Ich bedeckte meine Augen mit der rechten Hand, sagte das »Schma Jisrael« und lag erwartungsvoll da. Aber der Schlaf wollte nicht kommen.

Schließlich stand ich auf und tappte hinunter in die Küche, wo der Käse schlief. Und Zippy. Ich bemerkte sie erst, als ich den Kühlschrank öffnete und das Kühlschranklicht den Raum erhellte. Sie schlief auf dem Holzstuhl, den Kopf zurückgeworfen, mit offenem Mund. Sie gab einen ruhigen Pfeifton von sich, der mit dem Summen des Kühlschranks harmonierte. Die Finger ihrer rechten Hand lagen noch immer um den Henkel ihrer Kaffeetasse und ihre linke Hand war über die Laptoptastatur drapiert.

Ich nahm diverse Käsesorten aus den Kühlschrankfächern und legte sie auf den Tisch.

Ich dachte noch immer an Anna-Marie. Ich verstand, warum

die Rabbis nicht wollten, dass ich diese Gedanken hatte. Sie waren wie Chips: Hattest du einmal damit angefangen, konntest du nicht mehr aufhören. Es war wie eine Sucht. Du weißt, wie schlimm es ist, wenn nicht einmal mehr Käse deinen Geist davon ablenken kann.

Die unkoscheren Gedanken ließen mich nach dem Computer greifen. Vorsichtig zog ich ihn unter Zippys Fingern hervor. Sie hob die Hand, kratzte sich selbst am Ohr, schlief aber weiter.

Bis letztes Jahr hatten wir kein Internet. »Was soll am Internet gut sein?«, meinte mein Vater. »All die Jahre hatten wir kein Internet. Warum jetzt? Internet ist das Tor zu einer kranken Welt. Ich werde nicht danebensitzen und zuschauen, wie diese Krankheit meine Kinder befällt.«

Aber Zippy sagte, sie bräuchte Internet fürs College.

»Dann hast du vielleicht das falsche College gewählt«, gab Vater zurück.

Zippy erklärte auf ihre respektvolle Zippy-Art, dass sie ausziehen müsse, wenn wir kein Internet bekämen.

Am nächsten Tag betrat mein Vater mit einem brandneuen Laptop und einem Typen von der Telekommunikation das Haus.

Und jetzt griff ich nach dem Laptop, schaltete ihn ein, darauf gefasst, mich zu infizieren. Ich öffnete den Internetbrowser, hämmerte auf ein paar Tasten und bekam sofort die begehrten Informationen. Ich dankte Gott, dass er Anna-Marie einen unverkennbaren, ungewöhnlichen Namen gegeben hatte.

Der erste Treffer war Instagram, aber ich konnte Anna-Maries Bilder nicht wirklich sehen. Sie waren verborgen, weil ich ihr nicht »folgte«.

Das Nächste, was ich fand, war eine Video-App namens Tik-Tok. Ihre Videos waren nicht verborgen. Wenn ich daraufklickte, war sie direkt hier, in meiner Küche.

In dem ersten Video, das ich anklickte, war ihr Gesicht direkt vor der Kamera. Sie schaute mir geradewegs in die Augen. Sie lächelte mich an. Ich wusste, sie konnte mich nicht sehen, aber ich erwiderte ihr Lächeln. Sie formte die Worte zu einem Song, bewegte die Lippen synchron mit der Person, die die Lyrics rappte. Als das Video zu Ende war, schenkte sie sich selbst ein Lachen und setzte einen schüchternen, verlegenen Blick auf. Sie warf die Haare zur Seite und stellte die Kamera aus, als ob ihr der Blickkontakt mit mir plötzlich unangenehm wäre. Als das Video zu Ende war, begann es automatisch von vorne. Ich schaute es sehr viele Male an – lass mich lieber nicht schätzen, wie viele Male genau.

Das zweite Video war aus einem weiteren Winkel aufgenommen. Anna-Marie stand in der Mitte eines adretten, grün gestrichenen Schlafzimmers. Es musste ihr Zimmer sein. Durch den Bildschirm ließ sie mich in *ihr* Schlafzimmer.

Sie trug Jogginghosen mit einem vertikalen Schriftzug und ein T-Shirt, das genau bis zum Hosenbund reichte. Ihr Haar war feucht, als hätte sie gerade geduscht. Sie schickte dem Video ein paar Worte voraus. Ich musste es neu starten, um es zu hören: »Das ist für meine Mädchen.« Dann setzte ein Song ein und Anna-Marie begann zu tanzen. Der Tanz enthielt eine Menge komplizierter Armbewegungen. Sie streckte ihre langen Arme erst in die eine Richtung, dann in die andere, nahm sie hinter den Kopf, legte sie auf die Hüften – die sie schließlich kreisen ließ.

Ich schlug den Laptop zu. Es gab einen kleinen Knall, der in der Küche widerhallte.

Zippy rührte sich, blinzelte. »Hoodie?«, fragte sie.

Ich sagte nichts, als sei sie ein Bewegungsmelder und würde mich nicht sehen, wenn ich mich still verhielte. Nach einer gefühlten Ewigkeit schnarchte sie weiter.

Langsam öffnete ich wieder den Computer. Ich hätte es besser sein lassen. Das Tanzen rief jede Menge unangenehmer, unerlaubter Gedanken hervor.

Ich wusste, ich hätte das Video nicht noch einmal ansehen sollen. Ich wusste, mein Vater hatte recht mit der Krankheit, die im Internet lauerte. Ein guter jüdischer Junge würde ein solches Video nicht anschauen.

Doch warum klappte meine Hand dann den Bildschirm auf? Warum rief ich die Seite erneut auf, drückte bei dem Video wieder auf Play? Warum schaute ich es unzählige Male an, bis ich am Tisch einschlief?

Ich wachte auf, als Zippy gegen meinen Stuhl trat. »Hoodie. Hoodie. Je*hu*da. Geh nach oben, damit ich dich wecken kann.«

Ich sah zwischen ihr und dem Laptop hin und her, Letzterer stand noch immer offen vor mir auf dem Tisch. »Warum starrt dein Computer mich an? Diese Dinger haben ein Eigenleben –«

Zippy brachte mich mit einem Fingerschnipsen zum Schweigen und zeigte nach oben, von wo bereits Geräusche von unseren sich regenden Eltern zu hören waren.

Ich ging auf Zehenspitzen die Treppenstufen hinauf und schloss genau rechtzeitig die Tür. Zippy »weckte« mich ein paar Minuten später mit dem traditionellen Tritt gegen die Tür.

KAPITEL 5
in dem Mosche Zvi und ich einem Freund in Not helfen, sponsored by Starburst

Dieses Kapitel erreicht dich mit freundlicher Unterstützung von Starburst, dem offiziellen weichen Toffee-Bonbon der Moskovitz-Tora-Akademie. Allerdings bin ich vertraglich verpflichtet, zu sagen, dass wir weder eine offizielle Verbindung mit der Wrigley Company, die Starburst herstellt, noch mit Mars Incorporated, Eigentümer der Wrigleys Company, unterhalten. Wir sind aber, um das klarzustellen, offen für eine solche Partnerschaft – unsere gesetzlichen Vertreter sind unter [zensiert] zu erreichen –, da wir der Meinung sind, dass beiden Parteien von Synergieeffekten profitieren würden.

Was ich damit sagen wollte: Wir, die Schüler der Moskovitz-Akademie, lieben Starburst. Sie sind lecker, und sie kleben an den Zähnen, sodass man länger etwas davon hat. Man isst einen mit großem Genuss, und dreißig Minuten später, wenn man völlig vergessen hat, dass man vor dreißig Minuten einen gegessen hat, wird man auf wundervollste Weise überrascht, dass noch ein Stückchen zwischen zwei Backenzähnen steckt.

Die tollen Leute von Starburst hatten gerade eine neue »Rätsel«-Packung auf den Markt gebracht. Sowohl die Verpackung als auch die Toffees selbst waren weißlich und die Verpackungen außerdem mit kleinen Fragezeichen besprenkelt. Manche Geschmacksrichtungen waren lecker und schmeckten fruchtig. Andere waren ekelhaft und schmeckten so gar nicht fruchtig. Mosche Zvi behauptete, er hätte einmal eins gegessen, das wie »Hundepisse« geschmeckt hätte, doch als wir ihn fragten, woher genau er wüsste, wie Hundepisse schmeckte, wich er aus.

Der Rebbe hielt uns einen Vortrag, wobei er vor der Tafel auf und ab schritt. »Was passiert, wenn ein Ei vom Dach fällt?«, fragte er.

»Es zerbricht?«, schlug Miller vor.

»Nein, das ist –«

»Nein, Rebbe«, erklärte ich, »es zerbricht *wirklich*. Meine Schwester Chana hat dieses Experiment erst neulich an mir durchgeführt. Ich *versichere* Ihnen, das Ei zerbricht.«

»Zerbrechlichkeit ist eines der Hauptmerkmale des Eis«, ergänzte Reuven. »Dafür ist es berühmt.«

»In Ordnung. In Ordnung«, sagte Moritz. »*Angenommen*, das Ei zerbricht nicht.«

»Aber das *wird* es«, sagte Ephraim.

Moritz blieb stehen, legte die Hände auf den Tisch und sah uns an. »Es geht um ein *symbolisches* Ei«, sagte er. Moritz hielt uns immer dazu an, die moralischen und ethischen Lehren der jüdischen Philosophie weniger wörtlich zu nehmen. Um aus dem tiefen Brunnen talmudischer Weisheit zu trinken, muss man diese Lehren einfach als das betrachten, was sie sind: Lehren. Die Welt hat sich verändert, seit der Talmud erstmals niedergeschrieben wurde, doch erstaunlicherweise lassen sich seine Lehren auch heute noch genauso auf das Leben anwenden wie zu biblischen Zeiten und sie werden auch in tausend Jahren noch für die gefühlsbegabten Roboter-Juden nichts von ihrer Gültigkeit verlieren.

In der Lehre, die er uns nahezubringen suchte, ging es um

Eigentum und gute Nachbarschaftsbeziehungen. Die Kernfrage lautete: Wenn ein Ei von deinem Dach und einen Abhang hinunter in den Garten deines Nachbarn rollt, wem gehört dann das Ei? Ist es noch immer dein Ei, weil dein Huhn es gelegt hat? Oder gehört es jetzt deinem Nachbarn, weil es auf seinem Eigentum liegt?

Aber wir hatten Schwierigkeiten, die praktischen Details zu umschiffen.

»Warum sollte man sich die Mühe machen und ein einzelnes Ei aufs Dach hinauftragen?«, fragte Mosche Zvi. »Vielleicht sollten wir uns mehr mit der geistigen Gesundheit desjenigen befassen, der so was macht.« Unser Primus war weniger bei der Sache als sonst, denn er war anderweitig beschäftigt. Mosche Zvi hatte eine Packung »Rätsel«-Starburst vor sich auf dem Tisch. Er packte ein Starburst nach dem anderen aus und biss an der Ecke ein Stückchen ab. Wenn er es mochte, aß er es auf. Wenn nicht, fütterte er es Chaim Abramowitz.

Übrigens war ich jetzt der beste Schütze in der Basketball-Schulmannschaft, zumindest bis auf Weiteres. Chaim Abramowitz konnte in der nächsten Zeit überhaupt nicht mehr werfen, denn er hatte sich beide Arme gebrochen. Nun ja, die Steinmauer neben der Schule hatte ihm beide Arme gebrochen. Beziehungsweise Aharon Bernstein, der Chaim mit der Wand bekannt gemacht hatte. Wie bei einem Gemara-Abschnitt war die Frage, wer die Verantwortung trug, Gegenstand einer hitzigen Debatte und hing von der Interpretation ab.

Wie dem auch sei, er hatte an insgesamt neunzehn Stellen beide Arme gebrochen. Chaim behauptete, dass sei ein Rekord: »Dr. Reznikov sagt, er habe noch nie so viele Frakturen gleichzeitig an beiden Armen gesehen. Er sagte, sie seien zerschmettert, ich zitiere: ›wie billige Glasscheiben‹. Er sagt, über meinen linken

Arm könne er einen Artikel für eine Fachzeitschrift schreiben, denn ein derart zerschmetterter Arm sei beispiellos –«

»Keiner mag Angeber, Chaim.«

Unsere Stunde über den Eierbesitz wurde hier und da von Chaim durchbrochen, der verkündete, welchen Geschmack er gerade probierte: »Saure Kirsche«, sagte er. »Vanille. Nein. Nein. Vanille*bohne*.«

Moritz erinnerte mit einer kurzen Schimpftirade an die Notwendigkeit, sich mit dem heiligen Text und unserer dreitausend Jahre alten Tradition zu befassen. Dann legte er das Buch auf den Tisch und vergewisserte sich mit starrem Blick, ob seine Schimpftirade auch den gewünschten Effekt erzielt hatte.

Chaim brach das Schweigen. »Das hier ist Litschi.«

»Echt?«, antwortete Mosche Zvi. »Dann mach weiter und sag uns, was Litschi ist.«

»Was so schmeckt wie das hier«, sagte Chaim mit einem Grinsen.

Mosche Zvi missfiel Chaims freche Antwort, sodass er ihm gleich ein neues Starburst direkt in seinen grinsenden Mund stopfte.

Augenblicklich veränderte sich Chaims Ausdruck. Zuerst zog er nur eine leichte, dann eine intensivere Grimasse. Und dann schluckte er plötzlich heftig, ja würgte fast. Als er schließlich wieder artikulieren konnte, stieß er ein einzelnes Wort hervor: »Zimt.«

»Zimt ist köstlich«, sagte ich.

»Nein. Nein. Ein Toffee sollte *nicht* nach Zimt schmecken. Ach du meine Güte. Rebbe. Rebbe. Kann ich mir den Mund waschen gehen?«

Der Rebbe hatte sich gefügt, sah zum Fenster hinter uns hinaus und kratzte sich am Bart. Jetzt senkte er den Blick und beäugte Chaim. »Kannst du?«, fragte er. »Wie genau willst du das denn anstellen?«

Chaim schaute auf seine von den Schultern bis zu den Fingern eingegipsten, an den Ellbogen um neunzig Grad gebogenen Arme und blickte verzweifelt drein: »Oh nein. Nein. Nein.«

»Gibt es einen Freiwilligen, der Chaim hilft, sich den Mund zu waschen?«, fragte der Rebbe in den Raum.

Alle hoben augenblicklich die Hand. Wir machten uns zutiefst Sorgen um unseren Freund Chaim. Wir alle wollten ihm beistehen in seiner Not.

Chaim schaute uns der Reihe nach an. Die Angst stand ihm in die Augen geschrieben. Er begann zu wimmern. »Warum? Was habe ich getan, dass ich das verdiene? Das Ei, Rebbe. Wem gehört es? Was sagt Raschi über das Ei? Bitte, sagen Sie es mir.«

Aber Rabbi Moritz hatte beschlossen, an Chaim ein Exempel zu statuieren.

Mosche Zvi und ich stellten uns zu beiden Seiten von Chaim auf. Jeder von uns packte einen seiner Arme, dann zogen wir ihn auf die Beine und führten ihn aus dem Klassenzimmer.

Im Flur schauten wir uns über Chaims Kopf hinweg an. »Nun, Zimt ist eine von den stärksten Geschmacksrichtungen, die es da draußen gibt«, meinte Mosche Zvi. »Manche sagen, stärker sogar als Litschi.«

»So ist es«, stimmte ich zu. »Wir müssen wahrscheinlich extreme Maßnahmen ergreifen, um ein solches Aroma aus den zarten Geschmacksknospen des jungen Herrn Abramowitz zu entfernen.«

»Unter normalen Umständen würden wohl ein paar Tic Tacs die Sache erledigen.«

»Aber schau dir Chaim doch nur an«, sagte ich. »Sieh, wie sehr der schlechte Geschmack im Mund ihn quält.«

»Stimmt. Eine absolut scharfsinnige Beobachtung, Hoodie. Die Umstände sind tatsächlich außergewöhnlich. Ich fürchte, wir werden alle sprichwörtlichen Register ziehen müssen.«

»Jungs«, sagte Chaim, als wir ihn den Flur hinunterführten. »Ich bin auch hier. Ich kann noch immer reden. Ich habe mir die *Arme* gebrochen. Tic Tacs sind prima.«

»Schsch, schsch, Chaim«, sagte Mosche Zvi. »Reg dich nicht auf. Bleib ruhig. Wir stehen das gemeinsam durch.«

Aber Chaim regte sich auf. Und blieb auch das ganze Unternehmen hindurch ordentlich aufgeregt. Er nannte uns Mamsers, Bastarde, wehrte sich, als wir ihn durch die Toilettentür drückten, kämpfte, um den Kopf unter dem Seifenspender herauszuwinden.

»Es schäumt automatisch«, beschwichtigte ihn Mosche Zvi. »Und ist mild.«

Aber Chaim hörte nicht auf Mosche Zvis Rat und schleuderte weiter seinen Kopf herum, wandte sich wie ein japsender Fisch an Land. So bekam er schließlich den milden Schaum in die Augen und gab deswegen ein mildes Wimmern von sich.

Als wir es einmal geschafft hatten, ihm den Mund zu öffnen, gab er den Kampf gegen den Reinigungsprozess auf und ließ uns gewähren. Als wir fertig waren und er sich hustend und schwankend über dem Waschbecken krümmte, sagte Mosche Zvi: »Siehst du? War doch gar nicht so schlimm, oder?«

»Nein«, würgte Chaim hervor, »es war fur – fur – es war fur –«

»Welches Wort will er uns sagen?« fragte ich Mosche Zvi. »Mir fällt kein einziges Wort ein, das so beginnt. Ich nehme an, er will sich bei uns bedanken.«

»Bin mir fast sicher«, sagte Mosche Zvi. »Es ist okay, Chaim. Du musst dich nicht bei uns bedanken. Du hättest dasselbe für uns getan.«

Chaim versuchte nun, sich den letzten Schaum vom Mund zu spülen, aber er musste den Bewegungsmelder des Wasserhahns mit der Hand anstellen. Bis er sich mit dem Mund heruntergebeugt hatte, war der Hahn schon wieder ausgegangen.

Mosche Zvi und ich lehnten uns gegen die Wand und sahen zu, wie er sich abmühte. Wir boten an, ihm zu helfen, aber er sagte uns, wir hätten genug »geholfen«.

Chaim war die Kippa vom Kopf gefallen und Mosche Zvi hob sie für ihn auf.

Ich dachte wieder an die Videos von Anna-Marie, die ich den ganzen Morgen unaufhörlich im Geiste abgespielt hatte. Ich wollte sie mir aus dem Kopf schlagen, aber sie kehrten immer wieder zurück. Es war wie damals, als Chana noch ein kleines Baby war und ich versuchte, sie zu füttern. Man legte ihr eine Apfelscheibe auf das Hochstuhltischchen und sie warf sie glucksend auf den Fußboden. Man legte ihr die Apfelscheibe wieder auf den Hochstuhl und sie warf sie gleich wieder runter, solange, bis einem nur noch eine Wahl blieb: ihr die Apfelscheibe so wie Chaim den Schaum reinzudrücken oder aufzugeben.

Wenn ich weiterhin versuchte, Anna-Marie aus dem Kopf zu bekommen, sie aber hartnäckig da drinblieb, *sollte* es dann nicht so sein? Und wieso war das überhaupt schädlich?

Als sie im Badezimmer in meinem Kopf aufpoppte, blickte ich instinktiv auf meine Zizit. Die an den Hüften herunterhängenden Fäden mit Quasten sollten mich an die Mizwot, die Gebote, erinnern. Doch als ich auf sie heruntersah, tanzten sie hin und her und ließen mich an Anna-Maries Kette denken, wie sie an ihrem Hals tanzte, und dann an Anna-Marie selbst, wie sie in dem Video tanzte, sodass ich wieder in ihrem Schlafzimmer war, dort, wo sie tanzte und schlief, sich anzog und, na, du weißt schon – sich auszog.

Hatte ich letzte Nacht den Laptop geschlossen, weil es falsch von ihr war, so wenig sittsam zu sein? Oder weil man mir *gesagt* hatte, dass es falsch war, solche Sachen anzuschauen?

Ich hatte immer getan, was man mir sagte. Na ja, nein, das ist gelogen. Ich meine nur, dass ich immer die kleinen Dinge infrage gestellt habe, aber niemals das große Ganze: dass ich meine Jeschiva-Prüfungen bestehen, den Abschluss machen, danach weiterlernen, ein orthodoxes Mädchen heiraten, aufs College oder ins Rabbinerseminar gehen würde. Dass ich den ausgetretenen Pfad nehmen würde. Auf dem ausgetretenen Pfad gibt es keine Dornbüsche oder andere stachelige Pflanzen. Aber mit Anna-Marie, die vor meinem geistigen Auge tanzte, bekam ich Lust, den ausgetretenen Pfad zu verlassen.

»Hast du dich jemals gefragt, ob das nicht alles viel zu viel ist?«, fragte ich Mosche Zvi.

Mosche Zvi schaute von Chaim auf. »Du weißt, Chaim hätte dasselbe für uns getan, wenn wir uns all *unsere* Arme gebrochen hätten. Und er weiß das auch.«

»Das meinte ich nicht. Ich meine, na ja, all das hier.« Ich schwenkte meine Arme, bezog die ganze Welt um mich her mit ein. Aber diese Toiletten sahen aus wie alle anderen, also musste ich mich klarer ausdrücken: »Jüdisch zu sein. Frum zu sein. Die Gebote zu befolgen. Dreimal am Tag zu beten. Jeden Segen zu sprechen. Hast du nie das Gefühl, das könnte einfach zu viel sein? So wie wenn du bereits einen Haufen Kleider trägst, aber die Leute hören nicht auf, dir Sakkos und Mäntel und immer noch mehr Sakkos und Mäntel überzuhängen, bis du kaum noch aufrecht stehen kannst unter all dem schweren Stoff. Aber dann sagen sie dir, du sollst gerade stehen, es sei respektlos, sich so vornüberzubeugen, also versuchst du dich aufzurichten, aber du schaffst es einfach nicht, weil das Zeug zu schwer ist. Du befindest dich in einem Dilemma. Entweder musst du all die Schichten abwerfen oder du brichst unter dem Gewicht zusammen.«

Mosche Zvi kam zu mir. Er klopfte mit der Hand auf meinen Schädel wie an eine Tür.

»Ist da der echte Hoodie drin?«, fragte er. »Hallo?«

Ich sagte nichts.

Mosche Zvi schwieg für einen Moment. Er tippte mit dem Fuß auf die Fliesen. »Ist es wahr, was sie sagen?«, fragte er. »Hat Rabbi Moritz dir deswegen Seltzer verabreicht? Bist du jetzt ein Abtrünniger? Wirst du etwa zum Apikores?«

Ich brauchte Mosche Zvi jetzt in diesem Moment. Er sollte jetzt nicht wie sonst reagieren, sondern ernsthaft mit mir reden.

»Nein. Ich meine es ernst. Sei ehrlich zu mir, *ja*? Stellst du jemals etwas von dem hier infrage? Überlegst du dir jemals, wofür das alles gut ist?«

Er schwieg für einen Moment. Man hätte meinen können, dass er in sich ging. Aber ich kannte ihn besser. Wir lauschten, wie der Wasserhahn an- und ausging.

»Nun«, sagte er. »Zunächst würde ich mich an Maimonides halten, dessen dreizehn Grundlehren des Glaubens uns sagen, dass jemand, der nicht glaubt, einer, der die Gebote nicht befolgt, sich unter den Minimiten und Apikorism wiederfinden und zugrunde gehen wird, während denjenigen, welche die Gebote folgen, das ewige Leben zuteilwird. Doch dann würde ich auch an Ibn Esra denken, der Maimonides widersprach und einen sehr viel milderen Standpunkt vertrat, obwohl ich annehme, dass sein Kommentar sich an diejenigen richtete, die die mosaischen *Ursprünge* des –«

»Ich frage nicht Rabbi Gutman. Ich frage meinen Freund Mosche Zvi, ob er persönlich nicht jemals all dessen müde wird. Los, sag was.«

»Wir sind, was wir sind, Hoodie. Das ist, wie wenn Menachem Meiri im zwölften Jahrhundert –«

»Nein, *falsche Richtung*, Mosche Zvi.«

»Okay. Okay. Dann so: Christen müssen Christen sein. Hindus müssen Hindus sein. Wir alle müssen auf *irgendeine* Weise leben. Wir alle müssen jemand oder etwas *sein*. Habe ich jemals darüber nachgedacht, ob ich das bin, was ich sein soll, oder wie es wäre, jemand anders zu sein? Natürlich. Und ja, es fühlt sich nach sehr viel an, jüdisch zu sein. Und es *ist* viel. Gott fordert viel von uns. Aber denke an die Alternativen. Bist du nicht *dankbar*, ein Jude zu sein? Ich bin es. Mein Leben hat deswegen mehr *Bedeutung*. Gottes Tora wurde *mir*, *meinem* Volk gegeben. Das ist ein Privileg. Mensch, denke, wie du dich fühlst, wenn du an Simchas Tora mit Gottes Tora in Händen tanzt, wenn du mit deinem ganzen jüdischen Volk, mit jedem Juden feierst, wenn du Gottes Worte an Moses auf dem Sinai in Händen hältst. Für dieses Gefühl nehme ich bereitwillig jede Last auf mich.«

»Den Jungen machst du am besten gleich zum Rabbi«, sagte Chaim mit Blick auf seine lahmgelegten Hände und stellte sich vor, sie hielten die Tora. »Gute Predigt, Rebbe.«

»Noch dazu«, sagte Mosche Zvi, »ist heute Abend Schabbos. Denke an *Schabbos*, Hoodie, und das ganze Essen und das ... Essen. Ja, an das ganze andere großartige Zeug wie halt das ... Essen.«

Ich mag Simchas Tora. Ein bodenständiges Fest. Auf jeden Fall unter den Top Ten. Aber wenn ich mit der Tora tanze, denke ich nie an Gott oder Moses oder den Sinai. Ich bemühe mich in erster Linie, die Tora nicht fallen zu lassen. Und es ist nicht die Tora, die mich dabei glücklich macht. Dass alles um mich herum glücklich ist, macht mich glücklich, die Freude im Gesicht meiner Eltern und meiner Freunde zu sehen. Nein, ich denke nicht an Gott oder Moses. Ich denke an die Juden, die ich *kenne*. Vielleicht mache ich das falsch. Es ist dasselbe wie mit Schabbos. Ich mag Schabbos, weil dann meine ganze Familie zusammenhocken muss.

»Hoodie?«, fragte Mosche Zvi. »Bist du noch bei uns?«

»Mehr oder weniger«, sagte ich.

Rabbi Moritz steckte den Kopf zur Tür herein. »Kommt«, sagte er. »Zurück in den Unterricht.«

»Prima Idee, Rebbe«, sagte Mosche Zvi. »Wir haben ausgiebig weiter über das Ei diskutiert. Es gibt ja *so* viel dazu zu sagen. Das ist überwältigend. Ich kann nicht für die Herren Rosen und Abramowitz sprechen, aber ich persönlich bin überwältigt.«

Moritz richtete seinen Anzug. Er konnte nicht entscheiden, ob Mosche ihn vorführte oder ernsthaft interessiert war. Tatsächlich traf beides zu, doch für Moritz konnte es immer nur eins von beidem sein.

KAPITEL 6
in dem ich verbotene Gedanken über geschmortes Hühnchen hege

Freitags endet der Unterricht früh wegen Schabbat.

Als ich nach Hause kam, bereiteten meine Mutter und Zippy das Haus für Schabbat vor: putzten, kochten, deckten den Tisch im Esszimmer. Sie waren bereits festlich gekleidet. Zippys dunkle Locken glänzten nach dem Duschen. Meine Mutter trug ihren Scheitl anstatt des gewöhnlichen Kopftuchs. Sie sah wie ein ganz anderer Mensch aus, eleganter. Die Perücke war gerade und braun und ließ sie älter und bedeutsamer wirken, wie so einen Gründungsvater. Das war wahrscheinlich nicht ihre Stilikone. Die meisten Mütter machen sich nicht wie Thomas Jefferson zurecht, aber ich fand, es stand ihr irgendwie.

Es war immer komisch, meine Mutter in der Küche zu sehen. Es war an allen Tagen komisch, sie zu sehen. Als Zippy und ich alt genug waren, um auf die kleinen Mädchen aufzupassen, ging meine Mutter wieder arbeiten. Und es war, als holte sie verlorene Zeit nach: Sie unterrichtete morgens in der Mädchenschule, die Chana und Lea besuchten, und nachmittags an einer weiteren Schule, bevor sie abends andere Frauen im Unterrichten unterrichtete. Die meiste Zeit zu Hause verbrachte sie in ihrer Büroecke im Schlafzimmer. In dieser Hinsicht war sie wie eine Fledermaus, die nur an Freitagen aus ihrer Höhle hervorkam, wenn sie und Zippy das Haus für Schabbat vorbereiteten und der Geist des nahenden heiligen Ruhetags alles erfüllte. Aber darum eben gab es den Schabbos: damit wir die Arbeit ruhen ließen und Zeit miteinander verbrachten.

»Warum lächelst du uns so fies an?«, fragte mich Zippy.

»Wer lächelt? Ich lächele nicht. *Du* lächelst«, sagte ich. »Wahnsinn, was für ein Geruch.«

»Das ist der Schmortopf«, sagte meine Mutter. »Barbecue-Hähnchen. *Denk* nicht einmal daran, es anzufassen.«

Nicht machbar. Heute war der reinste Verbotene-Gedanken-Tag.

Die Gerüche des Freitagnachmittags lassen sich schwer toppen. Am Schabbos selbst darf man nicht kochen, deshalb muss alles vorher erledigt werden. Oder es muss vorher in den Schmortopf. Man darf den Schmortopf warm halten, solange er bereits vorher eingeschaltet ist.

Ich atmete tief aus. Schloss die Augen, lehnte mich an den Türrahmen und ließ mich von all den guten Düften überströmen.

»Du kannst dich bei uns bedanken, indem du alle Lichter ausmachst«, sagte Zippy zu mir. »Aber das Licht im Wohnzimmer bleibt. Mama, denkst du, wir sollten den Ventilator anlassen?«

»Das musst du wissen. Du musst das bald für dich und Joel entscheiden.«

»Lass den Deckenventilator an«, sagte Zippy zu mir. »Ich habe Rabbi Google gefragt, und der sagt, es wird heiß dieses Wochenende.«

Bis vor Kurzem mussten wir uns nicht so penibel vorbereiten. Als Rivkie noch ein Baby war, hielten wir sie an den Schalter, wenn wir das Licht anmachen wollten. Früher oder später drückte sie immer aus Neugierde auf den Kippschalter.

Der Trick ist nämlich, dass sie den Schabbos nicht bricht, wenn sie nicht weiß, was sie eigentlich tut, wenn sie den Schalter drückt. Wir konnten sogar fernsehen, solange uns das Programm egal war, das Rivkie beim Stolpern über die Fernbedienung zufällig einschaltete. Doch inzwischen wusste Rivkie, was ein Lichtschalter war, und kam ausgezeichnet mit der Fernbedienung zurecht. Solange also kein weiteres Baby kommt, müssen wir uns am Schabbos tatsächlich miteinander beschäftigen. Und wir müssen besonders achtsam sein, denn ist ein Schalter erst einmal gedrückt, dann bleibt er auch gedrückt. Wenn wir das Teleshopping-Programm auf voller Lautstärke eingeschaltet lassen, werden sie uns Sonderangebote zuschreien, bis Samstagnacht drei Sterne am Himmel zu sehen sind.

Wir alle versammelten uns zwanzig Minuten vor Sonnenuntergang im Esszimmer. Wir hatten uns herausgeputzt. Ich trug meinen besten Anzug und den Borsalino. Meine Kleidung war perfekt auf meinen Vater abgestimmt. Jetzt trug ich buchstäbliche Mäntel und Sakkos, aber sie beschwerten mich nicht. Ich stand aufrecht.

Wir hielten dort kurz inne, während Zippy Rivkies Rock glatt strich, dann hießen wir den Schabbos willkommen und Mutter zündete die Kerzen an. Eine angenehme Wärme verbreitete sich im Raum.

Die gute Wärme verschwand, als wir das Haus verließen. Es waren nur ich, mein Vater und Zippy und das fühlte sich nicht richtig an.

Damals in Colwyn hatte es einen Eruv gegeben, ein Stück Schnur, das einen Teil der Stadt umgrenzte. Innerhalb des Eruv durfte man Kinderwagen schieben oder Kinder tragen, was am Schabbos sonst verboten war.

Hier in Tregaron gab es keinen Eruv, zumindest noch nicht. Die Bürgermeisterin und ihr Rat erlaubten es nicht. Die Synagoge war für Rivkie zu weit zu gehen, also ließen wir die kleineren Mädchen bei Mutter und brachen in Minimalbesetzung auf.

Aber es war nicht dasselbe und ich vermisste unsere alten Freitagabendspaziergänge zur Schul. Dort hatten wir uns auf dem Weg zur Synagoge mit anderen Familien getroffen, ich ging mit einer großen Gruppe von Freunden, und unsere Schwestern bildeten Flashmobs aus herumtollenden Mädchen, das reinste Meer kleiner herumwirbelnder Röcke.

Familien riefen einander über die Straße hinweg Grüße zu oder gingen sogar auf der Straße, weil sowieso keine Autos fuhren. Es war wie ein kleines Festival. Nach einer Woche harter Arbeit kamen wir zusammen, um die Ruhe zu feiern.

Aber in Tregaron war es anders und es ging weiter spürbar den Bach runter.

Wir gingen schweigend. Zippys Schuhe klackerten auf dem Bürgersteig. Als wir uns der Stadt näherten, stießen wir auf andere Familien aus der Gemeinde. Aber wir riefen ihnen nichts zu. Niemand wollte Aufmerksamkeit erregen.

Als wir die Gutmans trafen, schlossen sie sich uns wortlos an. Wir murmelten noch nicht einmal Grüße.

Fast konnte ich verstehen, warum die Bewohner der Stadt uns als Invasoren empfanden. Wir hatten in vielerlei Hinsicht Ähnlichkeit mit einer Armee. Wir trugen Uniform und wir marschierten auf die Stadt zu.

»Wir fallen auf wie bunte Hunde«, flüsterte ich Mosche Zvi zu.

»*Sind* dir schon mal welche *aufgefallen*?«, fragte er. »Hast du jemals zwei Hunde gesehen und gedacht: ›Mensch, sind die *bunt*?‹«

Es waren eine Menge Nichtjuden unterwegs. Sie waren alle aus den Sommerferien zurück, spazierten, radelten, fuhren Auto. Ich hatte niemals aufgeschaut und den Nichtjuden Beachtung geschenkt, wenn ich zur Schul ging, selbst in Tregaron nicht. Aber jetzt tat ich es. Als sie vorbeifuhren, beäugten sie uns misstrauisch, warfen uns diese Art rascher Blicke zu, die man nicht sehen soll. Aber sie waren deutlich zu spüren. Ich fühlte jeden einzelnen davon.

Das Gegenteil geschah auf dem Bürgersteig. Als wir in die trubelige Einkaufsstraße der Stadt kamen, stießen wir buchstäblich mit Gruppen von Gojim zusammen. Aber anstatt uns verstohlene, missbilligende Blicke zuzuwerfen, taten sie so, als wären wir nicht da, als wären wir unsichtbar. Wenn wir ihnen nicht aus dem Weg gingen, rempelten sie uns an. Kam uns eine Gruppe Nichtjuden auf dem Bürgersteig entgegen, mussten wir auf die Straße ausweichen.

Mosche Zvi und ich wurden fast von einem Sportwagen angefahren. Er hielt dicht hinter uns und hupte. Als die Frau hinter dem Steuer keine Lust mehr hatte, auf die Hupe zu drücken, fuchtelte sie mit den Händen in der Luft. Ich wies auf den dicht bevölkerten Bürgersteig, um anzudeuten, dass wir dort überhaupt keinen Platz hatten. Aber sie rollte bloß mit den Augen. Nur dass Herr Gutman ihm die Hand auf den Arm legte, hielt Mosche Zvi davon ab, ihr den Stinkefinger zu zeigen.

Kurz bevor wir die Tür zur Synagoge erreichten, prallte mein Vater mit einer älteren Frau zusammen. »Verzeihung«, sagte er. »Tut mir leid.«

»*Entschuldigen* Sie«, sagte sie. Sie hatte rot gefärbtes Jahr und Augen wie zwei grüne Perlen. Sie starrte meinen Vater mit Abscheu an. »*Entschuldigen* Sie«, wiederholte sie. »Schauen Sie überhaupt mal, wohin Sie gehen?«

»Meinen Sie mich persönlich?«, fragte mein Vater. Er wahrte wie gewöhnlich seine beherrschte Art. Er sah ehrenhaft aus, stand hoch aufragend dar und hielt die Arme locker über dem Handgelenk gekreuzt vor sich: eine Haltung, die Ruhe ausstrahlte.

Die Frau hingegen war alles andere als ruhig, ihre Augen

huschten unruhig von einem zum anderen. Sie schnaubte vor Groll.

»Oder meinen Sie damit *alle* von uns?«, fragte mein Vater. »Dürfen wir etwa nicht in unser Gotteshaus?«

»Avraham, gehen wir hinein«, sagte Mr. Gutman zu ihm.

»Entschuldigen Sie mich«, wiederholte die Frau und drängelte sich an meinem Vater vorbei.

Drinnen fühlte ich mich automatisch besser – eine Synagoge ist ein sicherer Ort. Aber dann warf mir mein Vater diesen neuen Blick zu. Es war ein »Wie ich es dir gesagt habe«-Blick. Seine Augen sagten: Siehst du? Sie fahren dich mit ihren Autos an. Sie stauchen dich auf dem Bürgersteig zusammen. Und dabei wird es nicht bleiben. Hältst du es für richtig, mit diesen Leuten deine Zeit zu verbringen?

Mit *diesen* Leuten? Mit denen, die ihn auf dem Bürgersteig anrempelten? Nein. Ich denke nicht, dass diese Dame und ich gut miteinander auskämen, geschweige denn irgendwelche gemeinsamen Gesprächsthemen fänden. Aber wenn wir Anna-Marie mit ihr in einen Topf warfen, dann war das doch nichts anderes, als wenn sie uns wie ein einziges kollektives Wesen behandelten? Doch ich konnte nichts davon äußern, denn er hatte mich nicht wirklich gefragt.

Mein Vater war nicht der Einzige, der mich missbilligend ansah.

Wir trennten uns, bevor wir zum Gottesdienst hineingingen. Zippy bog um die Ecke in Richtung Frauenabteilung und ich betrat mit meinem Vater, den Gutman-Männern und Zippys Verlobtem Joel geradewegs das Heiligtum.

Damals in Colwyn war die Gemeinde sehr viel größer gewesen. Unser Heiligtum dort war groß und offen. Es gab hölzerne Bänke mit blauen Kissen und silbernen Kronleuchtern, die von der hohen Decke herabhingen. Es hatte eine nahezu königliche Aura, wo man Gottes Präsenz unmittelbar spüren konnte.

Hier in Tregaron dagegen saßen wir auf Klappstühlen – richtige Stühle waren angeblich bestellt. Bevor wir das Gebäude gemietet hatten, war es ein Laden für Swimmingpoolzubehör gewesen – als wir zum ersten Mal darin beteten, lagen Schwimmnudeln auf dem Boden. Die Decke war niedrig, der Raum beengt. Gott konnte ich da drinnen nicht fühlen.

Als ich mich hinsetzte, spürte ich die Augen auf mir. Ich ertappte die Leute nicht wirklich dabei, dass sie starrten, aber ich wusste trotzdem, dass sie guckten.

Ich hätte es wissen müssen. In einer kleinen Gemeinde arbeitet die Gerüchteküche mit rasender Geschwindigkeit. Wenn dich also ein Rabbi auf dem Friedhof mit der Tochter der antisemitischen Bürgermeisterin sieht, weiß es am nächsten Tag die ganze Gemeinde, und sie strafen dich mit raschen, scharfen Blicken der Missbilligung. Ihre Köpfe sind in Gebetsschals gehüllt, sie verbeugen sich und singen für Gott. Aber du weißt, sie denken über dich nach, sehen dich an, nehmen sich einen Moment von ihrem Schabbos, um dir ihre Missbilligung zu zeigen.

Als der Gottesdienst begann, bemühte ich mich, darin aufzugehen. Aber es wollte mir nicht gelingen. Ich war in meinem Kopf gefangen, jede Minute verstrich unendlich langsam. Normalerweise fühlte ich mich eins mit den Männern um mich herum, alle gemeinsam hielten wir Zwiesprache mit Gott. Aber an diesem Abend fühlte ich mich abgetrennt, als wäre ich in meinem eigenen Bereich in der Synagoge, betete allein.

Als der Gottesdienst vorüber war, kamen wir in der Eingangshalle und draußen auf der Straße vor dem Gebetshaus gesellig zusammen. »Guten Schabbos«, wünschten wir einander, »guten Schabbos.«

Jeder wünschte mir einen »guten Schabbos«, aber das war auch alles, was sie sagten. Für gewöhnlich verweilten sie und sprachen mit mir, aber nicht so heute Abend. Als die Leute mich sahen, murmelten sie bloß »guten Schabbos« und gingen schnell weiter.

Außer Herr Gutman. Herr Gutman ist ein ernster Mann. Die ganze Familie Gutman ist ruhig, stur, ernst. Man könnte denken, Mosche Zvi wäre adoptiert, aber dafür sieht er ihnen einfach zu ähnlich. Sie haben alle diese eisblauen Augen, bei denen es dich fröstelt, wenn du sie anschaust.

Vor dem Nachhauseweg baute sich Herr Gutman vor mir auf. Er sah mich nicht an. Er blickte auf die Straße, die vorbeifahrenden Autos, die Ladenmarkisen auf der anderen Straßenseite. »Dein Vater ist ein guter Mann«, sagte er zur Straße. »Behandele ihn, wie er es verdient hat. Behandele ihn so, wie ein jüdischer Sohn seinen Vater behandelt.«

Wann immer mich jemand maßregelt, werde ich stets sarkastisch. Sarkasmus ist ein vielseitiges Werkzeug, wie diese Messer, die auch als Schraubenzieher taugen. Man kann es bei Freunden, bei Eltern, bei Lehrern benutzen. Es gibt nur eine Stelle, wo man es *nicht* benutzen kann, und das ist beim Vater von jemand anderem. Es ist einfach ... nicht erlaubt. Also sagte ich nichts und wartete geduldig darauf, dass Herr Gutman fortginge. Ich sah die Sportwagen vorbeirauschen und stellte mir vor, dass ich die Unterhaltung, sollte sie zu lange werden, jederzeit beenden konnte, indem ich mich vor ein Auto warf.

Gerade als ich einen schönen neuen blauen Explorer beäugte, kam Mosche Zvi, und wir trennten uns von unseren Familien. Wir trafen auf Ephraim und Schlomo Reznikov, gingen zu viert der Hauptgruppe hinterher und über die Einkaufsstraße auf das Wohnviertel zu.

Mosche Zvi kommentierte die Weise, wie der Rabbi den Gottesdienst geleitet hatte – er hatte sich ernsthaft Gedanken darüber gemacht. Aber niemand hörte ihm zu. Ephraim und Schlomo sprachen über die kommende Saison der Philadelphia 76ers und die Spielerpositionen, ob es genug Drei-Punkte-Werfer gäbe. Schlomo zwirbelte sich im Gehen die rechte Schläfenlocke um den Finger und nickte zustimmend zu dem, was sein Bruder über den neuen Flügelmann der 76ers meinte.

Ich achtete auf keine der Unterhaltungen, darum war ich es auch, der sie als Erster bemerkte.

Eine Gruppe junger Leute in unserem Alter hatte eben das Eiscafé verlassen. Sie spazierten träge den Bürgersteig hinunter, lachten. Hin und wieder nahmen sie einen Löffel von ihrem Eis oder tippten auf dem Gerät in ihrer Hand herum.

Es waren drei Mädchen und zwei Jungs. Eines der Mädchen hatte den Arm um die Schulter des ersten Jungen geschlungen, während seine Hand auf ihrer Hüfte ruhte. Der zweite Junge schaute rechtzeitig auf, um uns kommen zu sehen. »Oha«, sagte er. »Ich habe vergessen, dass wieder Freitag ist, wenn diese Werwölfe hervorkriechen und auf unseren Straßen herumlungern.«

Den Teil mit den Werwölfen beachtete ich gar nicht. Mich traf die Art, wie er »unsere« Straßen sagte, als ob sie ihm gehörten. Ja, ich blickte sogar auf den Bürgersteig, ob der irgendetwas speziell Goijisches an sich hatte.

Ich spürte, wie Mosche Zvi neben mir den Mund öffnete. Ich wollte ihm auf den Fuß treten, damit er nichts sagte – er sollte nichts von sich geben, was peinlich für uns wäre –, aber ich verfehlte seinen Fuß und trat gegen den goijischen Bürgersteig, stieß mir den Zeh und musste dann so tun, als hätte ich nur wahllos gegen den Bürgersteig getreten und mir dabei den Zeh gestoßen.

»Werwölfe kommen bei Vollmond, nicht am Freitag heraus«,

korrigierte ihn Mosche Zvi, was das Verhalten von Werwölfen betraf. »Es sei denn natürlich, beides fällt zusammen.«

Ich bemerkte, dass der Rest unseres Völkchens weitergegangen war. Wir vier waren jetzt wie Rudeltiere von der Herde getrennt, verletzlich und ohne eine Hirten, der kommen und uns retten könnte. Ich wollte laufen, aber ich wusste, es sähe schlecht aus, wenn wir liefen. Es sieht dumm aus, wenn Leute, einfach so, ohne erkennbaren Grund anfangen zu laufen.

Der Junge trug T-Shirt und Trainingshose und hatte ein breites Lächeln aufgesetzt. »Ich dachte mir, dass du und deine komischen Freunde das wissen müsstet«, meinte er zu Mosche Zvi.

»Hoodie ist kein Werwolf«, sagte eine Stimme.

Es war Anna-Marie. Sie war ein bisschen zurückgeblieben, aber jetzt trat sie nach vorne, neben den redenden Jungen. »Hey, Hoodie«, sagte sie. Sie lächelte gezwungen und winkte mir mit dem Eisbecher in der Hand zu. »Das ist Hoodie«, sagte sie und zeigte mit dem Löffel auf mich. »Er ist kein Werwolf.«

Ich hätte nicht gedacht, dass ich mich speziell darüber, als Nicht-Werwolf bezeichnet zu werden, jemals so freuen würde. Ich musste einfach lächeln. Sie kam wie ein Ritter in glänzender Rüstung aus ihrer Gruppe hervorgeritten, um uns vor diesem gojischen Drachen zu retten.

»Wie willst du das wissen?«, fragte ich. »Du hast mich noch nie bei Vollmond gesehen.«

Anna-Marie lachte nicht über meinen exzellenten Witz. Ihr war offenbar unwohl. Sie schaute zwischen den beiden Gruppen hin und her. »Äh«, sagte sie. »Hoodie, das ist Case.« Der Typ, der redete, war Case. Der Typ, der nichts sagte, war Jaden. Weil Jaden mit einer Hand am Hintern des Mädchens herumfummelte, musste das Mädchen ihm sein Eis füttern. Die ihn fütterte, war Cassidy. Die Letzte war Tess.

Ich stellte meine Freunde ebenfalls vor, aber das lief nicht gut. Es war ein strategischer Fehler, mit Schlomo zu beginnen.

»Der scheint mir normal schnell«, sagte Case.

Jaden lachte. Er bewegte seinen freien Arm und dann seinen Mund betont langsam. Er sprach mit tiefer Stimme, wie bei einem Tonband, das ganz langsam abgespielt wird: »Viiilleeeicht iiiist eeer geeeistiiiig laaaangsaaaam. Duuu weeeißt, iiin seeeineeem Hiiiirn.«

Die Brüder Reznikov schauten einander an. »Wir dürfen nicht so mit Mädchen reden«, sagte Ephraim, und er und Schlomo gingen rasch, die Augen gesenkt, um Anna-Maries Gruppe herum. Sie gingen so schnell sie konnten ohne zu laufen.

»Siehst du?«, sagte Case. »Ziemlich schnell eigentlich. Ich glaube, ich könnte in diesem Vampiranzug nicht so schnell gehen. Vielleicht sind sie also eher Vampire? Nur dass sie nicht allergisch gegen Sonne, sondern gegen Mädchen sind. Hey, Cassidy, versuch mal, den hier anzufassen, mal gucken, ob der dann explodiert.«

Case lachte über seinen eigenen Witz, machte dann eine Pause, um ein bisschen Eis zu essen. »Woher *kennst* du den Jungen?«, fragte er Anna-Marie.

»Ich wohne direkt gegenüber von ihrer Schule. Ich sehe ihn, wenn ich mit Borneo spazieren gehe.«

»Lass uns gehen«, sagte Mosche Zvi zu mir. »Diese Typen werden in der Hölle schmoren. Lassen wir sie vor den ewigen Qualen noch ihr Eis genießen.«

Ich schaute an Anna-Maries Gruppe vorbei und bemerkte, dass ich niemanden mehr von unseren Leuten sehen konnte. Mosche Zvi hatte recht.

»Ja, lasst uns unser Eis genießen, bevor ihr Typen unsere Stadt übernehmt und hier die Scharia einführt«, sagte Case.

Mosche Zvi sah mich an. Sein Blick sagte: Wollen wir sein Unwissen über die abrahamitischen Religionen richtigstellen? Wollen wir ihm das ganze Gesicht mit Eis vollschmieren? Oder wollen wir ihn zuerst kaltblütig ermorden und ihm *dann* das ganze Gesicht mit Eis vollschmieren? Wenn du im Grunde seit deinem Bris mit jemandem befreundet bist, kannst du vieles durch einen einzigen Blick kommunizieren.

Ich verneinte mit einem Blick alle drei Fragen.

»Anna-Marie ist meine Freundin«, sagte ich. Ich war mir nicht sicher, mit wem ich sprach: Mosche Zvi? Case? Mir selbst?

Case, Jaden and Cassidy lachten alle, als hätte ich einen Witz gemacht. Tess und Anna-Marie tauschten einen ähnlichen Blick aus wie zuvor ich und Mosche Zvi, einen, der alles sagt, ohne etwas zu sagen. Ich konnte ihn nicht deuten.

Mosche Zvi ergriff meinen Arm, zog mich um die Gruppe herum und schleifte mich am Ärmel mit sich. Doch ich riss mich los, als ich sah, dass Anna-Marie sich von ihrer Gruppe getrennt hatte und vorsichtig wieder auf mich zukam. »Warte nur *eine* Sekunde«, sagte ich zu Mosche Zvi. »Ich verspreche dir, ich komme.«

Ich traf Anna-Marie an einer dieser wackligen Ladeluken aus Metall, welche von den Läden draußen direkt in den Keller führen.

Anna-Marie war jetzt eine ganz andere, nicht das freie und fröhliche Mädchen, das ich in ihrem Schlafzimmer hatte tanzen gesehen. Sie blickte auf den Boden. Ich hätte böse auf sie sein sollen – als ritterlicher Drachentöter war sie ein ziemlicher Reinfall. Die meiste Zeit hatte sie kläglich herumgestanden, während der Drache uns wie Marshmallows röstete.

Ich *versuchte*, böse auf sie zu sein. Ich unternahm einen ehrlichen Versuch. Aber ich versagte. Stattdessen spürte ich, dass ich sie trösten wollte, damit es ihr besser ginge. Aber ich wusste nicht, was ich sagen sollte. Beide standen wir einfach da, schauten zur Kellerluke, als würden die richtigen Worte dann plötzlich vor uns auf dem Boden auftauchen. Ich hätte gern die Hand auf ihren Arm gelegt, aber ich wusste, dass Mosche Zvi zuschaute.

Um nicht irgendetwas Dummes zu tun, steckte ich die Hände in die Taschen. Da waren Starburst drin. Ich nahm sie heraus.

»Starburst?«, fragte ich.

Sie schaute auf. »Okay«, sagte sie. »Schau, ich –«

»Hoodie!«, rief Mosche Zvi. »Der Schabbos ist gleich zu Ende, wir werden die Havdala noch ohne dich sagen müssen.«

»Amerikanische Starburst sind nicht koscher«, erklärte ich Anna-Marie. »Aber der Abramowitz-Markt importiert sie aus England.« Vorsichtig, weil ich sie nicht berühren durfte, ließ ich ein paar in ihre Hände fallen und ging dann die Straße hinauf. »Gib deinen Freunden auch welche. Wenn du Case genug davon in den Mund stopfst, hält er vielleicht die Klappe.«

»Gute Idee«, sagte sie.

Ich folgte Mosche Zvi.

Es dauerte nicht lange und wir hatten den Rest der Gruppe eingeholt. Mosche Zvi sah mir direkt ins Gesicht. Ich konnte seinen heißen, sauren Atem riechen. »Dass du in die Tochter der Bürgermeisterin verliebt bist, ist dasselbe, als wärest du ... in Stalins Tochter verliebt«, hauchte er mich an.

»Hatte Stalin überhaupt eine Tochter? Man hört nicht viel –«

»Svetlana. Von seiner zweiten Frau. Sie ist 1926 geboren.«

»Ich würde sie gern stattdessen daten, aber die ist ein bisschen zu alt für mich.«

»Sie ist seit etwa zehn Jahren tot.«

»Exakt.«

»Das ist nicht lustig, Hoodie.« Mosche Zvi sah zu Recht beunruhigt aus. »Über so etwas macht man weder Witze noch sarkastische Bemerkungen. Ich werde – weißt du was? Ich weiß, was ich tue. Mein Talmudlernen am Schabbos widme ich dir. Ich glaube, ich kann helfen.«

Durch den Beschluss, Talmud für mich zu lernen, fühlte er sich besser. Bei mir wirkte es nicht, aber jetzt waren wir bei unseren Familien und ich konnte nicht mehr antworten.

KAPITEL 7

in dem niemand Brettspiele spielt

Das Essen war das Einzige, das mich die vorwurfsvollen Blicke beim Schabbosgottesdienst und die unangenehme, kränkende Werwolf-Geschichte auf der Straße für eine Weile vergessen ließ.

»Welche von diesen liebreizenden Damen wollen wir zuerst verspeisen?«, fragte ich die versammelte Familie. Zwei von den Hühnchen, die meine Mutter gebraten hatte, standen vor uns auf dem Tisch.

Goldie preschte vor. »Wir könnten zuerst Klara Kluck essen«, meinte sie.

»Ganz deiner Meinung«, sagte ich zu ihr. »Und jetzt – ich bin ungern so taktlos –, aber wir wurden einander noch nie richtig vorgestellt. Könntest du mir freundlicherweise zeigen, welche unserer Freundinnen hier Kluck ist?«

»Können wir bitte unser Essen nicht vergackeiern?«, fragte Zippy. »Ich fühle mich unwohl damit.«

Das war ein taktischer Fehler von Zippy, denn der Rest der Familie genoss es, wenn sie sich unwohl fühlte.

»Die gackernde«, stellte Goldie klar.

»Oh, okay. Die, die mehr gackert, ist Kluck. Jetzt verstehe ich.«

Goldie begann ausgelassen zu gackern und Rivkie machte gleich eifrig mit. Und auch ich fiel in ihr Gackern ein, was sonst? Mein Vater legte missbilligend den Kopf in die Hände. Zippy legte nicht missbilligend den Kopf in die Hände.

Ich langte nach dem Hühnchen, das gackernder aussah als das andere, und servierte meiner Mutter etwas davon.

Damals in Colwyn hatte es nicht viele Nichtjuden gegeben. Ich war die befremdeten Mienen oder den schiefen Blick hier und da von Nichtjuden gewohnt, aber es war etwas anderes, wenn sich ein Jugendlicher in meinem Alter offen antisemitisch verhielt. Ich hätte wahrscheinlich Angst haben oder mich verletzt fühlen sollen. Aber es fühlte sich einfach surreal an. Ich hatte die Szene auf dem letzten Stück des Nachhausewegs im Geiste noch einmal durchgespielt, aber die frische Erinnerung erschien unwirklich wie im Film und nicht wie etwas, das ich fünf Minuten zuvor wirklich erlebt hatte.

Anstatt beunruhigt darüber zu sein, wie die Jugendlichen sich über uns lustig gemacht hatten, sorgte ich mich darüber, was Anna-Marie wohl dachte. Die Szene, die ich nicht vergessen konnte, war nicht die, in der man mich als Vampir verarscht hatte, sondern die, in der sich Anna-Marie auf die Lippe biss und zu Boden starrte und ich dasselbe tat und keiner von uns wusste, was er sagen sollte.

Wir aßen schweigend. Nein, das stimmt so nicht. Denn wir tun nichts schweigend. Wir aßen mit einem Heidenlärm, gackerten, schrien und kauten so laut, dass es in den Ohren dröhnte. Aber es hatte etwas von Stille, insofern es ein angenehmer, familiärer Heidenlärm war, der dich so herrlich schön wie Wellen überspülte.

Um unseren Schabbostisch herum herrschte Frieden. Und als wir mit dem Essen fertig waren, begann mein Vater zu singen.

Mein Vater hat viele negative Eigenschaften, aber er hat eine großartige Singstimme. Wir sitzen freitags abends immer lange am Schabbostisch und singen Smiros, besondere Schabboslieder. Am Schabbos sollst du dich enger mit Haschem verbinden. Raschi sagt, dass du am Schabbat die Tora »von Mund zu Mund« erfährst, so als würde Gott dich beatmen. An Schabbat bekommst du eine zusätzliche Seele, die dich mit Gott und der Tora verbindet.

Ich fühle diese zusätzliche Seele eigentlich nie – ich habe keine Ahnung, wie genau diese Seele sich anfühlen soll. Wie das flaumig weiche Innenfutter eines Sweatshirts? Wie die knusprige Haut eines Hühnchens? Oder wie die Creme, die ich auf meine Pickel auftrage?

Doch als mein Vater zunächst ganz weich anfing, »Jom se le-Jisrael« zu singen, fühlte ich etwas. Als er die Stimme erhob und dem Rest von uns das Zeichen zum Einsatz gab, schwebte eindeutig etwas Zusätzliches im Raum. Was auch immer es war, es verband uns mit Gott, aber auch mit dem Rest unseres Volkes, mit den Menschen, mit denen wir in der Synagoge beteten, mit unseren Leuten damals in Colwyn, unseren Leuten in Israel und mit allen Juden, die die Jahrhunderte hindurch auf ihren Schabbostischen ins Kerzenlicht geschaut, »Jom se le-Jisrael« gesungen und diesen Frieden in sich gespürt hatten. Ich fragte mich, ob auch meine alten Freunde vom Friedhof, Cohen und Cantor, dieses Lied gesungen und ob sie schöne Stimmen gehabt hatten.

Unser Friede hielt etwa eine Minute an, bis das Telefon von jemandem klingelte. Wir alle schauten uns vorwurfsvoll um. Es klingelte plötzlich und kurz, und niemand wusste, woher genau es kam.

Aber dann klingelte es wieder.
Und wieder.
Und noch zweimal.

»Ich glaube nicht, dass ich das bin«, sagte ich, weil mich alle anschauten, als ob ich das wäre.

»Warum kommt das Geräusch dann aus deiner Tasche?«

»Halt den Mund, Chana. Ich erwürge dich mit bloßen Händen.«

»Du kannst mich gar nicht mit bloßen Händen erwürgen.«

»Kann ich doch, wenn du dich nicht wehrst.«

»Warum sollte ich mich nicht wehren?«

Ich war es. Es war mein Telefon. Ich griff mit der Hand in meine Tasche, sie juckte und brannte wie Feuer. Ich fühlte, wie meine Finger das Telefon umklammerten. Wie sie das Telefon aus der Tasche zogen. Wie meine Augen auf das Telefon in meiner Hand blickten.

»Und das am Schabbos und am *Abendessen*tisch«, sagte mein Vater.

»Wir sind schon fertig mit dem Essen«, gab ich zurück. »Ist es jetzt nicht wieder bloß ein Tisch?«

Das Problem war, dass alle wussten, von wem die Nachricht war. Ein Jude schickte keine SMS am Schabbos. Und es konnte auch kein Spam sein, denn Spam schreibt dir nicht vier Mal hintereinander. Es musste Anna-Marie sein. Es war, als wäre sie in Gestalt eines Klapphandys in unser Schabbosesszimmer eingedrungen. Als suchte sie es wie ein böser Geist heim.

Mein Vater starrte auf meine Hand, die Ruhe und der Frieden, die ihn während des Singens umfangen hatten, wichen jetzt dem Zorn.

Meine Mutter schaute zwischen mir und meinem Vater hin und her und ließ sich von seinem Zorn anstecken.

Zippy entriss mir das Telefon, bevor ich es öffnen konnte – sie war keine Sekunde zu spät.

»Ich kann nicht glauben, dass du das tust«, sagte mein Vater und erhob sich vom Tisch. Er ließ seine Serviette neben dem Teller liegen und verschwand aus dem Zimmer.

Ich *tat* nichts. Eine Nachricht zu bekommen, war etwas Passives, etwas, das *mir* widerfuhr. Aber ich wünschte, ich hätte daran gedacht, mein Telefon auszuschalten und es aus der Hosentasche zu nehmen. Ich hatte wirklich vergessen, dass es dort war. Der Rest der Familie sah mich verärgert an, und mir war klar: Ich hatte ein entspanntes Schabbosessen zerstört.

Aber das Schlimmste war, dass Anna-Marie mir geschrieben hatte und ich nicht gucken durfte, was sie mir geschrieben hatte. Wenn du dir eine maßgeschneiderte Folter für mich ausdenken dürftest, um mein persönliches Leiden maximal zu vergrößern, dann solltest du das tun: erst dafür sorgen, dass Anna-Marie mir am *Beginn* des Schabbats eine Nachricht schreibt, dann, dass mir meine Familie das ganze Wochenende über die kalte Schulter zeigt, sodass ich absolut nichts anderes tun könnte, als herumzusitzen und darüber nachzudenken, was Anna-Marie mir geschrieben hatte.

Genau das passierte. Und ich litt unendlich.

Die Gottesdienste am Samstagmorgen liefen ähnlich ab wie die am Freitagabend, nur mit mehr Leuten. Und anschließend unternahmen wir nichts gemeinsam als Familie, sondern beschäftigten uns allein. Ich richtete mich im Wohnzimmer ein, sodass meine Familie keine Entschuldigung hätte, wenn sie mir aus dem Weg ging. Ich stellte sogar einige Brettspiele neben mich auf den Boden, doch niemand nahm meine Einladung an. Die jüngeren Geschwister spielten oben. Zippy las in der Küche. Meine Mutter hatte sich ins Zimmer meiner Eltern zurückgezogen. Mein Vater schritt wie ein Tier im Käfig umher, stieß wutschnaubende Laute aus, verweigerte jeden Blickkontakt. Als ich mit Chana raufen wollte, ließ sie sich leblos hängen wie eine Leiche und lag schlaff auf dem Boden. Wenn Chana sich nicht auf unnötige Gewalt einlässt, dann stimmt etwas nicht.

Also saß ich einfach da und quälte mich, indem ich mir mögliche Nachrichten von Anna-Marie ausdachte. Sie pendelten zwischen zwei Extremen hin und her:

Die eine extrem negativ: »**Hoodie. Hier ist Anna-Marie. Ich hasse dich. Ich will dich nie wiedersehen. Ich hoffe, deine wertlose Existenz wird ein rasches, schmerzvolles Ende finden. PS: Starburst sind ekelhaft.**«

Und die andere unfassbar positiv: »**Hoodie. Hier ist Anna-Marie. Insgeheim bin ich eine orthodoxe Jüdin. Überraschung! Außerdem liebe ich dich. Noch dazu bin ich extrem reich, und wenn wir geheiratet haben, werden du, ich und unser hübscher Nachwuchs ein luxuriöses Leben führen, wo wir uns die meiste Zeit auf einer Doppel-Chaiselongue rekeln, während uns unser Diener Case mit verschiedenen koscheren Käsesorten auf Zahnstochern füttert, für die wir zum Spaß Noten vergeben.**«

Ich war mir nicht ganz sicher, was eine Chaiselongue war, aber es klang schick und in Kombination mit dem Verb »rekeln« musste es etwas ziemlich Gutes sein.

Ich war kein Experte für Beziehungen, aber ich wusste, dass es unhöflich war, nicht schnell auf die Nachrichten deiner Freundin zu reagieren. Also legte ich mir im Kopf Antworten zurecht, als würden die auf wundersame Weise übertragen – vielleicht zählte ja nur der Gedanke –, aber es war schwierig, weil ich nicht wusste, was sie eigentlich geschrieben hatte.

Samstags abends, wenn drei Sterne am Himmel zu sehen sind – oder der Kalender an der Küchenwand sagte, dass sie dort stünden –, zündeten wir die Hawdala-Kerze an, sprachen den Segen über den Wein und reichten die süßen Gewürze herum. Als sie bei mir ankamen, bemerkte ich, dass sie besonders süß dufteten. Sie dufteten nach der Rückkehr meines Handys.

Ich traf Zippy in ihrem Büro, wo sie mir das Telefon unter dem Küchentisch reichte. »Sei vorsichtig«, sagte sie.

Ich trug das Telefon vorsichtig in mein Schlafzimmer. Ich legte mich auf mein Bett, holte einmal tief Luft und klappte das Telefon auf.

Da waren fünf Nachrichten, alle von Anna-Marie:

1. **»Hey, Hoodie.«**

2. **»Es tut mir leid, was passiert ist. Tut mir leid wegen meiner Freunde. Sie sind manchmal echt ätzend.«**

3. **»Willst du am Sonntag zu mir rüberkommen?«**

4. **»Hallo?«**

5. ☐ [ein Emoji, das nicht richtig angezeigt wurde, vermutlich wegen der antiken Technologie meines Klapphandys]

Aufgeregt schickte ich fünf Nachrichten zurück:

1. **»Hey, Anna-Marie.«**

2. **»Ist schon okay. Meine Freunde sind die GANZE Zeit ätzend.«**

3. **»Ja, ich kann am Sonntag rüberkommen. Um zwei Uhr ist die Schule aus.«**

4. **»Es war Schabbat. Ich konnte nicht schreiben.«**

5. :)

KAPITEL 8
in dem mich mein Mangel an Allwissenheit wirklich enttäuscht

Mein Besuch im Hause Diaz-O'Leary war wirklich ein schlechtes Timing, aber erst später am selben Abend wusste ich auch, warum. Die Leute sprachen nachher mit mir darüber, als erwarteten sie, dass ich den Antisemitismus aus der Entfernung *fühlen*, den Fanatismus in der Luft riechen oder ihn sehen könnte wie ein Rauchsignal. Doch was genau ich hätte tun sollen, wenn ich ihn roch, sagten sie nie.

Wir haben sonntags Schule, aber nur jüdische Fächer, und gegen zwei Uhr nachmittags ist frei. Nach der Schule gingen meine Freunde runter zum Markt, um die Snackregale leer zu kaufen. Ich sagte, ich sei zu müde, um mitzukommen.

»Gestern war Schabbat«, informierte mich Mosche Zvi. »Das ist der *Ruhe*tag.«

»Vielleicht bei dir zu Hause. Bei mir wohnt Chana Rosen.«

Ich kannte niemanden, der keine Angst vor Chana hatte. Meine Freunde trennten sich von mir und gingen in Richtung Stadt. Ich blieb einen Moment zurück, tat so, als läse ich wichtige Nachrichten auf meinem Telefon. Dann ging ich zu Anna-Maries Haus.

Borneo begrüßte mich an der Tür.

Soweit ich mich erinnerte, hatte ich nie zuvor ein nichtjüdisches Haus betreten. Ich fragte mich, ob sie wohl dieselben Sachen hatten wie wir. Hatten sie Fußböden? Wie sah es mit Wänden aus? Hatten ihre Treppen Geländer oder stützten sich die Gojim allein auf ihren Gleichgewichtssinn?

Die meisten der oben genannten Fragen meine ich nicht ernst – ich hatte Filme und Fernsehen gesehen und wusste, dass natürlich auch ihre Häuser Wände hatten. Ich rechnete bloß damit, dass es irgendeinen bedeutenden Unterschied geben müsste. Wenn wir uns in den Augen Gottes so grundsätzlich von den anderen unterschieden, konnten wir doch nicht auf ähnliche Weise leben wie sie?

Anna-Maries Haus sah in etwa genauso aus wie unseres, nur sehr viel sauberer. Man konnte herumlaufen, ohne auf irgendwelche Gefahren oder Hindernisse achten zu müssen – es war beinahe *zu* leicht. Außerdem war ihr Haus heller und irgendwie moderner, obwohl unsere Häuser vermutlich zur selben Zeit erbaut worden waren. Im Haus meiner Familie waren das ganze Mobiliar und der Dekor alt und dunkel, wie in einer altehrwürdigen Bibliothek. Selbst die Bücher – mit dem jüdischen Gesetz und mit jüdischer Philosophie – hatten Einbände in dunklem Rot und Schwarz. Im Diaz-O'Leary-Haushalt war dagegen alles in hellen Pastelltönen gehalten: die Wände, die Vorhänge, das Mobiliar. In keinem der großen Räume gab es ein Bücherregal. Stattdessen hatten sie große Holzschilder mit Sprüchen wie *Dieses Haus lebt von Liebe und Lachen* oder *Home Is Where the Heart Is* aufgehängt.

Der größte Unterschied zwischen unseren Häusern war, dass Anna-Marie in diesem hier lebte. Daran musste ich die ganze Zeit denken: Auf *diese* Fußmatte stellt Anna-Marie die Schuhe, die sie sich von den Füßen streift. Auf diesem Stuhl sitzt Anna-Marie manchmal. Und auf diesem anderen Stuhl hier sitzt sie bei anderen Gelegenheiten. Aus diesem Kühlschrank nimmt Anna-Marie ihre verderblichen Lebensmittel.

Als ich sie im Internet tanzen sah, hatte ich wie durch ein Fenster in ihre Welt geblickt. Und jetzt war ich durch dieses Fenster geklettert und mit ihr *in* dieser Welt. Ich fühlte mich wie ein Polarforscher, der ein neues Grenzgebiet betritt. Abgesehen davon, dass Polarforscher meistens hungerten und ihre eigenen Schuhe essen mussten.

Anna-Marie begrüßte mich an der Tür. Sie trug Jogginghosen und einen Hoodie. Ihr Haar war oben mit einem Haargummi zusammengerafft. Sie wirkte mehr bei sich zu Hause als bei unserem Treffen auf der Straße. Ich meine, sie *war* zu Hause, aber sie wirkte entspannter.

Da tauchte ihre Mutter im Türrahmen auf. Ich hatte unheilvolle Musik erwartet, wie beim Auftritt eines Bösewichts im Film. Aber nichts dergleichen geschah und ihre Mutter machte auch keinen bösen Eindruck. Sie war fast genauso gekleidet wie ihre Tochter, nur waren ihre Jogginghosen nicht so bunt. Sie hatte das Haar zu einem ordentlichen Knoten hochgebunden und trug eine große Brille, die den Großteil ihres Gesichts einnahm.

Die beiden sahen sich eigentlich nicht sehr ähnlich. Aber als die Bürgermeisterin lächelte, sah ich die Ähnlichkeit. Sie begrüßte mich, wobei sie meinen Namen in mehreren Variationen falsch aussprach. »Ja-*hu*-die«, sagte sie mit einem Lächeln, verschmolz meinen Vornamen mit meinem Spitznamen und sagte jede Silbe falsch.

Wenn ich es mit Nichtjuden zu tun hatte, stellte ich mich meistens als Juda vor. Aber Frau Diaz-O'Leary war mir zuvorgekommen.

Sie grinste und streckte die Hand aus, um mich zu begrüßen. Ihr Lächeln schwand, als ich ihre Hand nicht ergriff.

»Mama«, sagte Anna-Marie. »Er schüttelt dir nicht die Hand.«

»Oh, ich –«

»Und nenn ihn einfach ›Hoodie‹«, erklärte Anna-Marie weiter. »Wie der Pulli. Sprich mir nach. Fertig? Hoo–«
»Nicht in diesem Ton«, sagte ihre Mutter.
Das fing ja gut an.
In der Hoffnung, dass es in einem anderen Zimmer weniger unangenehm wäre, ließ Anna-Maries Mutter uns in die Küche. Ich war da nicht so optimistisch. Die Küche war der Ort, wo es Essen gab. Es war um die Mittagessenszeit.
Anna-Marie setzte sich an den Küchentisch. Ich verharrte wie in unserer Küche im Eingang.
»Ich wollte mir gerade ein Sandwich machen. Kann ich euch beiden eins anbieten?« fragte Frau Diaz-O'Leary. »Ich habe Thunfischsalat.«
Sie untersuchte länger die Brotpackung. »Hey!«, sagte sie. »Schau. Es ist koscher.« Sie hielt mir das Brot unter die Nase, als würde ich das jetzt so pur aus der Tüte essen, bloß weil es koscher war, als ob koscheres Essen rar wäre und ich sofort jede koschere Kalorie konsumierte, die sich mir darbot.
»Mama, er ist –«
»Der Thunfisch sollte auch in Ordnung sein, solange wir keinen Käse dazu schmelzen –«
»Nein, Mama. Du hast das Brot angefasst. Du hast den Thunfischsalat in dieser Küche *gemacht*.«
»Ach so?«
»Du lebst nicht koscher. Das ist keine koschere Küche.«
»Es ist unrein, nur weil ich es *anfasse*?«, fragte sie. Sie rollte die Augen, ertappte sich und ließ es umgehend sein.
»Jesus, Mama. Es gibt noch andere Kanäle als Facebook auf der Welt. Kannst du so was nicht googeln? Ist nicht gerade kompliziert.«
Frau Diaz-O'Leary wartete auf eine Bestätigung von mir, dass

es stimmte, was ihre Tochter sagte. Ich hatte nicht wirklich Lust, zu antworten. Rein theoretisch gesehen hätte ich das Sandwich essen können, wenn sie einen neuen Dosenöffner, ausschließlich Plastikbesteck und ein ungeöffnetes Glas koscherer Mayonnaise benutzt hätte. Aber es schien mir nicht der rechte Zeitpunkt für einen Stegreifvortrag über Kaschrut, und ich glaubte nicht, dass es an mir war, die seit dreitausend Jahren bestehende Interpretation von Gottes Gesetz zu verteidigen. Also nickte ich nur.

Die Bürgermeisterin sah mich an, als ob ich ihr zuliebe doch lockerer mit Gottes Geboten umgehen sollte. Und sie sah Anna-Marie an, als hätte ihre Tochter sie vorher umfassend in meine verschiedenen Vorlieben einweisen sollen. Die Anspannung in der Küche war fast genauso wie bei uns zu Hause, nur mit etwas anderer Note.

»Ich kann nichtkoschere Sachen essen, wenn es überlebensnotwendig ist«, sagte ich. »Wenn Sie mich also einige Wochen in Ihrem Keller anketten, kann ich alles essen, was Sie mir anbieten.«

Zugegebenermaßen war es wenig überraschend, dass diese Worte nicht gut ankamen. Mutter und Tochter sahen mich beide entsetzt an.

»Ich habe nicht gesagt, dass Sie das tun würden. Was ich damit sagen wollte – ich könnte alles essen, sogar Speck, wenn ich andernfalls sterben würde.«

»Bei uns gibt es keinen Speck, oder Mama? Weil der ungesund ist.«

»So ist es«, sagte Frau Diaz-O'Leary mit milder Stimme. Sie klang geschlagen. Sie lehnte sich gegen den Küchentresen und murmelte etwas von gesättigtem Fett. Sie blinzelte mit den Augen, wie um nicht zu weinen. Sicher war ich mir allerdings nicht. Weinen sieht fast bei allen Menschen gleich aus, aber *fast* zu weinen sieht bei jedem anders aus.

Ich hoffte wirklich, sie würde nicht weinen. Ich war wie gesagt kein Experte für Beziehungen. Aber wenn man die Eltern seiner Freundin kennenlernt, sollte man sie sicher nicht innerhalb der ersten fünf Minuten zum Weinen bringen.

»Jesus Christus«, sagte Anna-Marie. »Lass uns abhauen, Hoodie.«

Anna-Marie führte mich durch den Flur zurück zur Vorderseite des Hauses und dann die Treppenstufen hinauf. Ich wusste, welches Zimmer ihres war, weil ich die Tür von außen in einem ihrer Videos gesehen hatte. Aber ich ließ mir »zeigen«, welches ihres war.

»Es tut mir leid, Hoodie«, sagte sie. »Meine Mutter ist so was von peinlich. Genau wie meine Freunde. Genau wie meine Stadt. Ich habe das Gefühl, ich müsste mich jedes Mal, wenn ich dich sehe, entschuldigen. Du musst denken …«

Doch sie verstummte, bevor sie den Gedanken beenden konnte. Ich wollte ihr versichern, dass ich nicht dachte, was auch immer es war, was ich denken musste, aber ich wusste ja nicht, was es war.

Sie öffnete die Tür zu ihrem Zimmer. Es fühlte sich vertraut an: die waldgrünen Vorhänge, die limettenfarbene Bettdecke, die Fotos von Freunden über dem weißen Schreibtisch. Anna-Marie warf sich auf ihr Bett. Es war völlig ausgeschlossen, dass ich mich auf ihr Bett setzen würde. Ich linste nach der einzigen anderen Sitzgelegenheit im Zimmer, einem weißen Drehstuhl, der zum Tisch passte. Aber er stand zu weit im Zimmer drin, also verharrte ich einfach im Eingang, sodass die Tür mit Sicherheit geöffnet bliebe und ich mir selbst – und Gott – sagen konnte, dass ich nicht wirklich *in* ihr Zimmer ging.

Anna-Marie starrte an die Decke. Ich versuchte, überall hinzusehen, nur nicht zu ihr.

»Hast du jemals das Gefühl, dass niemand versteht, wie es dir geht?«, fragte Anna-Marie die Decke.

»Nein«, sagte ich. Aber dann dachte ich ernsthaft darüber nach. »Ich meine, bisher *hatte* ich dieses Gefühl nicht. Bis vor Kurzem. Aber jetzt habe ich es jeden Tag. Den Leuten wird gesagt, wie sie leben sollen, wie sie sich verhalten sollen. Und sie verhalten sich auf diese Weise, weil sie es schon immer so getan haben. Aber ist das ein guter Grund für die Art, wie du dich verhältst? Ist es falsch zu fragen, warum man sich so verhalten soll? In der Gemara steht viel darüber, wie man Sklaven behandeln sollte. Aber niemand hält sich heutzutage noch Sklaven, weil es – na ja, ist ja offensichtlich. Also erzählen sie uns jetzt, wir sollten die Sache mit den Sklaven als eine Metapher interpretieren. Jene Passagen im Talmud sprächen in Wahrheit nicht vom Sklavenhandel, sie bezögen sich auf Handelsverkehr im Allgemeinen. Aber um diesen Wandel zu vollziehen, musste erst jemand kommen und sagen: ›Warte. Das mit den Sklaven geht so nicht. Wir müssen das anders sehen.‹ War dieser Mensch ein Ketzer? Ein Apikores? Wurde der Cherem über ihn verhängt? Vielleicht war das so, aber dann stellte sich heraus, dass er recht hatte. Breche ich Gesetze, die ich *nicht* brechen sollte, oder bin ich wie dieser Mensch, der die talmudischen Diskussionen über die Sklaverei metaphorisch deutete? Vielleicht wird später erkannt werden, dass ich recht hatte. Meinst du das?«

»Vielleicht? Ich habe das meiste von dem, was du gerade gesagt hast, nicht verstanden. Es ist so, als würde sie sagen, wie schwer es für sie ist, wie sie den Schmerz vergisst, wenn sie sich in der Arbeit vergräbt. Wenn sie für die Stadt kämpft, die Stadt, in der er aufgewachsen ist, dann hat sie das Gefühl, sie würde sein Andenken bewahren. Aber sie denkt an *nichts anderes* mehr. Diese Mission bestimmt ihr ganzes Leben. Aber was ist mit *mir*?

Sie fragt mich nie, wie es *mir* damit geht. Sie hält nicht mal einen Moment inne, um darüber nachzudenken, wie hart es für *mich* ist. Und wenn ich nicht mit ihr darüber reden kann, mit wem sollte ich dann darüber reden? Mit Case? Meinen *Freunden*? Was wissen die schon? Das Einzige, worüber die reden wollen, ist, wer wen abschleppt und auf TikTok viral geht. Ich würde mich für immer auf Social Media verzichten, wenn ich ... wenn er dafür noch einmal da stünde, wo du jetzt stehst.«

Ich verstand, dass sie von ihrem Vater sprach. Aber ich wusste nicht, was ich sagen sollte. Mein Vater lebte, und wenn er im Türrahmen stand, bedeutete das, dass ich in Schwierigkeiten steckte.

»Wenn niemand versteht, wie du dich fühlst«, sagte sie, »fühlst du dich nur ... allein. Ich sitze mit meiner Mutter auf der Couch. Oder ich hänge mit meinen Freunden ab. Ich bin mit Leuten zusammen, aber ich fühle mich, als wäre ich allein, als ob ich die Einzige auf der Welt wäre. Selbst wenn sie mich ansehen, ist es, als ob sie mich nicht wirklich sehen.«

Dieses Gefühl kannte ich. Ich hatte es gerade ganz gut kennengelernt, mit all den vermeintlich gerechten Leuten um mich herum, die mir jetzt ihr wahres Gesicht zeigten. »Ich weiß, wie sich das anfühlt«, sagte ich. »Nicht die Trauer. Aber das andere kenne ich auch.«

»Es ist noch ätzender, wenn der Mensch, mit dem du am meisten reden möchtest, gleichzeitig auch der einzige Mensch ist, mit dem du nicht reden kannst.«

Ich überlegte, was ein guter Rabbi dazu sagen würde. »Der Chofez Chaim – er war so etwas wie unser Ober-Rabbi – hat darüber nachgedacht, dass dieses Leben nur eine Zwischenstation ist und –«

Anna-Marie blinzelte ebenso mit den Augen wie zuvor ihre Mutter. Sie erhob sich von ihrem Bett und ging auf mich zu, mit geröteten Augen, flatternden Lidern. »Es tut mir leid, Hoodie. Und es tut mir leid, dass es mir schon wieder leidtut. Aber ich brauche jetzt einfach eine Umarmung.«

Ich trat instinktiv einen Schritt zurück, aber ehe ich michs versah, schlang sie die Arme um mich. Nichts Schreckliches passierte. Es fühlte sich gut an. Es fühlte sich geborgen an.

»Na ja, Umarmungen sind eigentlich so was Wechselseitiges«, unterrichtete Anna-Marie mich. »Es ist ganz einfach. Du legst die Arme um den anderen und drückst.«

Ich folgte ihren Anweisungen.

Mir war bewusst, dass ich ein Gebot brach. Ich wusste nicht exakt, welches, aber ich begann direkt, mich zu rechtfertigen, und hoffte, dass Gott zuhörte. Dies war jemand, der Trost brauchte, sprach ich zu all den Versammelten in meinem Kopf. Mir kamen wegen der Umarmung keine unzüchtigen Gedanken. Die Heiligkeit des Körpers wurde dadurch nicht verletzt. Ich hatte eine Verbindung zu jemandem geschaffen, der diese Verbindung jetzt brauchte, und sie hatte dasselbe für mich getan. Sie trug einen Pulli mit langen Ärmeln, sodass ich keine nackte Haut berührte.

Als wir uns voneinander lösten, war Anna-Marie nicht mehr so rot im Gesicht. »Wie machst du diesen Laut?«

Machte ich einen Laut?

»Diesen Namen, den du gesagt hast.«

»Chofez Chaim.«

»Ja. Hofez Haim.«

»Das darf ich dir nicht beibringen. Das gehört zu einem geheimen Code. Ich habe einen Eid darauf geschworen.«

»Wirklich?«

»Nein. Quatsch«, sagte ich. »Den Laut produzierst du in der Mitte des Mundes. Tu so, als wolltest du etwas nach oben husten, aber du musst es stärker vibrieren lassen.«

Sie versuchte es. Es klappte nicht gut. Aber das Mädchen hatte Ausdauer. Selbst nach ein paar Hustenanfällen versuchte sie es weiter. »Ich hab's. Ich hab's«, sagte sie.

»Nein, hast du nicht. Du hast noch einen langen Weg vor dir.« Sie schmollte. Aber ich sah, dass sie nicht wirklich verärgert war. »Lass uns unten weiterüben«, sagte sie. »Ich denke, wir finden etwas, was du auch essen kannst.«

In der Küche präsentierte sie mir ein Aufgebot an einzeln verpackten Müsliriegeln. Und da war auch noch etwas anderes, eine Packung Starburst. Ich wollte ihr gerade sagen, dass die nicht koscher waren, als sie mit britischem Akzent verkündete: »Zum Nachmittagstee reichen wir nur Produkte aus dem Vereinigten Königreich.« Sie hatte sie aus dem Abramowitz-Markt. »Du hast recht«, sagte sie, »britische Starburst sind ganz schön zäh.«

Wir nahmen unsere Ausbeute mit zur Couch, dann saßen wir herum und schauten Fernsehen. Weil der Fernseher lief, mussten wir nichts sagen. Fernsehen war universell. Wir saßen nur da, starrten auf die flirrenden Bilder, waren nicht allein. Wir saßen an entgegengesetzten Enden der Couch, aber es fühlte sich noch immer so an, als wären wir zusammen. Ab und zu schauten wir hinüber zueinander und lächelten.

Ich liebte die Art, wie sie mich ansah, so als wäre ich der einzige Mensch, den es gab, der einzige Mensch, den sie *brauchte*, zumindest in diesem Moment. Sie heftete ihre braunen Augen an meine und ließ sie dort ruhen, als wäre sie einfach glücklich, mich anzuschauen, solange ich zurückschauen wollte – was ich, nun ja, auch ziemlich lange wollte.

Das zweite Date verlief sogar noch besser als das erste, und das nicht nur, weil wir dieses Mal eine Klimaanlage hatten.

Am frühen Abend gingen wir mit Borneo spazieren. Er pinkelte überall hin, auch an unseren Baum, *den* Baum, an dem ich

Anna-Marie damals an Tu B'Av zum ersten Mal getroffen hatte. Ich wünschte, ich hätte eines von Mosche Zvis vielen Messern bei mir. Wir hätten unsere Initialen in den Baum ritzen können. Als unser Geheimnis: H + A-M. Was nur wir verstehen würden.

Das Wetter änderte sich endlich. Eine kühle Brise wehte durch das Viertel. Der Herbst kündigte sich an. Anna-Marie sprach darüber, dass bald die Schule wieder anfinge – sie war ziemlich aufgedreht deswegen. Scherz. Im Gegenteil.

»Ich wünschte, ich könnte auch einfach so aus der Schule spazieren«, sagte sie. »Wir könnten gemeinsam rumlaufen. Du weißt schon, zur Selbstreflexion.«

»Wechselseitige Reflexion.«

»Ja«, sagte Anna-Marie mit einem halben Lächeln. »Ich reflektiere gern mit dir. Es ist so ganz ohne ... diesen Druck. Wir kennen nicht die gleichen Leute. Du wirst niemandem erzählen, was ich gesagt habe. Ich weiß nicht. Ich habe das Gefühl, ich kann mit dir auf eine Art ehrlich sein, wie ich es mit anderen Leuten nicht kann.«

»Ich werde diese Unterhaltung wortwörtlich an Case weitergeben.«

Sie schlug mir spielerisch mit der Faust auf die Schulter. »Ach ja? Und wie willst du das bitte machen? Mit der Wählscheibe von deinem Telefon den Netzbetreiber anrufen und ihn bitten, seine Nummer im Telefonbuch nachzuschlagen?«

»Das ist wirklich ein Schlag unter die Gürtellinie. Manche Dinge müssten verbo–«

Wir sprachen eben von Telefonen, da summte meins. Ich hätte beinahe laut geflucht. Die Nachricht war mit ziemlicher Sicherheit ein Ruf zurück in mein anderes Leben. Aber ich wollte in diesem hier bleiben, H + A-M + Borneo, der kleine Inselhund.

Ich klappte mein Telefon auf. Die Nachricht war von Zippy.

»Geh jetzt sofort weg von ihr«, stand da. »Geh so schnell du kannst zum Markt. Schleich dich hinein. Durch die Hintertür. Tu so, als wärst du die ganze Zeit dort gewesen. Jetzt!«

Ich machte instinktiv einen Satz von Anna-Marie weg, schaute mich um, rechnete schon damit, dass Zippy à la Moritz auf dem Friedhof irgendwo lauerte. Aber da war niemand.

»Alles okay bei dir?«, fragte Anna-Marie.

»Ja«, sagte ich. »Ich muss – nur gehen.«

»Okay«, sagte sie. Ich hatte gehofft, sie wäre enttäuscht. Aber ihre Stimme klang nichtssagend, unergründlich.

Zippys Nachricht war eindeutig dringend, also machte ich auf dem Absatz kehrt. Erst joggte ich. Dann rannte ich. Hetzte die Hauptstraße hinunter, anschließend den Hügel zur Brücke hinauf, die über die Schienen führte. Stürzte in die Gasse zu dem engen Parkplatz zwischen der Einkaufsstraße und den Zuggleisen – er lag parallel zwischen beiden.

Wie gewohnt wollte ich an der Hintertür des Marktes anklopfen, besann mich aber rechtzeitig und schlüpfte hinein. Ich zog die Tür leise zu.

Schon vom Lagerraum aus hörte ich Stimmengewirr. Der Laden musste brechend voll sein. Gleich nach seiner Eröffnung im letzten Herbst war er zum zentralen Treffpunkt der Gemeinde geworden. Abgesehen von der Synagoge war der Markt der einzige wahrhaft jüdische Ort in der Stadt. Damals in Colwyn gehörten uns alle Läden, Restaurants, Gemeindezentren. Wo immer man hinging, war man unter seinesgleichen. Wie in einer großen Familie. Aber hier hatten wir nur den Abramowitz-Markt. Hier traf ich mich mit meinen Kumpels, um zu testen, wo das menschliche Limit für den Konsum von Tortilla-Chips liegt. Hier trafen sich meine kleinen Schwestern, um die kleinen Schwestern meiner Freunde im Kreis herumzujagen. Hier trafen sich unsere Mütter, um über ihr Eheleben zu tratschen. Hier trafen sich unsere Väter, um die Köpfe zusammenzustecken und übers Geschäft und das jüdische Gesetz zu debattieren. Außerdem passten mehr Leute in den Markt als in die Synagoge, weshalb nach dem Vorfall an jenem Tag die ganze Gemeinde dort zusammenkam.

Klappen aus Plastik trennten den Lagerraum vom Hauptbereich des Marktes. Ich steckte meinen Kopf hinein. Da der Bau des Hochhauses auf Eis lag, war mir nicht klar gewesen, dass bereits genug von uns umgezogen waren, um den Laden zu verstopfen. Die Gänge waren brechend voll. Die Leute standen dicht an dicht wie Halva-Schachteln, gegeneinander und gegen die Ware gepresst.

Der einzige Ort, wo es jetzt noch etwas Platz gab, war hinter der Kasse respektive Feinkosttheke. Hinter dem Glas der Feinkostauslage hatten sich mehrere Gemeindeführer versammelt: Rabbi Friedmann, Herr Abramowitz, mein Vater. Neben ihnen hinter der Kasse stand Dr. Reznikov und daneben drei meiner Klassenkameraden: Reuven Miller, Chaim Abramowitz, Mosche Zvi Gutman.

Doch meine Klassenkameraden waren nicht tipptopp in Form wie sonst. Reuven hatte sich ein beeindruckend blaues Auge zugezogen. Es war so bunt wie Josephs Leibrock. Für den ungeübten Betrachter sah Mosche Zvi normal aus. Aber Mosche Zvi ist wie ein wildes Tier, das selbst die kleinste Verletzlichkeit um jeden Preis verbirgt, damit Raubtiere seinen geschwächten Zustand nicht wittern. Und ich konnte an der Art, wie er dastand, erkennen, dass er sich die Schulter oder den Arm verletzt hatte. Er hielt sich ein bisschen schief, leicht zur linken Seite geneigt, das Gesicht zu einer Grimasse verzerrt. Chaim sah unbeschadet aus – seine beiden Arme waren natürlich noch immer an rekordmäßig vielen Stellen gebrochen –, aber er blickte angespannt auf seinen Vater.

Herr Abramowitz hatte Chaims Kippa in der Hand und hielt sie vor der Menge hoch. Es war Chaims Lieblingskippa. Klassisch, aus Wildleder, mit dem aufgenähten Logo der Philadelphia 76ers. Doch jetzt war sie fast in zwei Hälften zerrissen. Nur der 76ers-Aufnäher hielt sie noch zusammen.

Ich sog unwillkürlich die Luft ein.

Ein paar Leute hinten in der Menge fuhren herum und sahen mich aus dem Lagerraum hereinlugen.

Ich spielte den Unbeteiligten. Ich betrat den Markt und tat so, als prüfte ich meinen Hosenschlitz, als käme ich gerade von der Toilette. Aber an ihren verärgerten Blicken war abzulesen, dass sie mir das nicht abnahmen.

Nach einer Weile dämmerte mir, was passiert war.

Nach der Schule war ich zu Anna-Marie hinübergegangen. Meine Freunde waren zum Markt geschlendert und hatten sich ein paar Snacks besorgt: Popcorn, Starburst und Elite-Doritos – diese grüne Tüte Tortilla-Chips »spicy sour«, importiert aus Israel.

Meine Freunde streiften umher, naschten Snacks, genossen das Wetter, die Spitzenqualität ihrer Elite-Doritos, als ihnen eine Gruppe Jugendlicher aus dem Ort entgegenkam. Die einheimischen Schlägertypen grölten antisemitische Beleidigungen, und als meine Klassenkameraden sich gegen die verbale Anfeindung wehrten, gingen die Jugendlichen zu körperlicher Gewalt über.

Im Laufe des Übergriffs pressten zwei der Rowdys Chaim gegen eine Wand. Sie überlegten laut, ob Chaim seinen Fedora wohl trug, um seine jüdischen Hörner zu verbergen. Also rissen sie ihm den Hut vom Kopf. Doch als keinerlei Hörner zum Vorschein kamen, dachten sie, die Hörner wären vielleicht wirklich sehr klein und versteckten sich unter Chaims Kippa. Also rissen sie ihm auch diese herunter. Als auf Chaims Kopf noch immer keine Hörner zu sehen waren, rissen sie die Kippa beinah entzwei, hielten jedoch inne und rannten weg, als ein Passant sie entdeckte und laut rief.

Mir wurde plötzlich übel. Ich legte die Hand auf eines der Regalbretter, musste mich irgendwo festhalten. Was hatte ich meinem Vater gesagt? Dass so etwas hier nicht passieren würde. Und es wäre *mir* passiert, hätte ich kein Date mit Anna-Marie gehabt.

Rabbi Friedman sprach, benutzte die Kasse als Shtender. Rabbi Friedman war unser Gemeindeführer und außerdem der ranghöchste der hiesigen Rabbis in der Schule. Er hatte einen langen grauen Bart und einen Kugelbauch und schaukelte immer vor und zurück, wenn er sprach. Er hatte eine sanfte Stimme, doch sie erklang trotzdem durch den ganzen Markt. Die Müdigkeit auf seinem Gesicht zeigte, dass er eine Weile geredet hatte. Jetzt fasste er das Gesagte zusammen. »Wir wissen seit der Zerstörung des Ersten Tempels, wie es ist, im Exil zu leben. Wir alle wissen, was es heißt, diese Schlacht zu kämpfen. Der Hass schmerzt uns. Er kränkt uns ebenso, wie er Gott kränkt. Aber er bekräftigt auch unseren Glauben, dass wir mithilfe unserer Traditionen, durch die Unterstützung unserer Gemeinde, durch die vielen Wunder von Haschem, uns hier weiter in Sicherheit aufhalten werden. Nun habe ich mich mit Herrn Rosen, Herrn Abramowitz und Dr. Reznikov über einige praktische Dinge beraten – und wir haben mit Rabbi Taub Rücksprache gehalten. Dazu übergebe ich das Wort nun an Herrn Rosen.«

Mein Vater machte einen Schritt nach vorne. Er stand hoch aufgerichtet da. Er verstand es, wenn nötig, autoritär aufzutreten: bei Kuratoriumssitzungen, Gerichtsverhandlungen, Lesungen in der Synagoge. »Ich habe mich an die hiesige Polizeibehörde gewandt«, sagte er. »Wie vorauszusehen war, haben sie sich vor ihrer Verantwortung gedrückt, *alle* ihre Wähler zu schützen. Sie haben zugehört, aber es war klar, dass sie nichts tun würden. Darum werden wir, wie wir es gewöhnt sind, die Dinge selbst in die Hand nehmen. Der Plan ist wie folgt: Ab jetzt wird niemand mehr allein unterwegs sein, auch die Erwachsenen nicht. Auto fahren ist in Ordnung. Aber zu Fuß geht jeder in Gruppen von mindestens zwei Personen. Für alle schulpflichtigen Kinder werden wir, je nachdem, wo sie wohnen, Erwachsene beauftragen, sie zur Schule zu bringen und wieder abzuholen. Wir alle sind sehr beschäftigt, und es wird *nicht leicht* sein, diese Aufgabe zu stemmen. Aber wir tun das für unsere Kinder, für unsere Gemeinde, für unser Volk, für unsere Zukunft. Die Türen der Synagoge werden während der Gebetszeiten abgeschlossen und der Eingang von zwei Leuten rund um die Uhr bewacht. In der Zwischenzeit reden ich und Rabbi Friedman mit der Bürgermeisterin, dem Stadtrat und der Polizei, damit sich die Spannungen legen. Im besten Falle könnte sich unsere gesetzliche Stellung durch diese Sache verbessern, da unser Verfolgtsein an diesem Ort jetzt unleugbar ist, verkörpert im physischen und emotionalen Leiden unserer –«

Ein Klopfen am Glasfenster des Ladens unterbrach die Rede meines Vaters. Augenblicklich wandten sich alle Köpfe zur Straße hin, wo fünf Polizeibeamte standen. Der Kommissar, der geklopft hatte, trommelte mit dem Fuß und gab ein Zeichen mit dem Kopf.

»Entschuldigung«, sagte mein Vater zu der Menge. Das Publikum trat zur Seite und er und Rabbi Friedman machten sich auf den Weg nach draußen. Die Tür klingelte, als sie hindurchgingen, dann standen sie mit den Polizeibeamten auf dem Bürgersteig.

Der Kommissar sprach, die Lippen bewegten sich schnell. Dabei schüttelte der den Zeigefinger in Richtung der versammelten Menge. Die anderen Polizisten traten ungeduldig von einem Fuß auf den anderen.

Als Antwort auf das, was der Kommissar sagte, warfen Rabbi Friedman und mein Vater die Hände in die Luft.

Jetzt war ein echter Streit losgebrochen, aber keiner von uns konnte irgendetwas hören. Die Gesichter auf beiden Seiten liefen rot an und jeder gestikulierte, nickte, winkte, zeigte auf uns drinnen im Markt. Rabbi Friedman war stinksauer, stampfte beim Reden mit dem rechten Fuß, sein übergroßes Sakko wehte in alle Richtungen, und der Kopf wippte derart, dass der Hut fast abhob.

Nach etwa einer Minute kamen mein Vater und der Rabbi kopfschüttelnd wieder hinein. Sie gingen zum Ladentisch.

Draußen auf der Straße berieten sich die Polizisten in einem kleinen Kreis.

Rabbi Friedman wollte mit einem Räuspern zu sprechen anheben, aber die Polizisten hatten bereits ihre Entscheidung getroffen. Sie öffneten die Vordertür. Der Kommissar drückte sich in den Laden. »*Sie* sind das Problem«, rief der Kommissar dem Rabbi zu. »Wir haben Ihnen die Chance gegeben, das Richtige zu tun. Diese Versammlung gefährdet die Gemeinde und verstößt gegen die Brandschutzverordnung.«

»Erzählen Sie mir nichts von Gefahr für *meine* Gemeinde«, sagte Rabbi Friedman.

Der Polizeibeamte ignorierte ihn und wandte sich an die Menge. »Alle raus«, sagte er. »Sofort.«

Wir alle sahen zu Rabbi Friedman auf, wohin wir gehen sollten. »Bleibt, wo ihr seid«, sagte er. »Das ist *unser* Platz. Lasst diesen ojev, diesen sone, diesen Feind nicht in –«

»Sofort!«, schrie der Kommissar. Dann wandte er sich an den

Polizisten neben ihm und sagte: »Unfassbar! Die Gesetze gelten für alle. Warum kriegen die das nicht in ihren Kopf?«

Weiter vorne blickte mein Vater zu Boden. Rabbi Friedman schaute zur Decke oder durch die Decke in den Himmel.

Niemand bewegte sich. Wir alle standen reglos, unsicher, was wir tun sollten. Die Polizei erzählte uns etwas von ihrem Gesetz und der Rabbi erzählte uns mit Gottes Gesetz etwas anderes. Es war genau so, wie Anna-Marie es auf dem Weg zum Baumarkt zu mir gesagt hatte: Es gab hier zwei Gruppen von Menschen und jede folgte ihren eigenen Gesetzen.

Diese Situation hier spiegelte im Grunde den ganzen Konflikt – den ganzen Kampf zwischen Tregaron und unserer Gemeinde – zusammengeballt in einem einzelnen Moment. Es hatte beinahe etwas Beschämendes, dass all diese großen Führungspersönlichkeiten den Streit nicht beilegen konnten. Da lösten ja Goldie und Rivkie ihre Konflikte besser und die konnten sich kaum ohne Hilfe allein anziehen.

Wie zur Veranschaulichung meines Gedankens streckte der Kommissar plötzlich die Hand aus und ergriff die erstbeste Person in seiner Nähe, Frau Gutman, am Arm. Sie kreischte, versuchte sich loszureißen, doch wir standen so eng zusammengepresst, dass sie beim Umdrehen mit ihrer Tochter zusammenstieß, die daraufhin ein Regal mit Kräckern umwarf, das daraufhin Frau Goldberg umhaute. Sie stürzte zu Boden, ihr Sheitl fiel vom Kopf und entblößte ihr Haar.

Slapsticks dieser Art amüsieren mich sonst, aber jetzt war ich erschrocken. Du berührst nicht einfach so den Körper einer Frau.

Ein anderer Polizist reichte Frau Goldberg die Hand, um ihr aufzuhelfen, aber sie nahm sie nicht. Sie tastete auf dem Boden zwischen all den Füßen herum und suchte nach ihrem Sheitl.

Der Polizist packte sie an beiden Armen und zog sie hoch. Sie wand sich in seinem Griff, als er sie nach draußen schleifte.

Mein Vater schrie jetzt und Rabbi Friedman redete, aber ich konnte keinen von beiden verstehen.

Der Ort war ein einziges lärmendes Chaos, wie bei Rosens zu Hause, wenn die Mädchen Eis am Stiel bekamen.

Die Polizisten ergriffen, wen sie konnten, und schleiften die Leute schreiend und fluchend auf die Straße.

Jeder sah das drohende Unheil und wollte raus, aber es gab nur eine Tür, sodass ein Gedränge entstand, als alle versuchten, sich ihren Weg zu bahnen, während die Polizei gleichzeitig ihre Freunde und Familie mit Gewalt herausschleifte.

Ich nahm wieder die Hintertür, hetzte den Parkplatz und den ganzen Weg um die Ladenzeile herum. Ich näherte mich der Menge vom oberen Ende der Straße.

Man hatte uns jetzt alle auf den Bürgersteig gedrängt, aber der Platz reichte nicht, ein Haufen von uns bevölkerte die Straße, blockierte den Verkehr. Sirenen heulten, der Soundtrack zur Lichtershow – die Blaulichter der herumstehenden Polizeiautos warfen zuckende Schatten auf die Gebäude im frühen Abendlicht.

Der Kommissar stand neben der Tür, das Gesicht knallrot, Schweiß tropfte ihm von der Stirn. Er berührte mit dem erhobenen Finger fast Herrn Abramowitz' Nase, und ich konnte seine Stimme über den Autosirenen nur undeutlich hören: »Der Laden ist für heute *geschlossen*. Haben Sie mich verstanden? *Verstanden*? Geschlossen.«

Herr Abramowitz hatte den Schlüssel in der Hand, aber er widersetzte sich immer noch, fuchtelte wild, während er sprach. Doch als der Beamte ihm den Schlüssel wegnehmen wollte, hob Herr Abramowitz eine Hand, als wollte er sagen: »Okay, okay«, und schloss die Tür ab.

Die Polizisten gingen zu ihren Autos zurück, bedeuteten der Menge mit Gesten, sich zu zerstreuen. Wir zerfielen in kleine Bröckchen, zogen langsam auf dem Bürgersteig und der Straße den Hügel hinauf.

Mein Geist und mein Herz rasten, Letzteres mit einem nie dagewesenen Schmerz. Ich fasste es nicht. Ich konnte nicht glauben, was ich eben gesehen hatte. Natürlich hatte sich niemand die Zehen abschneiden müssen. Aber abgesehen davon, was war hier der Unterschied zu den Pogromen damals im Schtetl meiner Großeltern? Sie setzten die Polizeibehörde auf uns an, obwohl *wir* es waren, die angegriffen wurden.

Ich ging jetzt zusammen mit Gutmans und Goldbergs. Frau Goldbergs Gesicht war weiß wie ein Blatt Papier, jemand hatte ihr ein Tuch gegeben, mit dem sie ihr Haar verhüllen konnte. Ich sah sie voll Mitgefühl an.

Doch der Blick, den ich zurückbekam, lehnte mein Mitgefühl ab. Ihre Augen verengten sich, als sie mich erkannte. »Jehuda Rosen«, sagte sie und schüttelte den Kopf. »Was für ein junger Mann bist du bloß?«, fragte sie.

Ich hatte keine Ahnung, worauf sie hinauswollte. Vielleicht war sie verständlicherweise verwirrt von der Brutalität der Polizei. »Welcher jüdische Junge behandelt so seine Eltern?«, fuhr sie fort. »Wie kannst du ein jüdischer Mann sein, wenn du deine Eltern so behandelst? Dich von ihnen *und* von Gott abwendest. Wärst du mein Sohn, ich würde dir nicht einmal mehr in die Augen sehen. Ich würde nicht zulassen, dass du mich derart beschämst, wie du deinen Vater und deine Mutter beschämst.«

Ich sah an mir herunter, suchte nach dem, was beschämend war an mir.

Doch Frau Gutman half mir aus. »Er bricht Gottes Gebote, und das mit dieser Schickse. Unheilvoll ist das, als hätte er die schmerzhafteste, demütigendste Weise gewählt, um uns *allen* seine Sünde unter die Nase zu reiben. Gerade an diesem Tag, wo sein Volk angriffen wird, wo ist er da? Wo ist der Sohn von Herr Rosen? Ich *bringe* es nicht einmal über mich …«

Wenn ich sage, sie »half«, meine ich nur, dass sie erklärte, worauf Frau Goldberg hinauswollte.

Ich brachte es nicht über mich, ihnen eine Antwort zu geben, also ließ ich mich zurückfallen und schloss mich einer anderen Gruppe an. Doch dort begegnete man mir genauso ablehnend. Das waren nicht mehr nur die verstohlenen, missbilligenden Blicke aus dem Schabbosgottesdienst. Das war jetzt offene Feindseligkeit, blanker Zorn.

Die Frage, wie sie davon erfahren hatten, schob ich beiseite. Ich war draußen mit Anna-Marie spazieren gewesen. Ein Paar Augen, die mich gesehen hatten, genügten.

Ich versuchte, die Familie Reznikov einzuholen. Sie machten sich auf dem Bürgersteig breit. Doch als ich näher kam, rückten sie dicht zusammen. Dr. Reznikov blitzte mich an. Er sah mich aus dem Augenwinkel an. Als ich in Hörweite kam, sagte er: »Dein armer Vater. Er arbeitet so hart für uns. Das hat er nicht verdient.«

Ich sprang zurück auf die Straße wie ein Ball, der von der Wand zurückprallt. Ich ging allein, fühlte mich entleert, wie weggeworfen.

Als wir fast zu Hause waren und sich die Menge ausdünnte, traf ich auf Zippy und Joel. Joel sah mich über die Schulter hinweg kommen. Und ich sah, wie er durch seinen gut gepflegten Bart eine Grimasse zog, aber er wusste, Zippy würde mich nicht wegschicken. Er trennte sich von ihr und ging über die Straße zu einem Freund. Ich passte mich dem Schritt meiner Schwester an.

Eine Minute gingen wir schweigend.

»Ich habe es versucht«, sagte sie.

»Ich weiß.«

»Denk nach, Hoodie. *Denke*. Das kann echt schlecht, *echt* schlecht für dich ausgehen. Es könnte sogar schon zu spät sein.«

»Die Leute sind mehr sauer auf mich als auf diese Schläger.«

»Das überrascht dich? Du bist so schlagfertig, aber manchmal bist du echt schwer von Begriff. Du solltest dankbar sein, dass sie dich überhaupt noch anschauen.«

»Danke für diesen Trost –«

»Ich möchte dich gar nicht trösten. Du musst verstehen, dass an dich ganz andere Erwartungen gestellt werden als an *sie*.«

Als Zippy »*sie*« sagte, dachte ich wieder an Anna-Maries Haus. Natürlich hatten die Wände eine andere Farbe, aber die Stühle, die Müsliriegel und die familiären Beziehungen waren nicht anders als bei uns zu Hause. »Ich weiß nicht«, sagte ich. »Wenn du ernsthaft darüber nachdenkst, sind wir nicht alle –«

»Gleich? Nein. Gott hat uns ausgesondert. *Wir* sind das Volk, dem er seine Tora gegeben hat. Du trägst die Hauptlast an der Sache, weil sie das nicht von dir erwarten. Sie erwarten es von Nichtjuden. Nichtjuden haben Juden in der Vergangenheit schlecht behandelt, und sie erwarten, dass sich das fortsetzt. Sie haben gesehen, wie sich dieselbe Geschichte immer wieder abspielt, und sie gehen davon aus, dass sie sich auch in Zukunft wieder genauso abspielen wird. Darum – nun, es ist einer der Gründe ... warum wir so zusammenhalten«, erklärte sie weiter und wies mit der Hand auf unsere große Menge. »Weil wir wissen, dass wir uns in dieser feindseligen Welt aufeinander verlassen können. Aber wenn du deinen Leuten zeigst, dass sie sich *nicht* auf dich verlassen können, nun, dann bedeutet das einen Hochverrat.«

Wie meine scharfsinnige Schwester auf unserem entzückenden Spaziergang zurück vom Markt anmerkte, bin ich schlagfertig. Aber als wir nach Hause kamen, hatte ich nichts zu erwidern. Ich brauchte nicht einmal meinen Anwalt, der mir riet, von meinem Schweigerecht Gebrauch zu machen.

Mein Vater sprach etwa eine Minute mit mir. Er konnte sich offenbar nicht dazu durchringen, im Haus mit mir zu reden, also hieß er mich draußen auf der Treppe warten, während sich der Rest der Familie drinnen zusammenscharte.

Er verweigerte jeden Blickkontakt mit mir. Wir standen draußen im schwindenden Licht. Er starrte über meine Schulter hinweg zum Horizont. Ich hörte, wie sich oben ein Fenster öffnete, und wusste, dass Chana aufs Dach rauskam. Ich hoffte, sie würde etwas auf uns herunterschleudern, aber kein Geschoss flog uns entgegen.

»Ich werde meinen Kollegen morgen nicht in die Augen sehen können, Jehuda. Was soll ich nur unserer Gemeinde in der Synagoge sagen? Was werden sie im Stadtrat denken? Worauf soll ich mich zurückziehen? Das hast du mir angetan. Du bringst diese Schande über uns. Warum?«, fragte er. »Warum? Ein Mann gibt sein Leben, um seinem Gott, seiner Gemeinde zu dienen, und sein Sohn denkt nur an sich. Warum?«

Ich wollte schon antworten, aber ich begriff, dass er gar nicht mit mir sprach. Er schaute an mir vorbei, durch mich hindurch, um mich herum.

»Mein einziger Sohn. Warum, oh Herr? Welchen Zweck hat das? An diesem neuen, fremden Ort wendet sich mein einziger Sohn von mir ab?«

Ich war beinahe so groß wie er und wurde auch immer kräftiger. Ich überlegte, ob er mich wohl einen Berg hinauftragen könnte. Auch wenn er das nicht schaffften, war ich mir jedenfalls sicher, dass er jetzt bereit wäre, die Opferung durchzuführen.

Wenn er meinte, er könne dadurch sein Hochhaus bauen, seinen Eruv umgrenzen, dann würde er auch mein Blut vergießen.

Ich ging auf die Tür zu.

»Du wirst diese Schickse nicht wiedersehen«, sprach er ruhig zu dem blutroten Horizont. »Du wirst nirgendwo hingehen außer in die Schule und nach Hause. Du wirst deine Tür immer offen lassen, und wenn ich an deinem Zimmer vorbeigehe, werde ich dich mit der Gemara in der Hand sehen. Du wirst nicht noch mehr Schande über uns bringen.«

Er streckte seine Hand aus. Zunächst dachte ich, er wollte sie schütteln, aber seine Handfläche zeigte nach oben.

Ich wusste, was er wollte, aber ich tat so, als wüsste ich es nicht.

»Her damit«, murmelte er. »Du wirst es nicht brauchen. Weil du entweder zu Hause oder in der Schule bist.«

»Mosche Zvi bekommt Talmudstunden per SMS. Es gibt eine Nummer, da schreibst du hin und sie schicken dir Gemaradiskussionen und –«

»Nein.«

Ich griff in meine Tasche. Öffnete das Telefon, wollte Anna-Marie eine erklärende Nachricht schicken, aber er zog es mir unter den Fingern weg.

Dann schritt er auf die Tür zu und verschwand im Haus. Schloss die Tür hinter sich. Und ich schaute auf die geschlossene Tür, fragte mich, ob ich drinnen überhaupt erwünscht war. Ich erwartete fast, dass er sie von innen verriegeln würde.

»Wie lange, meinst du, brauche ich, um eine Hundehütte zu bauen, groß genug, dass ich darin schlafen kann?«, fragte ich die Verandadecke.

Ich konnte sie nicht sehen, aber ich konnte Chanas Anwesenheit auf dem Dach über mir spüren. »Soll ich dir einen von meinen Hämmern leihen?«, fragte sie.

»Nein, ich wollte nur – warte, woher hast du mehrere Hämmer?«

»Kein Kommentar.«

Ich konnte sie dort oben vor mir sehen, wie sie dasaß, mit hochgezogenen Knien. Ich wäre gern zu ihr hinaufgeklettert. Wir könnten ruhig dasitzen und zusammen zusehen, wie die Sonne unterging. Aber das schien mir doch zu unsicher. Es musste erfrischend sein, ins kühle Wasser des Amazonastromes einzutauchen, ganz tief, bis die Piranhas dir das Fleisch von den Beinen abzogen.

»Es tut mir wirklich leid, Hoodie.«

Vielleicht änderte sich Chana mit dem Alter und entwickelte Mitgefühl. »Was tut dir leid?«, fragte ich.

»Du wirst schon sehen.«

Okay, vielleicht auch nicht.

»Aber es tut mir wirklich leid.«

KAPITEL 9

in dem es antisemitische Haschtüten gibt

Ich versuchte zu schlafen. Aber wenn man schlafen will, dreht sich das Verhältnis von Anstrengung und Erfolg um. Je stärker man versucht, einzuschlafen, umso weniger gelingt es. Es war schwierig, mit offener Tür zu schlafen, aber das war nur ein Punkt am unteren Ende einer langen Liste mit schlafverhindernden Faktoren. Ich dachte an meinen Vater, Gott, Anna-Marie, den Angriff auf meine Freunde.

Ich hatte mich neben Anna-Marie auf der Couch so zu Hause gefühlt und jetzt fühlte ich mich im eigenen Haus wie ein Außenseiter. Egal, wie viele Wildschweine ich auch zählte, egal, wie oft ich sagte: »Okay, Hoodie, gute Nacht jetzt«, egal, wie oft Lea hinter der Wand fragte: »Warum redest du mit dir selbst, du komischer Kobold?« – ich blieb hellwach.

Irgendwann in der Mitte der Nacht stand ich auf und ging in die Küche hinunter. Ich redete mir ein, dass ich mir einen Snack holen wollte, aber ich war nicht hungrig.

Zippy schlief mit dem Kopf auf dem Tisch, ihr langes Haar ergoss sich um sie herum. Der Laptop stand geschlossen auf dem Tisch neben ihr. Ich nahm mir einen Stuhl und klappte ihn auf.

Ich wollte Anna-Marie eine Nachricht senden, damit sie wüsste, was geschehen war. Ich konnte ihr keine SMS schreiben. Ich konnte sie nicht vom Festnetz aus anrufen, weil ihre Nummer in meinem Telefon gespeichert war. Was, wenn sie mir schrieb? Ich würde ihr nicht antworten können. Was würde sie denken? Würde sie denken, dass ich sie nicht mochte? Dass ich sie abservierte? Allein der Gedanke daran schmerzte mich körperlich. Ich musste ihr irgendwie eine Nachricht senden.

Ich öffnete die Seite, auf der sie die Tanzvideos postete. Es gab ein Tanzvideo vom Tag zuvor, aber ich schaute es nicht an, denn sie hatte ein neues Video von heute Abend hochgeladen. An der kleinen Vorschau konnte ich erkennen, dass sie in diesem Video nicht tanzte. Ich klickte es an.

Anna-Maries Gesicht war dicht an der Kamera. Sie sah blass aus und hatte dunkle Ringe um die Augen. Sie sprach mit einer leisen, abgerissenen Stimme zur Kamera. »Wie einige von euch sicher gehört haben, ist heute Abend ... etwas passiert. Und ich – ich wollte nur sagen, dass das *nicht* okay ist. Ich weiß, es klingt schnulzig, wenn sie uns in der Schule sagen, wir sollen Diversität feiern, Unterschiede schätzen und diesen Kram. Aber es stimmt. Ich habe jemanden kennengelernt – ich werde seinen Namen hier nicht nennen –, und es stimmt. Du lernst wirklich von Leuten, die anders sind als du. Wenn du jemanden siehst, der nicht ist wie du, stoß ihn nicht weg. Streck die Hand aus. Denn du könntest ... du könntest etwas lernen. Das ... das ist alles, was ich sagen wollte. Entschuldigung, jetzt war ich ernst. Und ich bin hier die Einzige mit Doppelnamen. Divis ist raus.«

Das Video war herzergreifend. Es war *zu* herzergreifend. Meine ganze Brust schlug Flammen. Als würde ich jeden Moment zu Asche zerfallen. Mein Vater würde am nächsten Morgen die Treppe herunterkommen und fragen: »Wo ist Hoodie?« Und Zippy dann so: »Hoodie? Oh, der ist nur noch ein Haufen Asche. Ja, setz dich besser nicht auf den Stuhl, sonst machst du dir die Hose mit ihm schmutzig.«

Neben dem Video gab es eine Menge von diesem Hash-Zeug.

Hashtags? Haschtüten? Okay, ich wusste, es waren Hashtags, aber die Haschtüten wurden auch zu Asche, genau wie ich. Unter den Hashtags standen Links zu verschiedenen Nachrichtenartikeln. Einer war von der regionalen Zeitung, aber zwei kamen von großen Nachrichtenwebsites, die im ganzen Land gelesen wurden. Ich klickte einen davon an. Darin stand, es hätte einen Übergriff auf Jugendliche aus der »wachsenden« orthodoxen jüdischen Gemeinde in Tregaron gegeben. Die Verdächtigen seien geflohen. Später hätte die jüdische Gemeinde eine illegale Versammlung in einem koscheren Mark abgehalten, der derart überfüllt gewesen sei, dass die Polizei die Versammlung aus Sicherheitsgründen hatte auflösen müssen. Der Artikel enthielt ein Zitat der Bürgermeisterin. »Wir müssen die Mitglieder unserer jüdischen Gemeinde bitten, wichtige Vorschriften, etwa die Brandschutzverordnung, zu befolgen«, sagte sie. »Wenn sich dreimal so viele Menschen in einem Raum sammeln, als es gesetzlich erlaubt ist, gefährdet das das gesamte Einkaufsviertel, ja die ganze Stadt. Die Bürger Tregarons sind gastfreundliche Menschen. Wir bitten lediglich darum, dass alle Einwohner die Werte unserer Gemeinschaft respektieren und auf das Wohlergehen von jedermann achten.« Monica Diaz-O'Leary erwähnte den Übergriff mit keinem Wort.

Sie hatten eben Mosche Zvi vermöbelt, Chaims Kippa zerrissen, und sie sagte *uns*, wir sollten die Gemeinschaft »respektieren«? Ihre Aussage stand im absoluten Gegensatz zum Plädoyer ihrer Tochter. In diesem Punkt war ich mir mit meinem Vater einig: Anna-Maries Mutter war das Schlimmste am Ganzen.

Ich machte den Fehler, unter den Artikel zu den Kommentaren zu scrollen. Ich las genau drei davon:

1. »So fängt es an. Wie soll das enden? Schaut mein Video #9/11daswarenJuden.« Darunter der Link zu einem Video, das offenbar den Beweis für die Ansicht des Kommentators lieferte.

2. »Die verbreiten sich wie Ungeziefer. Die Endlösung hätte es beenden sollen. Heil Hitler!«

3. »Noch ein Jux der zionistischen Parasiten. Verprügeln sich selbst, dann klagen sie an. Wacht auf! Noch ist diese jüdische Invasion zu stoppen. #holojux#derholocaustwarLüge#Rothschild.

Nach dem dritten Kommentar klappte ich den Laptop zu, öffnete ihn wieder und las sie langsam noch einmal, prüfte zwei Mal, ob sie auch echt waren. Bei diesen Kommentaren wollte ich am liebsten lachen. Den Holocaust hatte es nachweislich gegeben. Noch lächerlicher war das Geschwafel über eine zionistische Machtergreifung. Es gab zwölf Millionen Juden auf der ganzen Welt. Es gab mehr Ruander als Juden, mehr Yankee-Fans, mehr Leute mit angeborenen Geburtsfehlern, die ihnen elf Zehen bescherten. Stell dir vor, wie lächerlich es wäre, wenn die Leute da draußen gegen die verschwörerische Weltherrschaft der Elf-Zehen-Menschen eiferten.

Aber wie dem auch sei, lachen konnte ich darüber nicht. Denn es gab ein paar durchgeknallte Leute da draußen. Schockiert von dem Antisemitismus und verliebt in Anna-Maries ernsthaften Appell für Liebe und Akzeptanz saß ich da. Dann spürte ich, wie ich langsam dahindämmerte. Ich rappelte mich auf und schaffte es gerade noch rechtzeitig nach oben, um in mein Bett zu fallen.

KAPITEL 10

in dem ich gewissermaßen zur Prinzessin werde

Als ich aufwachte und aus dem Fenster sah, war gerade genug Licht, um Joel Berger von einem Wildschwein zu unterscheiden. Er stand allein am Straßenrand und blätterte in einem Buch.

Joel ist einer von diesen abgehobenen Buchmenschen. Er steht die meiste Zeit herum und blättert in Büchern. Ja, er ist selbst wie ein Buch: Er sieht hübsch aus und riecht passabel, aber wenn du ihn kennenlernst, ist er furchtbar langweilig.

Zippy liebt ihn mehr, als er Bücher liebt. Es gab eine Phase, in der sie ausschließlich über Joel sprach. Fragte man: »Hey, Zip. Haben wir Frosted Flakes?« Dann antwortete sie: »Joels Gesicht ist von frostigem Reif bedeckt. Gleich dem hübschen Rasen eines edlen Landguts von Stoppeln frisch bestäubt. Ach, wann endlich werde ich sein stoppeliges Kinn an meinem fühlen?« Bei diesen Worten legte sie die Hand an ihr Kinn und stellte sich vor, sie berührte Joels Gesicht.

Chana löste das Problem. Jedes Mal, wenn Zippy über Joel sprach, simulierte Chana eine Serie von immer stärker werdenden Brechlauten, bis sie sich einmal tatsächlich übergeben musste. Das war einer von diesen Top-Five-Momenten meines Lebens, als Chana triumphierend über ihrer eigenen Kotze stand, während ich wahnsinnig lachen musste, Lea ihre Augen bedeckte und würgte und Zippy einfach verärgert dasaß, weil sie wusste, es war ihre Schuld.

In ruhigeren Momenten fragte ich Zippy, was sie eigentlich an Joel mochte. »Was ist interessant an ihm? Er *sagt* nie etwas. Er ist wie so eine stumme Amöbe. Wie so ein Wurzelgemüse. Ja, er ist im Grunde eine Möhre.«

»Er ist einfach … Er ist besonders. Mit ihm fühle ich mich besonders.«

»Kannst du dieses besondere Gefühl beschreiben?«

»Nein, das wäre ein Problem, wenn ich es beschreiben könnte. Man soll dieses Gefühl nicht beschreiben. In dieser Hinsicht ist es wie Gott. Es steht geschrieben, dass mein Ehemann die andere Hälfte meiner Seele ist. Ohne ihn bin ich nur halb, doch wenn ich mit ihm zusammen bin, fühle ich die andere Hälfte meines Selbst. Der Talmud sagt, wenn wir heiraten, wenn unsere Namen sich verbinden, dann buchstabieren wir damit einen der vielen Namen von Haschem.«

Ich machte mich selbstverständlich über sie lustig – als ihr Bruder war ich vertraglich dazu verpflichtet. Aber jetzt, da ich selbst eine Freundin hatte, wusste ich, wie sie sich fühlte. Ich konnte nicht auf den Punkt bringen, was an Anna-Marie besonders war. Doch jedes Mal, wenn ich an sie dachte, verbreitete sich dieses seltsame Kribbeln in meinem Innern. Mit ihr fühlte ich mich warm und geborgen, aber auch unbehaglich, weil mein Herz schneller schlug. Aber es war ein *gutes* Unbehagen, das beste, eines, das du nie wieder missen willst.

Indem ich beim Aufstehen an diese Dinge auch nur dachte, rechnete ich schon fast damit, zu hören, wie Chana auf der anderen Seite der Wand würgte.

Ich traf Joel am Straßenrand. »Wo sind die anderen alle?«, fragte ich ihn. Ich hatte gedacht, wir würden in Gruppen zur Schule gehen.

»Guten Morgen, Hoodie«, sagte er und ging los.

Er ging so, als ginge ich nicht neben ihm, als ob er allein auf der Welt oder allein *nicht* in der Welt wäre. Er las im Gehen weiter, schaute dann und wann auf, um sich zu vergewissern, dass er nicht gegen irgendein Hindernis prallte. Er murmelte zu sich selbst, während er las, als leitete er seine eigene innere Talmudstunde. Gelegentlich sagte er etwas zu mir. »Tiefer in Rabbi Schimons Philosophie einzutauchen, lässt mich einige der halachischen Auffassungen überdenken, an denen ich lange festgehalten habe. Ich frage mich, ob es dir wohl genauso gehen wird. Als Jeschivaschüler habe ich ihn hauptsächlich im Lichte des Sohar gesehen, aber in seinen Texten liegt so viel mehr verborgen. Er ist eine Fundgrube.«

»Was du nicht sagst. Wow. Über eine gute Fundgrube freut sich doch jeder.« Ich wusste nicht, was ich sonst sagen sollte. Ich hatte kaum etwas verstanden von der Gemaraseite, die wir gestern im Unterricht studiert hatten.

Wenn ich den schlimmsten Albtraum für jüdische Eltern darstellte – es mangelte mir an Hingabe, Talent und Interesse am Talmud –, dann war Joel der ideale Sohn. Joel gab sich derart dem Lernen hin, dass er sich von nichts dabei stören ließ, nicht einmal von notwendigen Alltagsdingen wie etwa sicherer Fortbewegung. Gäbe es wasserfeste Talmuds, der Typ würde auch unter der Dusche weiterlesen. In ihrer Hochzeitsnacht, wenn er und Zippy in ihre neue Wohnung gingen, würde sie mit der Hand über seine Bartstoppeln fahren und er nach den obskuren Werken des Rabbi Schimon ben Jochai greifen und eine Diskussion über den unergründlichen Midrasch anfangen. Wenn ich mir das jetzt so vorstelle, wäre Zippy bestimmt mit Feuer und Flamme dabei.

Joel ging geradewegs an der Schule vorbei. Ich hielt fast Schritt mit ihm, um zu sehen, wann er es bemerken würde – vielleicht, wenn die Sonne unterginge und er die Buchstaben nicht mehr erkennen konnte? Aber ich wollte Schacharis nicht versäumen. Ich hatte schon genug Ärger.

Ich hatte das Beis Medrasch noch nicht erreicht, als klar wurde, warum ich allein mit Joel gegangen war. Keiner meiner Klassenkameraden näherte sich mir. Sie wichen jedem Blickkontakt mit mir aus. Als hätten wir Körper mit entgegengesetzter magnetischer Ladung. Oder mit gleicher magnetischer Ladung? Jedenfalls so, dass wir uns abstießen.

Ich hätte einen Spucknapf mitbringen sollen, denn die anderen taten so, als würden sie spucken, als sie auf mich zukamen. Die Kühneren unter ihnen flüsterten etwas Verletzendes zu ihrer vorgetäuschten Spucke. Sie nannten mich einen »Apikores«, einen »Kofer ba-ikar«, einen Häretiker und gaben mir einige andere Namen mehr, die ich nicht richtig hören konnte. Reuven Miller stieß »zufällig« draußen vor dem Beis Medrasch mit mir zusammen. Und zwar mit ausgestrecktem Ellbogen. Er traf mich genau unter den Rippen, es verschlug mir den Atem.

Ich lehnte mich gegen die Wand draußen vor dem Beis Medrasch, schnappte nach Luft, spürte eine Kombination aus Knochenprellung und Verrat. Ich kannte diese ganzen Leute seit ihrer Geburt. Und jetzt taten sie, als würden sie mich nicht kennen, oder wünschten, sie täten es nicht.

Im Beis Medrasch hängte ich den Hut an meinen Haken und griff nach meinem Beutel mit den Tefillin. Ich ging zu meinem Stammplatz neben Mosche Zvi. Mosche Zvi band sich seine Tefillin um das Handgelenk, doch als er mich bemerkte, hielt er inne und rutschte zwei Stühle weiter weg von mir.

Ich versuchte, ihm einen Blick zuzublitzen, aber er wandte die Augen ab. Nur zum Test näherte ich mich ihm ein Stückchen, aber er rückte weg. »Mosche Zvi«, flüsterte ich, »ich –«

Er machte eine nahezu unsichtbare Bewegung mit dem Unterkiefer, die mir das Wort abschnitt. Ich wollte es noch einmal versuchen – ich konnte es doch nicht zulassen, dass er sich von mir abwandte –, aber Rabbi Friedman begann jeden Moment mit dem Gottesdienst und ich musste mich fertig machen.

Tefillin sind Zubehör, das man für die Morgengebete anlegt. Sie kommen an den Kopf und an den Arm. Ähnlich, wie wenn du vor einem Kontaktsport Protektoren anziehst, nur dass, soweit ich weiß, Footballhelme keine kleinen Boxen mit Toraversen enthalten.

Für gewöhnlich bete ich in demselben Tempo wie alle, bewege mich mit Mosche Zvi durch den Gottesdienst, sogar das Vor- und Zurückschaukeln mache ich synchron mit ihm. Doch an diesem Morgen trödelte ich, ließ mir Zeit, zog es in die Länge. Damit ich nicht mit allen anderen aus dem Beis Medrasch hinausströmen müsste. Als ich meine Tefillin wieder in den Beutel gepackt hatte, waren nur ich, Rabbi Moritz und Rabbi Friedman noch im Raum. Ich war froh darüber, bis sich herausstellte, dass auch sie froh darüber waren.

Sie kamen über den Teppich auf mich zugeschritten und fingen mich am Haken für meinen Hut ab. Rabbi Friedman pflückte meinen Borsalino vom Haken und reichte ihn mir. Rabbi Moritz sagte: »Komm mit uns, Jehuda.«

»Sicher«, sagte ich, als hätte ich eine Wahl.

Ich folgte ihnen aus dem Beis Medrasch hinaus auf den Fußweg, der zum alten Gemäuer des Jeschivagebäudes führte. Ich ging einige Schritte hinter ihnen, damit es nicht so aussähe, als ob ich *mit* ihnen ginge – ich machte einen Spaziergang draußen und die Rabbis waren bloß zufällig auf demselben Weg unterwegs. Bevor wir das Hauptgebäude betraten, schaute ich zu den Fenstern des Klassenzimmers auf, zu Dutzenden von Augen wie kleinen Perlen, die mich mit einer Mischung aus Spott und Neugier anblickten. Ich habe gelesen, dass die Menschen in manchen Ländern noch immer öffentliche Hinrichtungen besuchen. Ich stelle mir vor, dass die Menschen, die aufkreuzen, um sich so etwas anzusehen, den Verurteilten genauso anstarren, wie meine Klassenkameraden mich anstarrten.

Die Klassenzimmer befanden sich im Erdgeschoss des alten Kirchengebäudes. Die Rabbis Moritz und Friedman führten mich die gewundene Holztreppe zu den dunklen, muffigen Büros in den oberen Etagen hinauf. Die Stufen knarrten und ächzten mit jedem Schritt. Wir gingen durch die zweite Etage mit den Hauptbüros, passierten die dritte Etage, wo Rabbi Friedman sein Büro hatte, und blieben schließlich auf dem Treppenabsatz zur vierten Etage stehen. Über uns war ein Loch in der Decke, durch das man in den Glockenturm gelangte. Man konnte die wackelige Leiter hochklettern, um die Glocke zu läuten, doch hatte ich sie nie läuten hören. Da war auch eine einzelne Tür, die in ein kleines Zimmer führte.

Moritz bedeutete mir, die Tür zu öffnen.

»Werde ich einen Buckel brauchen?«, fragte ich ihn.

Er sagte nichts.

»Das war ein Witz. Aus einem Roman. Wo der Außenseiter oben in einer Kirche lebt und einen ganz kaputten Rücken hat. Am Ende stirbt er vor Hunger. Es ist eine erbauliche Geschichte. Ich empfehle –«

»Jehuda.«

»Ja, Rebbe.«

»Rein mit dir.«

»Ja, Rebbe.«

Das Zimmer enthielt nichts als einen Holztisch, einen Holzstuhl und ein winziges quadratisches Milchglasfenster. Wäre nicht dieser Lichtschimmer gewesen, der durch das Glas hereinbrach, man hätte es für einen Kerker halten können.

»Nimm dir bitte einen Stuhl.«

»Sie meinen *den* Stuhl.«

Moritz sagte nichts. Ich nahm den Stuhl.

»Rabbi Friedman wird mit dir warten«, sagte Moritz.

Moritz verließ den Raum. Ich konnte hören, wie er die Stufen hinabstieg.

»Ich bedaure, dass wir das tun müssen«, sagte Rabbi Friedman. Anders als Moritz behielt Rabbi Friedman für gewöhnlich seinen Ärger für sich. Wenn er sich über dich ärgerte, dann sah es aus, als wäre er traurig. Seine Augen wurden ein wenig feucht.

»Deine Anwesenheit, deine Situation würde deine Klassenkameraden unnötig ablenken«, fuhr er fort. »Wir können nicht das Risiko eingehen, dass du dein unrechtmäßiges, unreifes Denken auf andere überträgst. Für einen Jeschivaschüler ist es schon Herausforderung genug, ein Mann Gottes zu sein.«

Genau wie Moritz sprach Rabbi Friedman über meine »Situation«, als wäre ich an einer Krankheit, einem ansteckenden Infekt erkrankt, den sich meine Klassekameraden einfangen könnten, wenn sie mit mir im selben Raum waren. Kam ich mit dem Rest der Bevölkerung in Kontakt, könnten wir uns womöglich eine Epidemie einhandeln. Wir alle würden nur noch in Shorts und Tanktops über das Schulgelände wandeln und mit Schicksas in Bikinis im Arm unzüchtige Popmusik von unseren neuen Smartphones abspielen.

»Könnten Sie mir bitte sagen, was ich eigentlich ›falsch‹ gemacht habe?«, fragte ich. »Dass ich die Heiligkeit der geschändeten Grabsteine verteidigt habe? Oder dass ich zufällig *nicht* wegen meiner Religion überfallen wurde?«

Friedman gab keine Antwort. Er dachte vermutlich nicht,

dass meine Fragen ernst gemeint waren, was man nachvollziehen konnte – vermutlich klangen sie sarkastisch, weil ich eben sarkastisch war. Und vermutlich wusste ich auch ganz gut, was ich »falsch« gemacht hatte. Ich traf mich mit der Tochter der bösen Bürgermeisterin, also hatte ich auf die falsche Seite des Rasenkriegs gewechselt. Doch ich verstand nicht, wie die Sache so rasch eine so schlechte Wendung genommen hatte. Und was sollte mit mir geschehen, falls ich nicht mehr zurückkonnte?

In dem heißen, stickigen Zimmer rann es mir kalt den Rücken hinunter. »Ich verliere in Mathe, im Sprach- und Literaturunterricht den Anschluss«, sagte ich, und weil sich gerade um diese Fächer niemand scherte, fügte ich hinzu, »und in Gemara.«

Friedman winkte diese Trivialitäten mit der Hand ab. »Ich habe mit Rabbi Taub gesprochen. Er ist bereit, zu kommen, um mit dir zu reden. Es ist eine Ehre, persönlich mit Rabbi Taub zu sprechen. Rabbi Taub ist ein großer, weiser Mann. Du wirst in diesem Zimmer bleiben, bis er, so Gott will, im Laufe dieser Woche kommt.«

Ich wollte bissig zu Rabbi Friedman sein, aber das ging nicht. Es funktionierte bei ihm nicht. Er war nicht empfänglich dafür. Er hatte keinen Sinn für Humor und nichts von der Verletzlichkeit des jüngeren Rabbi Moritz.

Der jüngere Rabbi tauchte erneut mit einem Stapel Bücher im Türrahmen auf. Vier Talmudbände und ein Notizbuch. Er zog einen Stift und ein Stück Papier aus der Tasche.

»Jehuda, du hast eine Chet *und* eine Pescha begangen. Du hast gegen Haschem gesündigt, wofür du Tschuva tun und Reue zeigen musst. Auch gegen deine jüdischen Gefährten hast du gesündigt, gegen deine Freunde, gegen deine Familie, dein Volk. Du wirst sie um Vergebung bitten müssen.«

Ich konnte einsehen, dass ich *vielleicht* mit Anna-Marie gegen

Gott gesündigt hatte, aber ich verstand nicht, warum ich meinen Freunden oder meiner Familie Unrecht getan hatte. Ich verstand auch nicht, warum es eine Pescha – ein Verbrechen – war, denn nichts davon hatte ich getan, um zu rebellieren.

»Es ist keine Pescha, Rebbe«, sagte ich ihm.

»Selbstverständlich ist es eine Pescha. Ganz eindeutig.«

Rabbi Moritz legte das Stück Papier vor mich hin. Darauf stand eine Liste mit Seitenzahlen und Talmudpassagen. »Du wirst diese Seiten studieren und diese Passagen in dieses Notizbuch abschreiben, bis es voll ist. Wenn du aufmerksam liest, wirst du, so Gott will, verstehen, worin deine Chet besteht und wie du zur Umkehr gelangst. Du verlässt das Zimmer nur für das Mittagessen und die Mincha.«

»Haben Sie vielleicht so was wie einen Eimer, in den ich pinkeln kann?«

»Du darfst auch raus auf die Toilette.«

Als sie das Zimmer verließen, hatte ich Lust, eine echte Pescha zu begehen und die Gemarot ungeöffnet auf dem Tisch liegen zu lassen. Aber es gab in meiner kleinen Gefängniszelle nichts anderes zu tun, also öffnete ich den ersten Band. Ich hatte ordentlich Schwierigkeiten, herauszubekommen, was mir die erste Seite sagen wollte. Ich kann nicht gut Hebräisch lesen und die Bedeutung des Geschriebenen wurde mir nicht wirklich klar.

Ich wünschte, Mosche Zvi wäre hier. Denn er gab mir vor jedem Gemaratest immer eine rasche Zusammenfassung.

Ich konnte die Passagen wohl in das Notizbuch abschreiben, ohne sie wirklich zu verstehen, also raffte ich mich auf.

Nach ein paar Seiten schmerzte mein Handgelenk und ich stand auf und trat ans Fenster. Ich versuchte, hinauszuschauen, aber das Glas war milchig, und ich konnte nur Farben in der Ferne erahnen: das Grün des Grases, das Blau des Himmels.

Ich kehrte zu meinen Seiten zurück. Die Langeweile und Monotonie waren qualvoll. Ich bemerkte, dass ich nicht einmal wusste, wie viel Uhr es war, weil mein Vater mein Telefon beschlagnahmt hatte.

Ich fühlte mich wie eine Prinzessin im Märchen, gefangen im Turm ohne Uhr oder Handy und von Monstern umzingelt. Wenn doch bloß der Märchenprinz käme und mich rettete. Mosche Zvi, so dachte ich, müsste mein Märchenprinz sein – andere Kandidaten gab es nicht. Er taugt nicht gut zum Prinzen. Denn wer träumt schon von einem pickeligen, nasebohrenden Pedanten. Aber ab einem bestimmten Punkt kommt jeder infrage. Und so wie er mich beim Schacharis behandelt hatte, erwartete ich sowieso nicht, dass er käme.

Ich starrte zu dem kleinen Fenster hinaus, strengte mich an, zumindest verschwommen irgendwelche Bäume zu erkennen, als es an der Tür klopfte. Ich rechnete mit Rabbi Moritz, der mich kontrollieren käme. Aber es war Mosche Zvi.

»Mein Prinz!«, rief ich, als ich die Tür öffnete und sein käsiges Gesicht erschien.

»Ah, die Gerüchte über deine Einzelhaft sind also wahr. Du bist bereits dem Wahnsinn verfallen.«

Genau wie zuvor Rabbi Moritz brachte Mosche Zvi mir Bücher, noch mehr Talmudbände, um meine Sammlung zu erweitern. Mosche Zvi legte sie auf der Ecke des Tisches ab.

»Was zum Henker soll das Ganze?«, fragte ich ihn.

Mosche Zvi schaute ... als wäre ihm unwohl zumute. Was ungewöhnlich für ihn war. Er spürte sich sonst selbst nicht genug, um sein Unwohlsein auch körperlich zu zeigen. Aber nun sah er aus, als hätte er vieles zu sagen, wüsste aber nicht, wie er anfangen sollte.

»Bin ich ... mit dem Cherem belegt?«, fragte ich ihn. Ich

schätzte, dass ich mich in einer Art Verbannung befand, konnte aber nur raten, wie offiziell das war.

»Ja«, sagte er, »und so wie ich das verstehe, gilt dieser Bann für die ganze Schule samt Gemeinde. Es wird vermutlich niemand mehr mit dir sprechen.«

»Hat deshalb auch heute Morgen niemand mit mir gesprochen? Chaim? Reuven? Damit Rabbi Moritz sie nicht auf ein Seltzer einlädt?«

»Nein. Sie haben keine Angst vor Moritz. Aber du hast gegen sie gesündigt.«

»Glaubst du das *wirklich*?«, fragte ich. Dass mein Vater verblendet war, hatte ich bereits festgestellt. Er kümmerte sich vor allem um seine eigenen Anliegen. Und die Rabbis waren nicht die, für die ich sie hielt. Ihnen war es wichtiger, mich zu kontrollieren, als ihre eigenen Lehren zu befolgen. Aber von Mosche Zvi erwartete ich, dass er mir die Leviten las.

»Du hättest dabei sein sollen«, sagte er.

Es heißt, Verrat ist wie ein Messer im Rücken, und exakt so fühlten sich Mosche Zvis Worte an: Sie stachen zu, weideten mich aus. »Wozu?«, fragte ich. »Damit sie mich auch zusammenschlagen? Mir den Arm brechen? Damit mein Blut fließt? Meine Zizit zerfetzt werden?«

»Ja«, sagte Mosche Zvi feierlich, mit geneigtem Kopf. »Ich habe dir gesagt, dass ich für dich Talmud lerne, und das habe ich. Mein Vater und ich haben das ganze Wochenende damit verbracht, für dich den Talmud zu konsultieren. Komm, setz dich.«

»*Du* sitzt.«

»Sehr gut.«

Mosche Zvi machte jetzt völlig einen auf Rabbi Gutman.

»›Sehr gut?‹ Alles andre als sehr gut, du farshtinken Arschloch.«

Mosche Zvi tat so, als wollte er gehen.

»Ich werde dich nicht anbetteln, zu bleiben. Du *willst* mir von deinem Talmudlernen erzählen. Ich kenne dich.«

»Na gut«, sagte er humorlos. Er setzte sich und öffnete eines der Bücher. »Hoodie«, hob er an, um unsere Talmudstunde offiziell zu eröffnen, »stellen wir uns vor, es wäre Schabbos. Es ist Schabbos und du gehst von der Synagoge nach Hause. Da siehst du ein Gebäude einstürzen. Zehn Menschen sind in den Trümmern gefangen. Neun von ihnen sind Nichtjuden, doch einer von ihnen bin ich. Brichst du den Schabbos und machst dich an die Arbeit, mich aus den Trümmern zu befreien und unsere Leben zu retten?«

»Ja, natürlich. Wenn dein Leben in Gefahr ist, tue ich, was immer –«

»Großartig. Jetzt nehmen wir dasselbe Szenario noch einmal. Aber dieses Mal bin ich nicht in dem Gebäude. Sondern ausschließlich Nichtjuden. Brichst du den Schabbat, um sie zu retten?«

»Ja, was sonst.«

»Das hätte ich auch gedacht. Aber mein Vater und ich haben es studiert, und die Gemara zum Traktat Joma verdeutlicht, dass du den Schabbos nicht brechen sollst, um ausschließlich Nichtjuden zu retten.«

Er zeigte mir die Diskussion, aber ich verstand nicht genug davon, um seiner Interpretation zu widersprechen.

»Ich soll mir ihre erschrockenen, angstvollen Schreie anhören und nichts tun?«

»Wenn du dich dann besser fühlst, können wir uns auch vorstellen, dass sie schnell sterben, der niederstürzende Beton sie auslöscht, unter sich begräbt und so ihre Todesschreie erstickt.«

»Mensch, ich –«

»Ich weiß. Ich wollte Partei für dich ergreifen. Ich wollte dich schützen. Ich wollte eine Regel finden, mit der ich dich entlasten könnte. Ich habe mich wirklich angestrengt. Aber es tut mir leid. Da war nichts zu machen. Und es ist sogar noch schlimmer, als ich dachte. Manchmal ist der Text zu eindeutig, um ihn zu widerlegen. Schauen wir uns die Gemara zum Traktat Avoda Sara an.« Mosche Zvi öffnete ein zweites Buch und blätterte darin, bis er fand, wonach er suchte. »Ja, hier ist es. Ich dachte dabei an dich und dieses … Mädchen, und es war schmerzhaft, das zu lesen. Aber es ist, wie es ist. Es steht geschrieben, dass du einem Nichtjuden keinen größeren Viehbestand verkaufen kannst, denn größeren Viehbestand kann man nutzen als –«

»Ich habe nicht vor, ihr einen größeren Viehbestand zu verkaufen.«

»Nun, du kannst ihnen auch keinen *kleineren* Viehbestand überlassen, denn den nehmen sie vermutlich –«

»Mosche Zvi. Ich besitze nicht mal ein armes Schwein.«

»Es kommt auf die Botschaft an, Hoodie. Das Gesetz ist hier eindeutig. Man kann ihnen nicht vertrauen. Wenn eine jüdische Frau aus dem Bad kommt und ihr zuerst eine gojische Frau begegnet, muss die jüdische Frau *sofort* ins Bad zurückkehren – denk darüber nach. Es tut mir leid, Hoodie. Ich sehe keinen Ausweg. Die Rabbis haben recht. Der Cherem ist gerechtfertigt. Während dein Volk litt, hast du dich unrein gemacht mit einer Götzendienerin.«

Ich konnte nicht glauben, was er mir da sagte. Ich dachte, er wäre gekommen, um mich zu retten, mir Gesellschaft zu leisten oder mir sein Mitleid auszudrücken. Denn das sollte dein bester Freund tun. Stattdessen hatte er mir einen Vortrag gehalten und damit Salz in meine offenen Wunden gestreut. Er war genau wie der ganze Rest.

Ich zog mich an mein Fenster zurück. Mosche Zvi schloss den Traktat Avoda Sara und griff nach einem anderen Buch. Er trat zu mir ans Fenster und richtete das Buch wie eine Waffe auf mich.

»Ich weiß, der Rebbe will, dass du aus dem Talmud abschreibst, aber wenn du vielleicht zur Tor–«

Ich konnte es nicht ertragen, wie herablassend er mich behandelte. Ohne nachzudenken, haute ich ihm das Buch aus der Hand. Es schlug mit einem dumpfen Knall auf den Boden. Ich vermutete, es sei ein weiterer Talmudtraktat, aber es war der Chumasch, *die* Tora, das heiligste aller Bücher.

Wir erstarrten beide, standen reglos und starrten einander mit großen Augen an, entsetzt über das, was ich eben getan hatte. Keiner von uns konnte es glauben.

So eingefroren standen wir für etwa dreißig Sekunden schweigend da. Dann bückte sich Mosche Zvi, nahm den Chumasch, küsste ihn und legte ihn zurück auf den Tisch. Mit schwermütigem Welpenblick sah er mich noch einmal an. »Es tut mir leid, Hoodie. Ich werde beten, dass Haschem dir vergibt. Aber was mich betrifft …«

Er beendete den Satz nicht. Er ging hinaus und ließ die Tür hinter sich zufallen.

Ich verspürte das plötzliche Verlangen, jemandem ein weiteres heiliges Buch an den Kopf zu schmeißen. Aber Mosche Zvi hatte das Zimmer ja leider verlassen. Ich überlegte, auf einen Passanten zu zielen, aber die Bücher waren zu groß und das Fenster zu klein. Den restlichen Tag im Zimmer verbrachte ich damit, Talmudpassagen abzuschreiben, die ich nicht verstand. Der einzige Freudenmoment war das Mittagessen, als ich entdeckte, dass Chana Kaugummi in mein Thunfischsandwich gesteckt hatte. Ich bemerkte es zu spät, und es war beides (a) absolut ekelhaft und (b) extrem schwer, den Kaugummi aus dem Thunfisch herauszupulen. Aber ich freute mich über die Herausforderung und die Vorstellung, wie Chana bei der Spionage vorgegangen war: wie sie sich im Schleier der Dunkelheit in die Küche schlich und einzelne Kaugummistückchen tief im Senf versenkte, damit sie unentdeckt blieben.

Als ich nach Hause kam, war ich darauf gefasst, dass der Haussegen schief hing, mir nichts als Feindseligkeit entgegenschlug. Und so war es auch, aber ich wünschte, sie hätten mir ihre Feindseligkeit offener gezeigt. Es war genau wie in der Schule: Niemand aus der Familie sprach mit mir. Als ich an diesem ersten Tag meines Cherem heimkam, spielte Rivkie im Flur zwischen der Haustür und der Küche. Als ich die Tür öffnete, sprang sie auf. Schaute sich nach Hilfe, nach einem Fluchtweg um. »Ich bin das nur«, sagte ich. »Es ist okay.«

Rivkie, das kleine Mädchen Rivkie, schüttelte den Kopf, und dann rannte sie – wirklich buchstäblich – die Treppen hinauf.

Und das war auch der engste Kontakt, den ich an diesem Tag mit irgendjemandem aus meiner Familie hatte, weil Rivkie zu klein war, um mich kommen zu hören. Die anderen wussten rechtzeitig, dass ich kam, und hatten sich zurückgezogen. Sobald ich mich auch nur näherte, flohen sie wie Kakerlaken vor dem Licht.

Wenige Stunden verstrichen, und schon wünschte ich, es würde einfach jemand reinkommen und schimpfen. Ich wäre überglücklich gewesen, hätte mein Vater mich angebrüllt oder meine Mutter den Kopf aus dem Schlafzimmer gesteckt und mich wie eine Fliege verscheucht oder hätte Chana mir Suppe über den Kopf gekippt – Chana war jetzt systematisch zu flüssigen Geschossen übergegangen, da die einen weiteren Wirkungsradius hatten.

Mein Vater hielt ein paar Strafpredigten, aber sie richteten sich an sein gewöhnliches Ziel: die Bürgermeisterin von Tregaron, Monica Diaz-O'Leary. Sie und der Stadtrat hatten ihren Beschluss über die Bebauungspläne nur noch erhärtet und der Überfall hatte nicht die gewünschte Auswirkung auf das Gerichtsverfahren. Mein Vater hatte gehofft, dass die Rechtsanwälte der Stadt in der Folge einen Rückzieher machen würden, weil es schlecht aussah, Leute zu unterstützen, die ein Hassverbrechen begangen hatten. Aber es gab kein Bildmaterial aus der Überwachungskamera, keinen Beweis, wer es getan hatte. Diaz-O'Leary fragte sich öffentlich – im lokalen Fernsehen, in den Zeitungen –, ob die »Opfer« den Überfall für politische Ziele nicht selbst inszeniert haben könnten, damit es so aussähe, als hätte die Stadt Vorurteile, die sie gar nicht hatte.

Mein Vater beschrieb Diaz-O'Leary und ihre Taktiken mit einer beeindruckenden Vielfalt an Attributen. Sie erklangen in mindestens vier Sprachen und nur etwa die Hälfte davon hatte ich zuvor schon einmal gehört.

Das Schlimmste an meiner plötzlichen Isolierung war vielleicht, dass ich nicht mit Anna-Marie reden konnte. Ich konnte ihr nicht sagen, dass ich jetzt *genau* wusste, wie sie sich fühlte, wenn niemand ihr wirklich zuhörte. Ich konnte ihr nicht sagen, dass ich da war, dass ich an sie dachte. Ich wollte ihr sagen, dass der Gedanke an sie das Einzige war, was mir jetzt Mut gab, dass ich nachts nicht schlafen konnte, außer ich verdrängte alles aus meinen Gedanken, bis nur noch sie in meinem Kopf war.

KAPITEL 11
in dem der Tisch plötzlich feucht ist und länger über die Ursache dafür spekuliert wird

Rabbi Taub kam am dritten Tag meiner Einzelhaft in die Stadt. Mein erstes Notizbuch war vollgeschrieben und Rabbi Moritz hatte mich mit einem zweiten, größeren versorgt.

Moritz brachte mich eine Etage tiefer, wo ich Rabbi Taub treffen sollte.

Rabbi Schneur Jecheskel Taub war so etwas wie der oberste Boss der Rabbis. Gelingt es dir, ihn zu schlagen, bekommst du den Meistertitel im Wissen über das Judentum.

Er hatte den Überblick über die gesamte Gemeinde und alle ihre Jungenschulen von Monsey über Brooklyn bis nach Tregaron. Abgesehen von Gott selbst war Rabbi Taub die wichtigste Stimme in unserem Leben. Als mein Vater und sein Unternehmen eine erste Gruppe von uns nach Tregaron übersiedeln wollte, waren sie nach New York gefahren, um Rabbi Taubs Segen zu erbeten. Dieser hatte seine Beziehungen genutzt und die presbyterianische Kirche und das Haus für uns gefunden.

Als ich zu dem Treffen mit ihm hinunterstieg, erschütterte mich der Gedanke, wie verrückt das war: Ich hatte etwas so Unvorstellbares getan, dass die Rabbis Moritz und Friedmann eine höhere Autorität kommen lassen mussten, die ein Urteil fällen sollte.

Joel begleitete mich zur Schule und holte mich auch wieder

ab, er war der Einzige, der noch immer mit mir redete. Obwohl du wahrscheinlich behaupten würdest, dass er nicht wirklich *mit* mir sprach. Er redete in meiner Gegenwart vielmehr mit sich selbst. Als er erfuhr, dass ich Rabbi Taub treffen sollte, war er sichtlich neidisch. »Sich allein mit einem solchen Mann zu treffen«, sagte er zu sich selbst. »Was wäre das für eine besondere Ehre.«

»Wenn du mir vor der Schule einen Zungenkuss gibst, können wir ihn gemeinsam treffen.«

Joel ließ sich nicht anmerken, ob er mich gehört hatte. Stattdessen zitierte er einen berühmten Spruch von Rabbi Taub, um anschließend laut darüber nachzusinnen, wie ein einzelner Mensch nur Worte von solcher Brillanz und Weisheit prägen konnte.

Rabbi Taub hatte sein eigenes Büro, das schönste in der ganzen Schule, obwohl er erst zum zweiten Mal zu Besuch kam. Es war dunkel da drin, aber heller als in meiner Gefängniszelle. Vor einem dunklen Holztisch mit knorrigen Beinen standen drei rote Ledersessel. Fotos berühmter Rabbis und gerahmte Diplome und Auszeichnungen schmückten die Wände. Hinter dem Tisch stand ein weiterer Ledersessel, aber dieser war schwarz. Der Stuhl war riesig, verschlang Rabbi Taub geradezu, sodass er klein und unbedeutend erschien.

Ich hatte Bilder von Rabbi Taub gesehen – zwei hingen bei uns zu Hause. Aber ich war ihm nie persönlich begegnet. Er war sehr alt. Nein, »alt« sagt im Grunde noch zu wenig. Er war so greis und zerbrechlich, dass man sich ehrlich fragte, wie lange er überhaupt noch leben konnte. Ein paar Tage? Eine Woche *höchstens*. Wäre ich seine Familie, würde ich jetzt schon einmal im Markt anrufen und Tabletts mit Bagels und Schmear für die Schiv'a nach seiner Beerdigung bestellen.

Rabbi Moritz ließ mich mit Rabbi Taub allein. Der alte Rabbi wies auf einen der roten Ledersessel und ich setzte mich. Ein gewaltiger weißer Bart bedeckte fast sein ganzes Gesicht, das mit Leberflecken übersät war. Rabbi Taub roch wie mein Großvater, nur noch strenger. Er roch, wie mein Großvater riechen würde, wenn man ihn eine Weile draußen in die Wärme stellen würde.

Du erkennst die Weisheit eines Rabbis daran, wie viele englische Wörter er in seinen Sätzen benutzt. Du weißt, dass Rabbi Moritz ein Grünschnabel ist, weil er nur gelegentlich ein hebräisches Wort oder eine hebräische Phrase einbaut. Rabbi Friedman dagegen benutzt mehr Hebräisch und jiddische Einsprengsel, sodass du dich stärker konzentrieren musst, um ihm zu folgen.

Ich erkannte, dass Rabbi Taub *höllen*mäßig weise war, weil ich kein Wort verstand von dem, was er sagte. Es kamen mehr hebräische als englische Wörter vor. Ich gab mein Bestes. Ich lehnte mich nach vorne über den Tisch. Aber alles, was ich aufschnappen konnte, war das gelegentliche »the« oder »so«. Er beendete die meisten seiner abgerissenen Sätze mit der angehängten Frage: »Du verstehst, oder?«

Er sprach etwa zehn Minuten mit mir. Dann bekam er keine Luft mehr und seine Stimme klang kratzig. Er schaute suchend um den Tisch herum.

»Ich bringe Ihnen etwas Wasser«, sagte ich.

Ich ging auf den Flur hinaus, zum Lehrerzimmer hinunter – es war niemand da – und füllte einen Plastikbecher mit Wasser aus dem Hahn. Mit dem Becher in der Hand ging ich wieder nach oben und reichte ihn Rabbi Taub.

»Jascher koach«, dankte mir Rabbi Taub. Er nahm einen großen Schluck. Dann stand er auf, was ihn sichtlich Anstrengung kostete. Er hielt sich an der Tischkante fest, um nicht das Gleichgewicht zu verlieren. »Nu«, sagte er. »Du verstehst, was ich gesagt habe? Du verstehst, was ich denke? Ich weiß, wir alle werden eines baldigen Tages stolz auf dich sein.«

Ich verschwieg ihm, dass ich nichts von seinen Worten verstanden und bloß die ganze Zeit gehofft hatte, dass er nicht vor meinen Augen sterben würde.

Aber dann, als ich wieder auf den Flur hinaustrat, dachte ich bei mir, dass ich in gewisser Weise *doch* verstanden hatte, was Rabbi Taub mir sagte, auch wenn ich die einzelnen Worte nicht verstanden hatte. Da war diese Schwingung, diese *Weise*, auf die er sprach, die seine Ansicht verdeutlichte. Trotz der Kälte des Todes, die bereits auf ihn zueilte, sprach er Worte voller Wärme. Seine Augen waren hell, energiesprühend und schenkten Hoffnung. Er hegte wirklich Hoffnung für mich. Er blickte auf das, was ich getan hatte, auf die Situation, in der ich mich befand, und sah kein Leben in schmerzhafter Isolation für mich voraus, sondern eine erträgliche Zukunft, die hell genug war, um ein sanftes Lächeln auf sein bärtiges Gesicht zu zaubern.

Ich sah noch nicht, wie sich diese Zukunft konkret gestalten sollte, aber die Räder in meinem Kopf ratterten, ich durchdachte alles auf der Suche nach einem Weg aus dem Schlamassel, in das ich geraten war.

Ich ging zurück in meine Verbannung. Moritz erwartete mich in meiner Zelle. Als ich hereinkam, schaute er mich erwartungsvoll an, und ich verstand schließlich, dass ich mich bei ihm bedanken sollte. Was ich auch tat.

»Rabbi Friedman hat ein weicheres Herz als ich«, sagte Moritz. »Es war seine Idee. Ich hoffe, das Treffen war hilfreich.«

Ich lächelte ihn an, und Moritz dachte, ich lächelte aus Dankbarkeit. Aber ich lächelte, weil ich eben begriffen hatte, dass Rabbi Moritz eifersüchtig auf mich war.

»Muss ich weiter abschreiben?«, fragte ich.

»Du darfst zum selbstständigen Lernen übergehen, wenn du möchtest.«

»Danke«, sagte ich und schob einen Talmudband von mir weg. »Das *möchte* ich.«

In dieser Nacht konnte ich nicht schlafen. Das war nichts Ungewöhnliches, nur, dass es dieses Mal auch nicht half, als ich an Anna-Marie dachte.

Meine Gedanken rasten. Ja, sie wirbelten, drehten und wanden sich. Aber ich konnte sie niemandem mitteilen. Meine Familie ignorierte mich. Mosche Zvi sprach nicht mit mir. Alle Menschen, denen ich vertraut hatte, bestraften mich, indem sie mich schnitten für etwas, das sich nicht einmal falsch anfühlte.

Ich aß nicht viel. Mein ansonsten gesunder Appetit hatte mich verlassen wie meine Freunde. Aber jetzt ging ich in die Küche hinunter, vielleicht konnte ich mich ja mit Essen beruhigen.

Ich hatte jede Nacht in den Laptop geschaut, ob ich meiner unreinen Freundin nicht irgendwie eine Nachricht zukommen lassen konnte. Ich überlegte, ob ich ihr mit einem TikTok-Account eine E-Mail oder so etwas schreiben könnte. Aber Zippy benutzte den Laptop inzwischen als Kissen. Sie schlief jede Nacht darauf, nach vorne zusammengesackt und die Wange gegen das Lenovo-Logo gepresst, sodass man den Abdruck auch am nächsten Morgen noch sehen konnte.

Es schien zu riskant, den Computer unter ihr wegzuziehen. Aber du weißt sicher, was Verzweiflung bedeutet. Ich nahm einen Joghurt und setzte mich Zippy gegenüber, gewöhnte ihren schlafenden Körper an meine Anwesenheit auf der anderen Seite von ihrem Tisch/Bett. Und dann zog ich langsam den Laptop auf mich zu. Leise glitt er über die Oberfläche des Tischs. Zippys Kopf fiel auf das Holz. Es gab einen dumpfen Schlag.

Ich erschrak.

Aber sie suchte nur nach einer neuen bequemen Position für ihren Kopf.

Ich öffnete den Bildschirm und klickte auf die Video-App.

»Hat sie irgendetwas Neues gepostet?«, murmelte Zippy verschlafen.

Sie hatte etwas Neues gepostet. Ein Tanzvideo, aufgenommen im Freien vor der High School. Ich erkannte sogar den genauen Platz wieder – wir waren Hunderte Male daran vorbeigefahren. Es war sie mit diesem Mamser Case. Sie tanzten ganz synchron zusammen. Sie tanzten zu dem Song, formten dazu mit den Lippen die Worte.

Mir steckte das Herz in der Kehle. Ich dachte, ich könnte es auf den Tisch hervorwürgen. Aber ich riss mich zusammen, beruhigte mich. Es war okay, sagte ich mir selbst. Sie tanzten nicht wirklich *zusammen*. Sie tanzten nebeneinander. Es gab eine klare Grenze zwischen ihnen. Sie berührten sich nicht oder so etwas.

Hatte Zippy etwas gesagt? Ich schaute vom Computer auf. Sie war jetzt wach, rieb sich die Augen.

»Irgendetwas Gutes?«, fragte sie.

»Wie –«, fragte ich. »Woher ... woher weißt du?«

»Du solltest deine Browserchronik löschen.«

»Ich verstehe nicht – ich meine, du kannst sehen, auf welchen Seiten ich war?«

»Ja. Sie ist hübsch. Hat ein schönes Lächeln und ein gutes Rhythmusgefühl.«

»Jesus.«

»Unglücklicherweise, ja.«

Wir saßen eine Weile schweigend da. Ich starrte die Wand an und lauschte dem Ticken einer Uhr. Ich war mir ziemlich sicher, dass es eine Uhr war, aber wir besaßen keine tickenden Uhren.

Dann wurde das Ticken immer schneller und schneller, was für Uhren ja eher ungewöhnlich ist. Und dann bemerkte ich, dass der Tisch unter mir nass war. Als ich einen Ellbogen auf den Tisch legte, rutschte mir fast der Arm weg.

Ich sprang beinahe von meinem Stuhl auf. »Warum ist der Tisch ganz nass?«, fragte ich Zippy. »Ist das Dach undicht?«

»Wir sind im Erdgeschoss, Hoodie. Du weinst Rotz und Wasser.«

»Nein, tue ich nicht. Nichts da. Ich weine nicht.« Ich befühlte mein Gesicht mit der Hand. Es war eindeutig feucht. Die Tatsachen sprachen gegen mich.

»Willst du ein Taschentuch?«

»Nein. Der Tisch leistet scheinbar gute Arbeit.«

Wir saßen eine Weile da, während ich mich zusammenriss und aufhörte zu weinen. »Schwester«, sagte ich, »du durftest auch nicht mit Joel zusammen sein. Ich erinnere mich – ich habe es damals nur noch nicht verstanden –, du hast dich mit ihm davongeschlichen, obwohl es nicht erlaubt war. Aber dann ... ist nichts passiert. Bei der Hochzeit der Wassersteins habe ich gesehen, wie du heimlich zur Männerseite gewechselt und mit Joel hinter dem Zelt *getanzt* hast.«

»Das ist etwas anderes. Du sollst diese Regel brechen. Man erwartet, dass du sie brichst.«

»Ich verstehe nicht –«

»Eine extra schwierige Frage für dich: Darfst du an Purim Alkohol trinken?«

»Ich meine, nein. Das ist verboten.«

»Wie viele Schüler in deiner Jeschiva, würdest du sagen, trinken an Purim?«

Ich lachte und stellte mir unsere Purimfeiern vor. »Jeder Einzelne ohne Ausnahme.«

»Es gibt einige Regeln, die gebrochen werden sollen, und andere nicht. Nur wenn es *eine* Regel gibt, die du nicht brechen sollst, dann ist es meistens die, die du brichst. Du musst dir unser orthodoxes System wie von Mauern umgeben vorstellen. Solange du Regeln innerhalb der Mauern brichst, ist alles in Ordnung. Aber hast du die Mauern erst einmal verlassen, um die Regeln zu brechen, dann hängst du draußen fest und kannst nie wieder hinein.« In dem schwachen Licht konnte ich Zippys Gesicht kaum erkennen. Aber ihre Stimme war plötzlich gedämpfter. Sie klang ein wenig überdreht, traurig. Ihre Augen ruhten noch immer auf meinen, aber sie sah durch mich hindurch. »Da ist noch etwas anderes«, sagte sie. »Du bist ein Junge. Du bist ein Sohn. Es wiegt schwerer, wenn du – Du bist einfach – Du bist wichtiger.«

»Das ist nicht wahr.«

»Natürlich ist das wahr. Und das ist auch gar nicht immer schlecht. Weil ich ein Mädchen bin, darf ich sofort aufs College. Niemand ist verärgert, wenn ich kein Jahr in Israel verbringe. Es kümmert niemanden, dass ich nicht gleich nach der High School einen Studiengang wähle. Und selbst wenn Joel nicht jüdisch wäre, könnte ich noch immer Gott dienen. Meine Kinder würden noch immer jüdisch sein, weil ich eine Frau bin. Wenn deine Frau nicht jüdisch ist … ist es … ist es undenkbar. Ich tue nicht das, was alle wollten. Aber theoretisch besteht ein Gleichgewicht. Ich kann Ingenieurin werden und trotzdem heiraten. Trotzdem Kinder bekommen. Trotzdem die Gebote befolgen. Es passt nicht perfekt. Wie wenn man einen eckigen Pflock in ein rundes Loch steckt, mit genügend Schmieröl bekommst du ihn rein. Bei dir ist das kein Eckiger-Pflock-rundes-Loch-Problem mehr. Du nimmst das Brett mit dem Loch und setzt es in Brand. Ich habe viel darüber nachgedacht, über dich.«

»Wirklich?«

»Lass deine scheinheilige Bescheidenheit. Du weißt, du bist mein Liebling.«

»Kann ich das schriftlich haben? Vielleicht könntest du das als Zertifikat drucken oder –«

»Ich habe viel darüber nachgedacht. Du stehst an dem Punkt, wo es kein Zurück mehr gibt, am Abgrund, vor dir fremdes Terrain. Und wenn du diesen letzten Schritt machst, kannst du noch immer ein großartiges Leben führen. Aber es wird nicht dieses Leben sein. Das musst du verstehen. Es wird nichts mit dem Leben zu tun haben, auf das du die ersten fünfzehn Jahre zugesteuert bist. Es wird ein völlig anderes Leben sein. Wer weiß? Möglicherweise ist es sogar besser. Aber dieser Schritt ist auf jeden Fall endgültig. Hast du diesen Schritt erst gemacht, gibt es kein Zurück mehr. Oha«, sagte Zippy, als würde sie sich gerade bewusst, wie schwerwiegend ihr eigener Rat war. »Du bist zu jung, um diese Wahl zu treffen. Es tut mir leid, Kleiner. Es ist nicht schön für dich.«

»Wo steht geschrieben, dass das Leben schön sein muss?«

»Nirgendwo, Bruder. Nirgendwo.«

»Kommst du in diesem Leben vor?«, fragte ich sie.

»Nicht in derselben Weise. Hör zu. Das geht mir am du-weißt-schon –«

»Schweinearsch vorbei.«

»Ja. Meinetwegen kannst du einen muslimischen Mann daten. Ich meine nur – wenn du mich anrufst, einen Platz zum Schlafen brauchst, ich werde immer für dich da sein. Aber es wird nicht sein wie jetzt. Sondern wie in Filmen, wo sie hinter dem schalldichten Fenster sitzen und übers Telefon miteinander reden.«

Ich stellte mir das vor: Ich eingekerkert und Zippy kommt mich besuchen, ich starre sie durch das dicke Glas hindurch an und wir sprechen über so ein schwarzes Dosentelefon mit Silberkabel.

»Weißt du«, sagte ich, »letzten Sommer bin ich eines Morgens früh aufgewacht und habe dich mit Papas Tefillin beten gesehen. Erst dachte ich, ich hätte Halluzinationen, was schon mal passiert, wenn man vor sieben Uhr aufsteht. Aber als ich auch am nächsten Morgen früh auf war, hast du es wieder gemacht. Weiß Papa davon?«

»Nein.«

»Weiß Joel, dass du das machst?«

»Ja.«

»Genehmigt er das?«

»Und was, wenn nicht? Was dann? Sucht er sich dann eine neue Verlobte? Wer hat Zeit für so was? Er weiß, was ihm zusteht.«

Ich kicherte ein bisschen. Ich hätte es besser wissen sollen. »Mosche Zvi sagt, das Gesetz ist eindeutig, was Frauen betrifft –«

»Mosche Zvi ist ein Besserwisser. Er will nur seinen Vater beeindrucken. Hoffentlich nabelt der sich bald mal ab. Bis dahin, hör nicht auf ihn. Das jüdische Gesetz ist seit Tausenden von Jahren Gegenstand hitziger Debatten und so wird es auch bleiben. Dieser kleine Putz, dieser Depp hat nicht das letzte Wort.«

Meine Tränen trockneten, verdunsteten von selbst. Aber sie trockneten auch, weil ich mich etwas besser fühlte.

Das Räderwerk im Kopf hatte etwas Gutes bewirkt – oder vielleicht war es auch der Joghurt. Jedenfalls nahm in meinem Kopf eine Idee Gestalt an. Eine gute, die mich retten *und* mich auf die richtige Seite, zu meiner Familie und meiner Gemeinde zurückbringen würde.

Ich konnte mit Anna-Marie nicht gegen Antisemitismus kämpfen. Und ich konnte nicht Teil der Gemeinde sein, wenn ich mit ihr zusammen war, denn sie war nicht jüdisch. Aber die religiöse Gemeinde, die Jeschiva waren mein ganzes Leben, buchstäblich jeder, den ich dort kannte.

Anna-Marie wollte in die Welt hinausziehen und neue Leute treffen, während ich immer angenommen hatte, ich würde das Gegenteil tun. Ich hatte immer gedacht, ich und Mosche Zvi würden zusammen aufwachsen, um den unfassbar längsten Bart wetteifern, gegenseitig unsere Kinder auf den Knie wippen und im Sommer irgendwo an einem See zwei Häuschen nebeneinander mieten, um an den unmöglichsten Stellen Moskitostiche zu sammeln. Ich hatte dieses klare Bild im Kopf. Oder zumindest *war* es klar gewesen.

Jetzt, da Mosche Zvi nicht mehr mit mir sprach, musste ich mir etwas anderes einfallen lassen. Doch wenn ich versuchte, mir eine alternative Zukunft vorzustellen, wusste ich nicht einmal, was genau ich mir vorstellen sollte. Diese Leere wusste mein Geist nicht zu füllen.

Und ich mochte Anna-Marie *wirklich*. Ich fühlte mich jedes Mal, wenn ich mit ihr zusammen war, großartig, jedes Mal, wenn ich an sie *dachte*. Es war etwas Körperliches – sie löste eine beeindruckende Vielfalt an körperlichen Formen des Verlangens aus. Aber es war so viel mehr als das. Wenn wir Zeit miteinander verbrachten, hatte keiner von uns einen Plan. Wir waren einfach zwei Menschen, die sich gernhatten, und das war genug. Ich gestand es mir nicht gern ein, nicht einmal vor mir selbst, aber es war genau dasselbe, was Zippy über Joel sagte: Wenn ich mit Anna-Marie allein war, fühlte ich mich vollständig. Ich wollte nicht, dass mir dieses Gefühl entglitt. Ich würde nicht zulassen, dass mir irgendjemand dieses Gefühl nahm.

Es schien wie ein Problem ohne Lösung. Aber jetzt sah ich die Lösung, eine, die mich mit Anna-Marie zusammen sein ließe und mich sogar aus der Verbannung heimholen würde. Und es war so klar, dass ich mich fragte, warum ich nicht schon vorher darauf gekommen war.

Wenn der Pflock eckig ist, besorgst du dir eine Drechselbank und machst das Ding rund.

KAPITEL 12
in dem ich meine metaphorische Drechselmaschine in Betrieb nehme

»Es ist ein schöner Tag«, sagte ich zu Joel, der am Straßenrand wartete.

»Es regnet«, bemerkte Joel.

»Reine Ansichtssache.«

»Eine Tatsache, Hoodie.«

Joel hatte es nie eilig, aber da er im Regen nicht lesen konnte, wollte er mich so schnell wie möglich zur Schule bringen.

An diesem Morgen beschwerte ich mich nicht einmal, als Rabbi Moritz mich nach dem Schacharis nach oben in meine Kammer begleitete. Er war verdutzt, als ich mich gleich in den Talmud versenkte. Ich fragte ihn, ob ich ein Wörterbuch oder einen Mosche Zvi zu Hilfe nehmen dürfe, damit ich auch verstünde, was ich las. Er brachte mir ein spezielles Wörterbuch, damit ich das mit Aramäisch zusammengewürfelte Althebräische entschlüsseln könnte.

Ich schrieb die Gemara zum Traktat Sanhedrin ab. Das Abschreiben dieser besonderen Passage sollte mich dazu bewegen, die Bedeutung des jüdischen Lebens wertzuschätzen. Darin stand nämlich: Wer ein einziges jüdisches Leben rettet, der rettet die ganze Welt.

Ich arbeitete langsamer als sonst, denn jetzt las ich wirklich, fuhr mit dem Finger über die Buchstaben, schlug im Wörterbuch nach. Als die Zeit für die Mincha näher rückte, schien mir, als verstünde ich allmählich ein bisschen, worüber Mosche Zvi immer maulte. Wenn du deine Talmudlektüren wirklich verstandest, war es so, als würdest du dich mit sehr alten Rabbis unterhalten. Wie mit Rabbi Taub, wenn er noch rund tausend Jahre älter wäre.

Als Rabbi Moritz nach der Mincha nach oben kam, um mir Gesellschaft zu leisten, warf ich langsam die imaginäre Maschine an, mit der ich den Pflock rund drechseln wollte. »Rebbe«, sagte ich, »da es aufgehört hat, zu regnen, hatte ich die Hoffnung, ich könnte Sie auf einen Spaziergang zu den Bäumen einladen und schauen, was der Regen angerichtet hat.«

Er war verblüfft.

»Ich wollte Ihnen meine Lieblingsbäume im Viertel zeigen. Vieles aus der Gemara zum Traktat Sanhedrin geht mir durch den Sinn, und bei einem Spaziergang, auf dem mein Geist sich an den Bäumen erfreut, könnte ich meinen Gedanken gewiss noch besser nachhängen.«

»Schön«, sagte er. »In Ordnung. Ich habe Unterricht. Aber würdest du den Spaziergang gern allein unternehmen? Ich treffe dich in einer Stunde in meinem Büro und genieße die Baumkultur dann gern indirekt.«

»In Ordnung«, sagte ich. »Sehr gut.« Ich nickte ihm zu und begann meinen Streifzug.

Anna-Marie hatte gerade Schulschluss, und ich dachte nicht, dass sie so schnell zu Hause wäre. Also zog ich Kreise um die Straße, übte, was ich sagen würde. Bei jeder Runde stand ich an unserem Baum und berührte ihn, damit er mir Glück brächte. Als ich meinte, dass genug Zeit vergangen war, ging ich zu ihrem Haus.

Ich klingelte an der Tür. Es fühlte sich merkwürdig an, durch das kleine Guckloch zu lugen, also stellte ich mich mit dem Rücken zur Tür in Richtung Straße. Die Sonne begann durch die

Wolken zu brechen. Es war feucht draußen vom Regen, aber es ging eine beständige Brise, und die Blätter, die sich allmählich verfärbten, säuselten.

Als niemand auf die Klingel reagierte, klopfte ich. Und dieses Mal lugte ich hinein. Ich konnte niemanden sehen, aber ich hörte zwei Stimmen. Es wurde laut gesprochen. Ja, es wurde geschrien, aber die Stimmen waren durch mehrere Wände und die Tür dazwischen gedämpft. Ich konnte kein einziges Wort verstehen.

Ich wollte das Ganze gerade aufgeben, als sich die Tür einen Fußbreit öffnete. Die Bürgermeisterin sah mich mit rot angelaufenem Gesicht an. Sie versuchte, sich rasch zu fassen. »Je-hu-die. Ich – bist du mit Anna-Marie verabredet?«

»Nicht wirklich«, sagte ich. »Kann ich reinkommen? Es darf mich niemand drau–« Ich beendete diesen Satz lieber nicht, aber ich war in Alarmbereitschaft, schaute die Straße rauf und runter.

»Äh. Warte eine Minute, Herzchen.«

Nach ihrer Mutter erschien Anna-Marie an der Tür. Auch ihre Wangen und Augen waren gerötet. »Was machst du hier?«, fragte sie. Sie wirkte verärgert, aber ich hoffte, der Grund dafür sei ihre Mutter. »Ich habe dir Hunderte Male geschrieben. Erst dachte ich, es wäre etwas *passiert*. Dann dachte ich, du ghostest mich, und jetzt tauchst du einfach bei meinem –«

Ich konnte nicht länger draußen stehen bleiben. »Verzeih mir«, sagte ich. Ich drängte mich hinein und zog die Tür hinter mir zu. »Und es tut mir leid, dass ich nicht geantwortet habe. Ich konnte nicht. Ich habe mein Telefon verloren.«

»Hast du mal deine Nummer angerufen?«

»Es wurde beschlagnahmt.«

»Warum?«

»Erklär ich dir später. Können wir reden?«

»Warum gehen wir nicht spazieren? Ich will hier raus.«

»Ich kann nicht. Ich – man darf mich nicht mit dir zusammen sehen.«

Monica Diaz-O'Leary saß am Küchentisch. Man konnte vom Flur geradewegs in die Küche sehen. Sie beobachtete uns, gab sich aber möglichst unbeteiligt. Anna-Marie schaute ihre Mutter, dann wieder mich an. »Okay«, sagte sie.

Anna-Marie ging nach oben in ihr Schlafzimmer. Ich folgte ihr.

Sie saß auf ihrer Bettkante. Dieses Mal wagte ich den Sprung über die Schwelle und setzte mich in den Bürostuhl aus Plastik an ihrem Schreibtisch. Das Zimmer roch nach ihr, wie so ein leckereres Reinigungsmittel mit einer blumigen Duftnote. Der Duft füllte meinen ganzen Kopf, benebelte meine Gedanken. Ich versuchte, den Nebel zu vertreiben. Musste mich auf das konzentrieren, was ich sagen wollte.

Aber Anna-Marie kam mir zuvor. »Warum hast du dein Telefon verloren? Hatte das was Gutes?«

»Ja«, sagte ich. »Was ziemlich Gutes.« Weil Anna-Marie ziemlich gut war. Das einzig Gute an diesem ganzen furchtbaren Scheiß war sie. »Ich habe dein letztes Video gesehen, den Tanz mit diesem Jungen, Case. Er ist ein Idiot, aber der Tanz war cool.«

Anna-Marie sah überrascht aus, aber nicht im positiven Sinne. Ihr Mund stand halb offen. Sie kniff die Augen zusammen. »Du hast meine Videos *angeschaut*?«

»Ja.«

»Das ist … komisch.«

Ich verstand nicht. »Warum? Ist das nicht der Sinn? Die Videos sind doch da, damit man sie sieht?«

»Nein. Es ist nicht … öffentlich. Ich meine, es ist öffentlich, aber Social Media ... Es ist seltsam, wenn dich jemand nur *anschaut*. Es ist, als hättest du einen Stalker. Es ist anders, wenn *du* auch postest, und dann würde ich deine Sachen sehen und du würdest meine sehen und wir könnten kommentieren und so weiter. Aber – ich weiß nicht – das ist anders.«

Ich verstand noch immer nicht. Warum postest du ein Video, wenn du nicht willst, dass es jemand sieht? Es ergab keinen Sinn.

»Es tut mir leid«, sagte ich. »Ich kenne halt die Regeln nicht.«

»Ist okay«, sagte sie. Aber es schien nicht okay. Sie rückte weg von mir, rutschte von der Bettkante zum Kopfkissen hinüber.

Ich musste ihr wieder näherkommen. »Also«, sagte ich, »man hat mir mein Telefon abgenommen, weil ich mit dir gesprochen habe. Ich darf nicht mit jemandem zusammen sein, der nicht jüdisch ist. Nachdem ich neulich abends mit dir zusammen war und all diese Dinge passiert sind, bin ich in Schwierigkeiten geraten, weil ich bei dir war und nicht bei meinen Freunden.«

»Das ist verrückt. Wärst du bei ihnen gewesen, hätten sie dich –«

»Ich weiß, ich weiß. Trotzdem. Für sie ist das ein Verrat, als würde ich mich von meinen Leuten abwenden.«

»Weil du dich mit jemand anderem triffst? Das ist ... heftig.«

»Ja. ›Heftig‹ ist das richtige Wort.«

Anna-Marie lachte ironisch, ein unechtes Lachen. »Und ich dachte, *meine* Mutter wäre anstrengend.«

»Nun ja«, setzte ich an. Ich wollte aufstehen und herumschreiten. Um eine Rede zu halten, musste ich aufstehen.

Und das tat ich. Ich erhob mich und trat in die Mitte des Zimmers, als wollte ich einen Monolog in einem Schauspiel halten. »Willst du immer noch an die New York University?«

»Wenn Sie mich nehmen, ja.«

»Ich habe ein bisschen recherchiert, die Jeschiva-Universität liegt ziemlich nah an der NYU. Beide sind in Manhattan. Also habe ich mir eine Lösung überlegt. Wenn wir unseren Schulabschluss haben, könnten wir zusammen nach New York ziehen. Das würde gehen, wenn wir uns vorher verloben und du bereit bist, zum Judentum überzutreten – du müsstest nicht jetzt konvertieren. Du müsstest nur *bereit sein*, es zu tun, wenn wir heiraten. Dann könnten wir –«

Anna-Marie hatte die Augen weit aufgerissen, sie lehnte sich nach vorn zu mir, wie um besser zu hören. »Hast du gesagt, dich *heiraten*?«

»Ja. Aber nicht jetzt. Wir könnten nach der Schule oder sogar erst nach dem College heiraten. Du müsstest allerdings bereit sein, vorher zu konvertieren. Dann würde ich keine halachischen –«

»Oh mein Gott, Hoodie. Bist du wirklich – was ist los mit dir?« Anna-Marie lachte, aber es war wieder kein echtes Lachen.

Ich hatte nicht erwartet, dass sie sofort zustimmen würde. Aber ich hatte erwartet, dass sie zuhören, darüber nachdenken, den Sinn der Idee verstehen würde.

»Hörst du, was du da sagst? Dich *heiraten*? Ich bin *fünfzehn*. Bin ich etwa eine Kinderbraut? Was für ein rückständiger Scheiß ist das, Mensch. Ich dachte, dass ihr Typen in der Vergangenheit lebt, wäre bloß wieder so ein Spruch von meiner Mutter.«

»Wir würden nicht *jetzt* heiraten. Das habe ich doch gesagt. Es ist nur eine Vereinbarung, um –«

»Geh zurück nach Babylon, Alter.« Jetzt lachte sie wirklich. Lachte über mich. Und ich wünschte, ich stünde nicht in der Mitte des Zimmers. »Wandere durch die Wüste. Erfinde du das Rad. Damit kann man Dinge leichter transportieren. Das ist echt cool. Du wirst sehen.«

»Nein, hör zu«, sagte ich. »*Bitte.*« Langsam begann ich, zu verzweifeln. Das musste funktionieren. Ich mochte sie zu sehr. Konnte sie nicht verlieren. Ich hatte doch schon alle anderen verloren. »Ich habe es durchdacht. Es ist vielleicht nicht perfekt. Aber ich sehe keinen anderen Weg, wie wir weiter zusammen sein können.«

Sie hörte auf zu lachen, ihr Lachen war augenblicklich abgestorben. Ihre Stimme wurde leise. »Zusammen sein?«, fragte sie.

»Ja«, sagte ich.

Sie schüttelte einmal kurz den Kopf. »Wovon redest du? Nein. Wir sind nicht *zusammen*.«

Jetzt war ich verwirrt. Ich verstand nicht, was sie sagte. Natürlich waren wir zusammen. Wir waren *buchstäblich* zusammen. Ich war in ihrem *Zimmer*. »Was?«, sagte ich. Ich begann, auf und ab zu schreiten. »Wovon redest *du*? Du hast mich berührt. Du hast mich am Arm berührt. Du hast mich *umarmt*. Du hast dich an mich gedrückt. Der Körper ist heilig, Gott schützt ihn. Du presst deinen Körper nicht einfach gegen den eines anderen, wenn du nicht –«

Anna-Marie hielt sich die Hand vor das Gesicht. Ich wollte ihr in die Augen sehen, aber ich konnte nicht.

»Du weißt doch gar nichts über mich«, sagte sie.

»Ja, ich –«

»Was ist meine Lieblingsfarbe? Was ist mein Lieblingslied? Wovor habe ich am meisten Angst?«

Ich wusste auf alle diese Fragen keine Antwort. »Dein Zimmer ist ziemlich grün«, stellte ich fest.

»Wir sind *höchstens* Freunde«, sagte sie. »Ich finde dich interessant.«

Ich konnte spüren, wie ein tief in mir begrabener Ärger hervorbrach. Er nahm meinen Körper in Besitz und kribbelte wie elektrischer Strom bis in die Fingerspitzen. »Du findest mich *interessant*? Wie so ein Ausstellungsstück im Museum, ja? Und jetzt? Nachdem du mich betrachtet und die kleine Erklärungstafel gelesen hast, geht es weiter zum nächsten Exponat?«

»Nein. So ist es überhaupt nicht. Ich mag dich. Wir sind nur – Wir leben in verschiedenen Welten, Hoodie.«

»Wir leben in derselben Welt. Es gibt nur eine Welt. Das hast *du* mir gesagt.«

»Nein, gibt es nicht. Dann nenn es meinetwegen nicht ›Welten‹. Aber du ... Du bist wie so ein Zeitreisender aus einem Science-Fiction-Film. Du bist hier zu Besuch und am Ende musst du in deine eigene Zeit zurückkehren, weißt du?«

»Nein. Manchmal bleibt der Zeitreisende in diesen Filmen auch da, denn er verliebt sich in –« Hier brach ich ab, aber es war zu spät.

»Sag das nicht«, sagte Anna Marie. Sie drückte sich noch tiefer in ihre Ecke, presste die Stirn gegen die Wand. »Jesus. Ich kann nicht glauben, dass das passiert. Das darf nicht gerade jetzt passieren. Das halte ich nicht aus. Das ist nicht wirklich.« Anna-Maries Stimme schwoll an, während sie redete. Sie war verärgert, sie würgte. »Ich habe ... ich habe mich eigentlich *nur* mit dir getroffen, weil meine *Mutter* es wollte. Sie dachte, sie stünde in der Stadt, in diesen dummen Nachrichten besser da, wenn man sähe, dass ich mit einem jüdischen Jungen abhänge. Es war auch die Idee meiner Mutter, dass wir das Graffiti von den Grabsteinen entfernen. Sie wollte nicht, dass jemand von diesen Schweinereien erfährt, und sie dachte, es sei gut für ihren Ruf, wenn ich mit dir herumlaufe. Und jetzt denkst du, ich sei deine *Freundin*? Du denkst, dass ich mit dir nach *New York* gehen will? Du denkst, du *liebst* mich? Das ist keine Liebe. So funktioniert Liebe nicht. Aber wie solltest du auch wissen, was wirklich ist? Wir haben uns nicht einmal geküsst oder –«

»Dann küsse ich dich jetzt«, sagte ich. Ich machte einen Schritt auf sie zu, aber sie zog sich nur noch mehr zurück, kauerte sich in die Ecke zwischen den zwei Wänden.

»Weißt du eigentlich, wie die wirkliche Welt funktioniert? Ich bezweifele es stark. Du lebst dein Leben nach einem Buch, das ein paar betrunkene Kerle vor Tausenden von Jahren geschrieben haben.«

Ich würde behaupten, in diesem Moment erschien wie von selbst ein Loch in der Wand. Doch muss ich gestehen, dass es gegenteilige Indizien gab. Da war beispielsweise dieses Pochen in meiner Hand und zwischen meinen Fingerknöcheln klebten kleine Stücke von Putz und Farbe.

Mein ganzer Körper bis auf meine pochende Hand war taub. Als mich der Schmerz durchfuhr, begriff ich ihre Worte.

Es war alles nur eine Lüge gewesen.

Sie hatte mich benutzt.

Ich dachte, der zunehmende Schmerz würde mich entzweireißen, als zerbräche ich körperlich in Stücke.

Die Tür zum Schlafzimmer flog auf und die Bürgermeisterin erschien mit einem panischen Gesichtsausdruck. »Liebling, bist du okay?«, sagte sie mit einem Blick auf Anna-Marie.

»*Raus* hier, Mama«, schrie Anna-Marie. Ich hatte sie niemals zuvor schreien gehört. »Das ist *deine* Schuld.«

Frau Diaz-O'Leary antwortete ihrer Tochter nicht. Sie wandte sich stattdessen an mich. »Junger Mann, Sie verlassen umgehend dieses Haus.«

Ich schüttelte etwas Putz von meiner Hand und wandte mich zum Gehen. Ich warf einen letzten Blick auf Anna-Marie. Sie hatte sich in der Ecke ihres Betts zusammengerollt, starrte auf ihr Kissen. »Ich habe alles für dich aufgegeben«, sagte ich.

»*Jetzt*«, knurrte die Bürgermeisterin.

»Warum?«, fragte Anna-Marie ihr Kissen. »Warum solltest du das tun?« Mitleid hatte den Ärger verdrängt. Sie fühlte sich schlecht wegen mir und ihr Mitleid war sogar noch schmerzhafter als ihr Zorn.

Warum? Ich stellte mir dieselbe Frage. Weil sie eine großartige, schöne, besondere Person war? Weil ich ein Idiot war, genau der Nichtswisser, als den sie mich bezeichnet hatte? Nichts von diesen Dingen wollte ich sagen. Also sagte ich nichts. Ich ging hinter der Bürgermeisterin die Treppe hinunter und auf die Straße hinaus.

KAPITEL 13
in dem ein Unbekannter ein berühmtes Foto von mir schießt

Hast du dich jemals lebendig begraben wollen? Eine Schaufel nehmen und ein passendes Loch graben, um mit dem Gesicht nach vorne hineinzufallen und nur darauf zu warten, dass alles schwarz wird? Ich war absolut bereit dazu. Wir besaßen zwar nur eine Schneeschaufel, aber der Boden war weich vom Regen, also hätte es funktionieren können. Der Haken war, dass man, wenn man sich ins selbst geschaufelte Grab legt, jemanden braucht, der das Grab anschließend mit Erde auffüllt. Ich konnte mir keine einzige Person vorstellen, der in diesem Moment genug an mir lag, um mir diesen Gefallen zu tun.

Ich vergaß das ganze Treffen mit Rabbi Moritz. Ich vergaß die ganze Schule. Ich vergaß mehr oder weniger, wo ich war. Ich stromerte, wanderte nur umher. Ich war wie im Delirium, völlig daneben. Mir schien, dass ich rasch, eilig ging, als hätte ich ein Ziel, das ich möglichst schnell erreichen wollte. Vielleicht suchte ich ja ein gebrauchsfertiges Loch im Boden.

Ich wollte mich bloß irgendwo hinlegen, wo es dunkel war, wo ich bewusstlos wäre, nichts fühlen müsste. Mein Schmerz war zu groß, um ihn im Wachen auszuhalten. Gibt es die Betäubungsspritze vom Zahnarzt auch für den ganzen Körper?

Eine lange Zeit irrte ich umher, achtete nicht darauf, wohin ich ging. Nach einer Weile fand ich mich bei den Pendlergleisen wieder. Müll lag über den ganzen Boden verteilt, leere Kartoffelchipstüten und Bierdosen. Oben auf dem Hügel nahe am Bahnhof konnte ich auf den Friedhof hinunterblicken. Scheinwerferlicht von Polizeiautos flackerte dort unten auf dem Friedhof und ich konnte entferntes Rufen hören. Aber ich dachte mir nichts dabei.

Auf der anderen Seite der Schienen konnte ich auf den verdreckten Bauplatz hinuntersehen, wo das Wohnhaus gebaut werden sollte. Ich entdeckte den Bürowohnwagen meines Vaters. Er hockte vermutlich gerade mit heruntergezogenen Jalousien darin und erledigte Papierkram im Lichte seiner billigen Schreibtischlampe. Der Bagger stand untätig herum, an derselben Stelle wie auch schon einige Wochen zuvor.

Ich bahnte mir meinen Weg an den Bäumen vorbei quer über den Bauplatz. Ich kannte die digitalen Pläne für das Gebäude. Ich schritt über den Boden, wo einmal die erste Etage hinkommen sollte, mit dem Fitnessstudio, der Eingangshalle, dem gemeinschaftlichen Spucknapf. Ich passierte die imaginären Doppeltüren vor dem Gebäude und trat auf den Bürgersteig.

Ich war nur eine Straße von der Einkaufsstraße der Stadt entfernt. Ich überlegte, mir einen leckeren Snack zu besorgen, der mich vielleicht von all den anderen unangenehmen Empfindungen ablenken könnte.

Es war später Nachmittag – zwischen 16:22 und 16:24 –, als ich durch die klingelnde Tür den Abramowitz-Markt betrat. Etwa zur selben Zeit bremste ein Umzugstransporter am Straßenrand. Ich wartete, ob jemand aus dem Transporter ausstiege, damit ich, wenn nötig, die Tür aufhalten konnte. Aber er blieb dort einfach stehen, also ging ich hinein.

Ich wollte mir eigentlich Starburst holen, aber ausnahmsweise hatte ich keine Lust darauf – sie erinnerten mich zu sehr an Anna-Marie. Ich ging zwei Gänge weiter zu den Chips, den Crackern und dem Popcorn.

Herr Abramowitz stand hinter der Kasse, las etwas auf seinem Telefon. Er hatte aufgeschaut und die Stirn gerunzelt, als ich hereingekommen war. Vielleicht, weil ich das war, der Apikores. Aber vielleicht auch nur, weil ich eigentlich in der Schule sein sollte.

Ich war nie um diese Uhrzeit im Markt. Sondern dann, wenn er es dort vor jungen Leuten wimmelte, die nach Snacks griffen, sich Grüße und Witze zuriefen, einander quer durch den Laden jagten.

Es war auch jetzt ziemlich viel los im Markt – er war der einzige koschere Laden in der Stadt –, aber es ging weniger turbulent zu. Denn zu dieser Zeit waren hauptsächlich Frauen unterwegs, die für das Abendessen einkauften. Frau Gutman und ihre älteste Tochter standen an der Delikatessentheke, warteten, dass Elad, der Herrn Abramowitz half, bevor Chaim aus der Schule kam, sie bediente.

Zwei von Zippys Freundinnen, Ester und Avigail, standen vor dem Kühlregal mit den Milchprodukten. Sie trugen Einkaufskörbe, aber beide Körbe waren leer. Avigail lehnte sich gegen einen der Griffe am Kühlregal. Sie schienen eine Weile dort gestanden und geplaudert zu haben.

Frau Goldberg war einen Gang weiter als ich. Sie prüfte das Verfallsdatum auf den Heringsgläsern, nahm eines nach dem anderen aus dem Regal, hielt sie an ihre Nase, drehte sie herum und stellte sie zurück ins Regal. Doch sie mochte keines davon nehmen. Sie schnaubte den Hering angewidert an und bewegte sich weiter zu den Gefilte Fisch.

Ich überließ Frau Goldberg sich selbst und prüfte die Auswahl an Kartoffelchips. Da waren viele verlockende Möglichkeiten. Ich entschied mich für die Chips mit Zwiebelgeschmack, die ich noch nie ausprobiert hatte – Zwiebel ist ein Gemüse, also wären sie gut für mich. Ich wollte gerade nach der Tüte greifen, als ich jemanden im Augenwinkel bemerkte. Es war Anna-Marie. Sie streckte gerade die Hand nach einer Packung Starburst aus. Sie sah genauso elend aus, wie ich mich fühlte, das Gesicht bleich, aber mit roten Flecken, die Augen niedergeschlagen. Damit sie mich nicht sah, falls sie aufsah, duckte ich mich. Und deshalb bin ich heute noch am Leben.

Denn sobald ich mich niedergehockt hatte, fiel der erste Schuss. Noch bevor ich den Knall hörte, explodierte die Tüte Chips, nach der ich eben gegriffen hatte. Die Chips flogen in alle Richtungen und regneten auf mich nieder, aber ich konnte nicht sagen, was Chips war und was nicht, weil da noch viel anderes Zeug herumflog: Glas, Essen, Blut.

Später fragte ich mich, warum ich nicht gehört hatte, wie sie in den Laden gekommen waren. Aber sie hatten gar nicht die Tür benutzt, deswegen. Derselbe Schuss, der meine Chips umbrachte, zertrümmerte eine der Fensterscheiben, die den Markt von der Straße trennten. Durch das kaputte Fenster stiegen sie herein.

Ich hockte auf dem Linoleumfußboden, griff instinktiv nach meinem Kopf und stieß dabei den Borsalino herunter. Ich konnte meine Kippa noch fühlen, also ließ ich den Hut auf dem Boden liegen.

Auf der einen Seite meines Gangs standen die Boxen mit den Crackern, auf der anderen die Chipstüten. Die obere Reihe mit den Chipstüten war mit kleinen Blutfleckchen bespritzt, aber ich wusste nicht, wessen Blut das war.

Mein Geist war leer, weiß wie frisches Druckerpapier. Auch mein Körper war leer, so als wäre er gar kein Körper, vielmehr ein nicht verleiblichter Mischmasch aus Muskeln und Knochen, ein Modell des menschlichen Körpers, wie man sie im Unterricht benutzte.

Ich hatte noch nie zuvor im wirklichen Leben ein Gewehr gehört. Es war lauter, als ich es mir vorgestellt hatte. Vielleicht konnte ich deswegen keinen einzigen Gedanken fassen, wegen des Lärms. Jeder abgefeuerte Schuss klang, als würde er in meinem Kopf abgefeuert, in meinem Körper widerhallen. Zwischen den Schüssen klingelte es in meinen Ohren, Töne pulsierten wie zwei Noten in einem leicht schiefen Akkord.

Da müssen auch noch andere Geräusche gewesen sein. Menschen schreien, wenn man sie jagt und auf sie schießt. Aber das hörte ich nicht. Ich hörte allein die Schüsse, hoffte, ich würde sie auch weiter hören, denn wenn man tot ist, hört man nichts mehr.

Ich sah sie, als ich den Gang entlang Richtung Tür blickte. Das Vorderfenster des Ladens war in vier große Scheiben unterteilt. Die erste war durchschossen, aber die drei anderen waren noch unversehrt. Ihre Gestalten spiegelten sich im Glas wider.

Zwei Leute mit kugelsicheren Westen und taktischen Gürteln. Einer von ihnen trug ein großes Sturmfeuergewehr. Es war schwarz. Es sah schwer aus. Er hatte den Griff des Gewehrs gegen die Brust gepresst, hielt den Lauf von sich weg. Ich sah, wie es in der Reflexion blitzte, als er den Auslöser drückte. Der andere Schütze, eine Frau, hatte ein kleineres Gewehr. Es sah aus wie eine kleine Pistole, aber es hing ein langes Magazin daran herunter. Wäre Mosche Zvi da gewesen, er hätte mir sagen können, was für ein Gewehr es war. Aber ich war froh, dass Mosche Zvi nicht da war.

Ich duckte mich noch tiefer, ging in Bauchlage und robbte über den Boden zum Fenster. Ich hätte besser versuchen sollen, mich hinten durch den Lagerraum herauszuschleichen, aber mein leerer Geist kam nicht auf diese Idee. Ich sah die Außenwelt nur durch das Fenster und dort zog es mich hin.

In der Spiegelung konnte ich erkennen, dass die Schützen im

vorderen Bereich des Ladens, gegenüber der Kasse waren. Als ich das Ende des Gangs erreichte, richtete ich mich auf. Halb stehend, halb hockend, unsicher, was ich tun sollte.

Ich dachte immer, ein Gewehrschuss wäre ein Prozess. Jemand hält das Gewehr. Die Person drückt den Auslöser. Im Gewehr läuft etwas Technisches ab und ein kleiner Metallzylinder schießt aus dem Lauf. Die Kugel macht eine Reise durch die Luft und bettet sich in ihr Ziel ein, außer, dieses ist sehr weich und/oder dünn, dann durchdringt sie ihr Ziel, bis sie auf etwas Festeres trifft.

Aber ein Gewehrschuss ist kein Prozess. Er ist unmittelbar, wie Magie. Das Loch erscheint im selben Moment, in dem der Auslöser gedrückt wird – im Markt wirkte es fast so, also wäre das Loch da, bevor der Auslöser gedrückt wurde.

Ich sage dir jetzt, was ein Gewehr ist: Ein Gewehr ist ein Lochstanzer-für-weite-Distanzen. Hier machte es ein Loch in die Wand. Hier machte es ein Loch in Herrn Abramowitz' Nacken. Hier machte es ein Loch in Elads Bauch, als er um die Theke kam, die Hand in Richtung der Waffe des ersten Schützen ausgestreckt. Dort machte es ein Loch in eine Flasche Grapefruitsaft der Marke Kedem. Der Saft lief über den Boden und floss mit Elads Blut zusammen.

Ich stand reglos da, sah zu, wie sich Dunkelrosa mit Rot vermischte. Ich war dort erstarrt, bis jemand in mich krachte und mich zu Boden warf.

Es war Anna-Marie. Sie war in einem Fluchtversuch aus ihrem Gang gestürzt, aber ich war ihr im Weg gewesen. Sie hatte mich umgeworfen – beim Basketballmatch wäre das ein hartes persönliches Foul gewesen –, und jetzt lagen wir verknäult auf dem Linoleum, ein Haufen miteinander verhakter Glieder und Zizit.

Beide rappelten wir uns so schnell wir konnten auf. Ich nahm die Tür ins Visier, aber sie war zu weit weg und zu nah bei den

Schützen. Sie standen nah an der Kasse, aber genau in diesem Moment wandten sie sich dem Rest des Ladens zu.

Ich blickte auf das Glas. Ich begriff nicht, wie es noch unversehrt sein konnte. Überall waren Löcher. Ein Schuss nach dem anderen erschallte.

Da war ein Auslageregal mit Bananen, die im Angebot waren. Ich ergriff das Regal und schwang es gegen das Fenster. Es schepperte und die Bananenbündel flogen überall umher. Das Glas wurde erschüttert, aber es zersprang nicht. Ich schwang das Regal noch einmal. Dieses Mal zersprang das Glas, aber nicht so, wie ich es gewünscht hatte. Ich hatte gehofft, das Glas würde vollständig, in eine Million winzige Stücke zerspringen und nichts als Luft zwischen Markt und Bürgersteig lassen. Aber stattdessen zerbrach es nur in einige Stücke. Das Bananenregal drang durch das Fenster und sprang wie ein Ball auf dem Bürgersteig herum. Es hinterließ ein gezacktes Loch im Fenster, groß genug, dass einer hindurchschlüpfen konnte, aber zackig wie ein Mund voller scharfer Zähne aus Glas.

Ich war näher am Fenster, aber ich packte Anna-Marie und stieß sie darauf zu. Sie blieb auf halbem Wege darin stecken, Kopf und Arme draußen, aber der Rest ihres Körpers noch im Laden.

Durch das Dröhnen der Schüsse hindurch hatte der zweite Schütze, die Frau, bemerkt, dass das Fenster zerbrochen war. Sie richtete ihr Gewehr auf mich, und ich fühlte, wie das Loch in meiner Brust erschien. Ich erinnere mich, dass ich in dem Sekundenbruchteil sofort nach dem Schuss dachte: Die Brust. Mensch. Gibt es irgendwelche wichtigen Organe in der Brust?

Aber dann wandte ich mich wieder zu Anna-Marie und dem Fenster. Ich streckte die Hand aus, um sie durchs Fenster zu schieben, doch die zweite Kugel traf mich hinten am linken Arm, direkt unter der Schulter. Also nahm ich stattdessen den Fuß. Ich trat nach Anna-Marie, drückte sie durch die Öffnung im Glas. Sie taumelte aus dem Laden und ich folgte, schlüpfte hinaus auf den Bürgersteig.

Als mich die Kugeln trafen, spürte ich es in der Form, dass ich *wusste*, ich war angeschossen worden. Aber der Schmerz schlug nicht zu, bis ich draußen war. Ich erinnere mich lebhaft an diesen Moment, wie ich auf allen vieren mein eigenes Blut auf dem Beton betrachtete. Ich hatte keine Vorstellung, wie viel Blut der menschliche Körper enthält, aber es beunruhigte mich, wie viel davon aus mir heraus auf den Bürgersteig geflossen war.

Das Nächste, was ich fühlte, war Anna-Marie. Sie ergriff meine rechte Hand und begann, mich hochzuziehen. Als ich zuerst nicht stehen konnte, schob sie den anderen Arm unter meine linke Schulter und hievte mich nach oben. Sie ist eine zierliche Person. Ihre Beine waren von Schnitten übersät. Mir ist schleierhaft, wie sie es geschafft hat, mich auf die Füße zu stellen.

Wir begannen zu laufen. Na ja, nicht zu *laufen*. Zu humpeln, schnell den Bürgersteig entlangzuhumpeln, weg von dem Laden, die Arme umeinandergeschlungen. Auf dem berühmtesten Foto, als der Krankenwagen gerade bremst, siehst du uns dort stehen, eng aneinandergelehnt, die Arme ineinander verflochten, mein Kopf gegen ihren gepresst, hinter uns auf dem Pflaster eine einzige Blutspur wie der Schweif eines kaputten Kometen.

Die Polizeiautos kamen genau in dem Moment, als Anna-Marie mich auf die Füße zog. Sie kamen aus beiden Richtungen, hielten mit quietschenden Reifen, Polizisten stiegen aus.

Als wir die Straße hinauf hopsten-rannten, eskalierten die Schüsse. Was zuvor einem beständigem Trommelschlagen geglichen hatte, artete jetzt in Raserei aus. Es war wie beim Popcornmachen, diesem Prozess, wenn die Knallerei so richtig losgeht, wenn die einzelnen Stückchen immer dichter aufeinanderfolgen, bis sie schließlich in einen einzigen kompakten Popcorn-Klang übergehen.

Ein Krankenwagen schoss mit Sirenengeheul um die Ecke. Er war eindeutig unterwegs zum Laden, aber als der Fahrer uns sah, legte er eine Vollbremsung hin. Rettungssanitäter – eine, die Frau, hieß Tracy – sprangen aus dem Wagen und preschten auf uns zu. Sie trennten Anna-Marie und mich und stießen uns in den hinteren Teil des Krankenwagens.

Sie stellten Fragen. Anna-Marie antwortete. So erfuhren sie, dass ich angeschossen worden war, sie aber nicht. Also bekam ich die Trage. Anna-Marie saß an der Seite auf einem kleinen Bänkchen.

Wenn in Filmen jemand angeschossen wird, blenden sie für gewöhnlich ab, und entweder leben die Betroffenen weiter oder nicht. Es gibt einen Schnitt, dann folgt die nächste Szene, in der der Typ in einem Krankenhausbett wieder gesundet oder umgeben von seiner trauernden Familie in ein Grab hinuntergelassen wird.

Ich wünschte, es würde wirklich so funktionieren, denn ich erinnere mich an *alles* von dieser Fahrt im Krankenwagen.

Ich erinnere mich an Tracy, die mir sagte, alles wäre gut, ich käme bald wieder ganz in Ordnung. Ich erinnere mich, wie ich Tracy sagte, dass *nicht* alles ganz in Ordnung war: Ich wurde angeschossen. Zwei Mal. War sie jemals zwei Mal angeschossen worden? Hätte man *sie* zwei Mal angeschossen, würde sie mir nicht erzählen, alles wäre supertoll. Ich fluche ganz schön viel mit Worten, die ich zuvor noch nie laut ausgesprochen hatte.

Ich erinnere mich, dass Anna-Marie hyperventilierte, schnell und flach atmete und sagte: »Oh mein Gott, Hoodie. Oh mein Gott, Hoodie. Oh mein Gott. Hoodie, bist du – oh mein Gott.«

Wenn ich nicht gerade abgerissen stöhnte oder Tracy beleidigte, so erinnere ich mich, dann betete ich inständig. Ich machte viele Versprechungen. Ich versprach Gott, dass ich Ihn nie wieder verraten würde, wenn Er mich rettete. Mich nie mehr von Ihm oder Seiner Tora abwenden würde. Dasselbe versprach ich meinen Eltern. Ich versprach Lea, dass ich nie mehr den Toilettendeckel offen lassen würde. Ich versprach Zippy, dass mein Bestreben wahrhaftig sein oder ich den Fußboden im Badezimmer selbst putzen würde. Ich versprach Chana, immer das Fenster im Bad zu öffnen, nachdem ich – ich weiß nicht, warum sich alle meine Versprechungen ums Badezimmer drehten.

Der Teil, der sich mir eingebrannt hat, der mich immer begleiten wird, den ich jede Nacht in meinen Träumen wieder durchlebe und der mich unerwartet am Tag heimsucht – anders als der entsetzliche Schmerz und die Todesangst –, ist der Klang der Krankenwagensirene. Normalerweise hören wir Krankenwagen kommen oder davonfahren, und weil sie in Bewegung sind, ist unsere Wahrnehmung des Klangs verzerrt. Er wird höher, wenn der Krankenwagen näher kommt, tiefer, wenn er sich wegbewegt. Aber wenn du im Krankenwagen bist, hat jedes Heulen der Sirene dieselbe unheimliche, unheilvolle Tonlage.

An das, was passierte, nachdem wir das Krankenhaus erreicht hatten, kann ich mich nicht mehr gut erinnern. Mir ist ein verschwommenes Bild im Gedächtnis geblieben, wie sie mich aus dem Krankenwagen ins Krankenhausgebäude schoben. Ich kam sofort in den OP und daran habe ich überhaupt keine Erinnerung.

Die zweite Kugel hatte meinen Arm direkt durchdrungen. Sie mussten sie nicht aus meinem Körper entfernen, denn sie war in der Innenstadt von Tregaron geblieben, vermutlich in einer Wand auf der anderen Straßenseite gegenüber vom Markt, je nachdem, wie sie geflogen war. Sie hatte meine Haut und meinen Bizeps durchdrungen, aber das war alles.

Die erste Kugel steckte oben in meiner Brust. Sie hatte mein Schlüsselbein zertrümmert, welches laut Aussage des Arztes ein Knochen ist. Die Kugel war weit genug oben eingedrungen, um nicht meine inneren Organe zu verletzen, und weit genug unten, um auch nicht die Arterien in meinem Hals zu treffen. Die Ärztin sagte, ich solle »meinen Schutzengeln danken«. Stattdessen dankte ich Gott und der Ärztin. Sie hatte die Kugel entfernt und die Wunde geschlossen, bevor ich lebensbedrohlich viel Blut verloren hatte. Ich fragte sie nicht, wie nah ich daran gewesen war, zu sterben. Aber Chana tat das später. Die Ärztin sagte: »Vielleicht wirst du das eines Tages erfahren, wenn du Ärztin im Krankenhaus bist, junge Dame.«

Chana informierte die Ärztin, dass sie einmal dafür zuständig sein wollte, die Leute *ins* Krankenhaus einzuliefern, und nicht dafür, sie zu retten, wenn sie schon dort waren.

Die Ärztin war sichtlich entsetzt. Sie verließ den Raum.

Ich lachte, dann zuckte ich vor Schmerzen zusammen, und die Krankenschwester schimpfte, dass ich gelacht hatte, als könne ich irgendetwas dagegen tun.

Die Ärztin sagte, ich würde mehr oder weniger ganz gesund werden, doch es wäre stark davon auszugehen, dass meine linke Schulter nie wieder so beweglich sein würde wie zuvor. Ich sollte mich auf einen langwierigen, schmerzhaften Heilungsprozess inklusive Reha einstellen.

Ich überlegte mir, dass also vermutlich wieder Chaim der beste Werfer in der Schulmannschaft sein würde. Aber ich erfuhr nie, ob seine gebrochenen Arme jemals ganz heil wurden. Sein Vater war bei der Schießerei getötet worden, und direkt nach der Schiv'a zogen sie nach Lakewood, um bei der Familie seiner Mutter zu sein.

KAPITEL 14
in dem mein Vater Dinge nach mir wirft und ich Rivkie werfe

Für meine Familie war es unmöglich, mich vor dem zu schützen, was danach kam. Überall in den Nachrichten, auf jedem Sender wurde davon berichtet. Ich konnte es in dem kleinen Fernseher oben in der Ecke des Krankenhauszimmers verfolgen.

Bei der Schießerei waren vier Menschen, die Täter nicht mitgezählt, ums Leben gekommen. Herr Arje Abramowitz, Herr Elad Parra und Frau Frieda Goldberg waren im Laden erschossen worden. Der Polizist David Ryan war *vor* dem Terrorakt auf dem Friedhof erschossen worden – es waren die Scheinwerfer seines Wagens, die ich von den Eisenbahngleisen aus gesehen hatte. Ich muss mir selbst sagen, dass Gott allen vieren das ewige Leben geschenkt hat.

Nach einem langen Feuergefecht wurden beide Angreifer von der Polizei getötet.

Das Video des Attentats aus der Überwachungskamera gelangte ins Internet und wurde Tausende Male angeschaut, bevor es entfernt werden konnte. Das Video war wiederholt auf YouTube aufgetaucht, doch meistens nur für einige Minuten. Mosche Zvi schaute es an. Er sagt, dass ich »diese Kugeln kassiert habe wie so ein echt harter Kerl«, aber ich habe es nicht angeschaut. Und ich werde es auch nicht anschauen. Ich muss es schon für den Rest meines Lebens wieder und wieder in meinen Träumen erleben.

Ich wache mitten in der Nacht von imaginären Gewehrschüssen auf, die mir in den Ohren dröhnen. Und manchmal, wenn ich die Augen schließe, sehe ich diesen Blick von Elad vor mir, als die Kugel seinen Bauchraum durchbohrte, und dann muss ich mit allem aufhören, was ich gerade tue, und meine Fassung wiedererlangen. Oft, wenn ich nachts im Bett liege, will ich einfach nur schreien, lauthals rufen, weil ich nicht weiß, ob ich damals geschrien habe, und aus irgendeinem Grunde will ich das unbedingt wissen, aber das werde ich nie. Ich habe Anna-Marie gefragt, aber sie weiß es auch nicht, und anders als ich ist es ihr unangenehm, darüber zu reden. Wenn ich darauf zu sprechen komme, bekommt sie diesen abwesenden Blick und zieht sich in sich selbst zurück.

Die Schützen hatten sich in einer antisemitischen religiösen Gruppe radikalisiert. Sie hassten Juden. Ihre Seiten in den sozialen Netzwerken waren voller Hassnachrichten und antijüdischer Memes. Sie hatten in den Nachrichten gelesen, wie die Juden in Tregaron einfielen, die Stadt übernahmen, antisemitische Gewalttaten inszenierten, um die Sichtweise der Medien in ihrem Sinne zu manipulieren, wie diese listigen Juden es ja so gern tun. Und so hatten sie sich entschlossen, wenn Monica Diaz-O'Leary schon nichts tat, selbst etwas dagegen zu unternehmen.

Zuerst hatten sie ihren gestohlenen Umzugstransporter zum Friedhof gefahren, aber es ist ungeklärt, warum – die dort begrabenen Juden waren bereits tot. Sie könnten auch diejenigen gewesen sein, die die Schweinereien auf die Grabsteine gesprüht hatten, aber das werden wir nie wissen.

Der Polizist David Ryan war zufällig am Friedhof gewesen, um einen Informanten zu treffen. Als er den gestohlenen Transporter der Attentäter bemerkte, stellte er sie zur Rede. Sie schossen und töteten ihn.

Dann fuhren die Attentäter zum koscheren Markt der Familie

Abramowitz, wo sie aus dem Transporter stiegen und das Feuer eröffneten. Zwei Opfer flohen. Drei Opfer wurden getötet. Der Rest wurde drinnen gefangen gehalten, während die Polizei und die Angreifer sich ein fast einstündiges Feuergefecht lieferten. Avigail Zilber wurde verletzt, aber sie wurde gleich nach dem Schusswechsel behandelt und überlebte.

Nach dem Feuergefecht fanden die Ermittler in dem Transporter eine lange handgeschriebene Notiz. In dem Manifest war die Erklärung zu lesen, dass die Schützen dabei halfen, die Reinheit der menschlichen Rasse zu bewahren, indem sie Juden vernichteten. Juden seien die Feinde Gottes und darum auch die Feinde der Schützen und jedes anderen Menschen.

Die Ermittler fanden auch eine Rohrbombe in dem Transporter. Es blieb unklar, wofür die Terroristen sie ursprünglich benutzen wollten, doch als die Ermittler das Telefon des ersten Schützen öffneten, sahen sie, dass er die Adresse der Jeschiva recherchiert hatte und unsere Schule womöglich das nächste Ziel gewesen wäre.

Das meiste von der Berichterstattung zur Erforschung des Tatbestands fand statt, während ich an verschiedene Schläuche angeschlossen noch auf der Intensivstation lag. Ich erinnere mich nur an Weniges davon. Mir war kalt. Es surrte und piepste um mich her. Ich informierte mich über alles erst, als ich auf dem Wege der Genesung war.

In den Fernsehnachrichten wurden verschiedene »Narrative« zum Tathergang erzählt. Die Leute redeten über eine steigende Zahl von Hassverbrechen und die Notwendigkeit, Extremisten zu entradikalisieren. Es wurde darüber diskutiert, wie das Land Menschen mit psychischen Problemen besser erkennen und ihnen die Hilfen bereitstellen konnte, die sie benötigten. Es entstand eine neue Debatte über den Besitz von Waffen. Die einen argumentierten, es sollten nicht so viele Leute Waffen besitzen, die dazu gemacht sind, Menschen zu töten. Die anderen argumentierten, es sollten gerade noch mehr Leute Waffen besitzen, denn hätte Frau Goldberg eine Pistole in ihrer Handtasche gehabt, hätte sie diese Irren kaltmachen können in dem Moment, als sie ballernd in den Laden einbrachen.

Aber es gab auch das Narrativ, das mich berühmt machte, zumindest für eine Weile.

Das Video aus der Überwachungskamera war nicht die einzige Aufnahme von der Schießerei. Auf der Einkaufsstraße in Tregaron bestand die erste Etage der Gebäude nur aus Geschäften: Läden und Restaurants. Auf der zweiten und dritten Etage befanden sich Wohnungen. Jemand hatte auf der anderen Seite vom Markt durchs Wohnungsfenster die Schießerei gefilmt.

Als Anna-Marie und ich ineinander verschlungen die Straße hinaufgehumpelt waren, hatte diese Person uns herangezoomt. Jemand hatte das Video dann in Stills umgewandelt. Eines dieser Bilder tauchte an allen Ecken auf: auf der Startseite jeder Nachrichtenwebsite, auf dem Titelblatt jeder Zeitung, auf dem Hintergrundbild, das hinter den Fernsehmoderatoren den Bildschirm zierte.

Das Bild zeigt einen orthodoxen jüdischen Teenager. Er trägt einen schwarzen Anzug, aber dort, wo sein Sakko an der Schulter herunterhängt, sieht man, dass seine Zizit und sein weißes Hemd mit Blut durchtränkt sind. Er hat die Augen geschlossen, das Gesicht ist schmerzverzerrt. Er stützt sich schwer auf ein Mädchen. Sie trägt ein kurzärmeliges T-Shirt, es ist hochgerutscht, sodass ihr Bauch hervorschaut. Shirt und Haut sind blutverschmiert. Sie trägt Jeansshorts, die Beine sind rundherum von tiefen roten Schnitten gezeichnet. Ihre Augen sind schreckgeweitet. Die zwei Jugendlichen haben drei Schuhe an den Füßen, einer ist verloren gegangen. Sie schlingen symbiotisch die Arme umeinander, so als könnte keiner von ihnen ohne den anderen stehen. Sie pressen die Wangen aneinander, sein Bartflaum berührt ihren Nasenflügel.

Nur zwei Menschen, die das Foto sahen, kannten die ganze Geschichte: dass er in sie verliebt war und sie ihn kurz zuvor zurückgewiesen hatte, dass er in seiner Verzweiflung Chips kaufen ging. Dass sie sich über ihn geärgert hatte, weil er so naiv war, und über ihre Mutter, weil sie so kontrollierend war, dass sie sich vor Ärger ein paar britische Starburst kaufen ging. Sie hatten sich gegenseitig in den Laden getrieben und sich dann gegenseitig das Leben gerettet.

Nur ich und Anna-Marie kannten die ganze Geschichte, aber das Foto wurde dennoch zu einer Art Symbol. Die Leute benutzten es, um zu zeigen, dass alle Unterschiede zwischen den Menschen nur äußerlich waren und wir am Ende alle gut miteinander auskommen konnten. Die Leute sprachen über mich und Anna-Marie, als hätten wir das Foto inszeniert, um die Leute zu ermutigen, gut miteinander auszukommen, als hätten wir beim gemeinsamen Verbluten kurz Pause gemacht und für ein Fotoshooting posiert. Ein Experte beschrieb den Schnappschuss als ein »unscharfes Abbild universeller Menschlichkeit, auf das Hass und Gewalt uns reduzieren.«

Wenn Anna-Marie und ich einmal superalt sind, werde ich ihr gelegentlich schreiben und sagen: »Hey, erinnerst du dich noch, als uns Hass und Gewalt auf universelle Menschlichkeit reduzierten?«

Worauf sie antworten wird: »Ja, Präsident Rosen, ich erinnere mich.«

Ich verbrachte drei Tage bei vollem Bewusstsein im Krankenhaus. Auf eine seltsame, abstruse Weise waren es gute Tage. Die Tragödie, dass vier Menschen tot waren, hatte ich noch nicht realisiert. Noch fühlte ich mich nicht schuldig, dass ich überlebt hatte und andere nicht. Die Reise, die es bedeutete, das Trauma aufzuarbeiten und zu lernen, tagtäglich damit zu leben, hatte ich noch nicht begonnen. Ich wusste nur, dass ich lebte und Menschen wieder mit mir redeten.

Jeder dieser Tage war wie das Beste am Schabbos. Das Essen im Krankenhaus war nicht koscher, also bekam ich alle möglichen köstlichen Sachen von der Welt da draußen mitgebracht: Mutters gebratenes Hühnchen, Spaghetti und Fleischbällchen, General Tsos Hühnchen aus dem koscheren chinesischen Restaurant in Colwyn.

Meine Familie füllte das Krankenhauszimmer und verbreitete sich bis in den Flur. Die Krankenschwestern liebten uns – das ist sarkastisch. Wir sind ein großer, ungehobelter Haufen, und man konnte sehen, dass wir sie zu Tode ärgerten, vor allem die Mädchen, die über das Krankenhausbett, die Stühle, das Fensterbrett kletterten, den Flur rauf und runter sausten. Sie wiesen meine Eltern immer wieder darauf hin, dass die Mädchen herumsausten, als ob meine Eltern das nicht wüssten, als könnten oder würden sie etwas dagegen unternehmen.

Genau wie am Schabbos spielten wir Brettspiele. Wir legten das Brett auf den Fußboden und einer spielte stellvertretend für mich, warf den Würfel, bewegte meine Figuren.

Viele Gemeindemitglieder kamen zu Besuch. Die Leute brachten Blumen. Rabbi Friedman kam. Es war schön, meine Leute wieder um mich zu haben, aber ich hätte mir gewünscht, dass sie sich zusätzlich zu dieser Akzeptanz auch bei mir entschuldigt hätten. Was natürlich nicht passierte. Nicht passieren würde. Und damit musste ich mich wohl abfinden.

Und es kamen längst nicht alle. Es gab viele Leute, deren Abwesenheit auffiel. Die Gutmans kamen nicht. Jedes Mal, wenn sich die Tür öffnete, erwartete ich – hoffte ich –, dass Mosche Zvi hereinkäme. Aber mein angeblich bester Freund besuchte mich kein einziges Mal.

Am Abend der zweiten Nacht war der Großteil der Familie nach Hause gegangen. Zippy hatte sich einen Stuhl zu mir an die Bettkante gezogen. Lea schlief in dem anderen Stuhl. Zippy und ich unterhielten uns.

»Wie war das Schwein?«

Ich erinnerte mich nicht, welches gegessen zu haben.

»Die Krankenschwestern haben mir erzählt, du hättest Schwein bekommen. Sie wussten nichts davon. Sie hatten dir ja die Kleider ausgezogen.« Ich muss erschrocken ausgesehen haben, denn Zippy sagte: »Komm schon, du weißt, das ist okay. Wenn du allein im Wald bist, hungerst und ein Schwein kommt vorbei, musst du das Schwein essen.«

»Wie bitte soll ich das Schwein essen, Zippy? Bietet es sich mir etwa zum Schlachten an? Ich bin doch ganz schwach vor Hunger.«

»Du weißt, was ich meine.«

Mein Vater kam energischen Schrittes herein.

»Abba, hast du jemals Schwein gegessen?«, fragte Zippy ihn.

Er blieb in der Mitte des Zimmers stehen. »Ein Mal. Ein nichtjüdischer Junge hatte mir Speckstücke über meinen Salat gestreut. Und als ich mich wehrte, war *ich* es, den sie von der Schule verwiesen. Damals entschied ich, unbedingt dafür zu sorgen, dass *meine* Kinder einmal auf eine *jüdische* Schule gehen würden.«

Er ging in die Ecke, um Lea hochzuheben, und warf mir im Vorbeigehen eine Zeitung zu. Er hatte mit einem Filzstift einen

Artikel auf der Titelseite angekreuzt. Er machte das mindestens einmal am Tag: kam herein und belieferte mich mit jüdischen Nachrichten, schmiss wie ein Zeitungsjunge in einem alten Spielfilm eine Zeitung aufs Bett.

Es ist schwer zu sagen, inwiefern mein Vater mir verzieh.

Im allerersten Moment, als meine Eltern zu mir ins Zimmer durften, brachen sie durch die Tür und eilten zum Bett. Sie umarmten mich auf eine überwältigende, aggressive, ja nahezu gewalttätige Weise. Es schmerzte in meiner Schulter und auch unten an meiner Kehle, wo ich spürte, wie Tränen aufstiegen.

Nach der Umarmung stand mein Vater neben meinem Bett, lächelte, die Augen gerötet unter stillen Tränen. Zippy beharrt darauf, er habe gelächelt, weil ich noch lebte, und ich glaube ihr. Aber ich denke, er lächelte auch wegen des Gerichtsverfahrens und des Hochhauses.

Während ich auf der Intensivstation war, hatten mein Vater und sein Unternehmen Reporter und Journalisten kommen lassen und ihnen alles über ihr Gerichtsverfahren mit der Stadt Tregaron erzählt, wie die Stadt nicht zuließ, dass die Juden ein Wohnhaus bauten.

Um ein schlechtes Bild in der Öffentlichkeit zu vermeiden, hatten die Bürgermeisterin und der Stadtrat eine Notfallversammlung einberufen und ihre Entscheidung rückgängig gemacht. Ihnen blieb keine andere Wahl. Es würde zu schlecht aussehen, wenn sie das Bauprojekt weiterhin zu verhindern suchten.

Es hatte ein terroristisches Attentat auf sein Volk gebraucht, um das Wohnhaus zu verwirklichen, aber mein Vater hatte schließlich gewonnen. Der Bau würde beginnen. Die untätigen Maschinen würden nicht länger untätig herumstehen.

Er war euphorisch. Man konnte ihm ansehen, dass er wusste, er sollte die Freude verbergen – Menschen, die er geschätzt hatte, waren tot, und er betrauerte auch gewiss ihren Verlust. Aber ein Teil in ihm konnte nicht anders, als seinen Sieg zu feiern. Seiner Ansicht nach spiegelte seine Geschichte die Geschichte des ganzen jüdischen Volkes: Zunächst bist du Verfolgung ausgesetzt. Dann mündet die Verfolgung in Gewalt. Und schließlich, wenn du hartnäckig genug, klug genug warst, wenn du Stärke bewiesen hattest, durftest du dein Hochhaus mit seinen versiegelten Küchenarbeitsflächen und brandneuen Spucknäpfen bauen. Seiner Ansicht nach verkörperte er die entschlossene Natur seines Volkes. Das konnte man daran erkennen, wie er sich gebärdete. Selbst in meinem Krankenhauszimmer stolzierte er mit geschwellter Brust wie ein Gockel umher.

Der Artikel, den er dieses Mal angekreuzt hatte, stammte von einem berühmten israelischen Rabbi. Darin stand, dass die Story, die in den Medien um »das Foto« verbreitet wurde, irreführend sei. Antisemitische Gewalt könne nicht die mangelnde Znius des Mädchens entschuldigen. Selbstverständlich durfte sich der verwundete Jude in diesem Moment an sie lehnen, aber das ändere nichts daran, dass die Beziehung, die er schon zuvor mit ihr hatte, eindeutig das jüdische Gesetz brach. Der Rabbi wünschte mir das Beste, konnte sich jedoch nicht enthalten, in gewissem Maße mir die Schuld an dieser Gewalttat zu geben – ich hatte diesem Vorfall den Boden bereitet, indem ich eine heilige Grenze überschritten hatte.

Mein Vater sagte es mir nicht selbst. Er ließ die Zeitung für ihn sprechen. Aber einige Leute vergaben mir nicht. Darum kamen auch einige aus unserer Gemeinde nicht ins Krankenhaus. Sie würden mir immer auf gewisse Weise die Schuld geben. Sie würden immer glauben, dass ich durch mein Verhalten zu der Tragödie beigetragen hatte. Sie dachten an Herrn Abramowitz, Frau Goldberg und Elad und glaubten, wäre ich nicht gewesen, dann wären sie noch am Leben. Vielleicht gehörte mein Vater zu diesen Leuten. Er sagte es nicht.

Wie auch immer, ich wollte jedenfalls, dass er wusste, wie ich fühlte. Meine Perspektive war genauso berechtigt wie seine, und wenn er das nicht einsah, bekämen wir die nächsten paar Jahre unter einem Dach eine Menge Ärger.

Ich hätte es am liebsten wie zwei Erwachsene einfach ausgesprochen, aber da mein Vater auf passiv-aggressiver Kommunikation beharrte, kreuzte ich wiederum die Artikel an, die für mich sprachen, und gab ihm die Zeitungen am nächsten Tag zurück. Ich war mir nicht sicher, ob er die von mir angekreuzten Artikel wirklich las, aber er nahm die Zeitung immer mit einem Nicken entgegen und steckte sie sich unter den Arm.

An jenem Tag, als mein Vater und Lea gerade gehen wollten, schlug ich die Zeitung auf, um seinen angekreuzten Artikel zu lesen. Ich tat so, als würde ich ihn lesen, in den drei Minuten, die sie brauchten, um das Zimmer zu verlassen.

Ich hörte ihre Schritte über den Flur hallen, aber dann hielten sie inne und plötzlich waren sie zurück im Zimmer. Mein Vater sah aus, als hätte er ein Gespenst gesehen.

So war es auch. Oder zumindest so ähnlich.

Denn Rabbi Taub stand im Eingang. »Stehen« trifft es nicht ganz. Er befand sich im Eingang, aber ob er stand oder nicht, war Interpretationssache. Er hielt sich derart gebückt, dass sich seine Augen geradewegs auf den Boden richteten. Noch etwas tiefer hinuntergebückt und sein langer Bart hätte den Boden gestreift. Er stützte sich mit seiner Skeletthand am Türpfosten ab.

Ich nahm an, dass er sich verirrt hatte. Alte Leute verirrten sich andauernd. Aber dann sagte er: »Rosen?« Und ein jüngerer Mann tauchte hinter ihm auf und bestätigte, dass er tatsächlich das Rosen-Zimmer gefunden hatte.

Der jüngere Mann führte Rabbi Taub am Arm in das Zimmer. Mein Vater trat beiseite und ließ sie eintreten. Zippy sprang auf, ergriff den Stuhl, auf dem sie gesessen hatte, bewegte ihn nach vorne.

Rabbi Taub zeigte mit ausgestrecktem Finger auf die Seite meines Betts. Zippy schob den Stuhl zurück.

Der Begleiter half dem Rebbe, sich hinzusetzen.

Der altehrwürdige Rabbi schien die Hand in Zeitlupe nach mir auszustrecken. Als er meine Hand berührte, dachte ich, er würde wie ein altes, vergilbtes Stück Papier auseinanderfallen. Aber er blieb unversehrt, ganz und gar lebendig wie in dem Moment zuvor.

Dann saßen wir alle bloß da, in einer unbehaglichen Stille erstarrt. Der Rebbe sah müde aus, und ich hatte das Gefühl, ich sollte ihm das Bett anbieten, aber ich war mir unsicher, ob ich die Kraft hätte, aufzustehen, und für uns beide reichte der Platz nicht.

Nach einer Weile trat mein Vater dicht ans Bett und griff hinunter nach Taubs Hand. »Es ist uns eine große Ehre, dass Sie an der Bettkante meines Sohnes sitzen«, sagte er. »Wir schätzen Ihre Zeit und Ihre Gegenwart sehr. Ich denke, wir sind uns darin einig, dass mein Sohn mit seinem Verhalten zwar eindeutig gegen das jüdische Gesetz und die Regeln unserer Gemeinde verstoßen hat, doch dass die Probe, die er durchgemacht hat, Strafe genug ist. Wir verstehen selbstverständlich, wenn noch nicht die ganze Gemeinde bereit ist, ihn wieder voll anzunehmen. Sie verstehen, Rebbe, ich selbst habe Schwierigkeiten, zu begreifen, was ihn dazu bewegt hat, und ihm als der eigene Vater zu verzeihen. Allerdings darf nicht verschwiegen werden, dass wir einen großen Fortschritt mit unserem Bauprojekt gemacht haben –«

Rabbi Taub brauchte nur einen Finger zu heben, um ihm das

Wort abzuschneiden. »Nu«, sagte er. Und dann eine Reihe anderer Dinge. Sie entfuhren in Form mehrerer Fauch- und Murmellaute seinem Mund, allesamt nicht in englischer Sprache, und ich verstand wieder kein Wort. Er endete mit derselben kleinen rhetorischen Frage wie damals in der Jeschiva: »Sie verstehen, ja?«

Mein Vater tat zumindest so, als verstünde er. Er nickte und bewegte die Augen. Anstatt Taub direkt anzusehen, blickte er auf die Füße des Rabbis.

Nein, ich verstand nicht. Ich hatte keine Ahnung, was der alte Kerl sagte.

Taub fuhr fort, er redete jetzt auf nahezu belebte Weise. Gestikulierte sogar, richtete einen seiner knochigen Finger auf meinen Vater. »Sie verstehen, ja?«, fragte er erneut.

Mein Vater nickte wieder.

Aber das Nicken genügte nicht. »Ja?«, wiederholte Taub.

»Ja«, sagte mein Vater. »Ja, Rebbe.«

Ich hatte keine Ahnung, was vor sich ging. So wie bei einem Sport, dessen Regeln du nicht kennst. Du kannst in etwa erahnen, wer das Spiel gewinnt, aber das ist auch so ziemlich alles.

Rabbi Taub redete weiter.

Ich warf Zippy einen Blick zu. Sie zückte ihr Telefon und ließ ihre Daumen laufen. Ich las ihre Übersetzung auf meinem Display. »Taub sagt, angesichts der abscheulichen Tragödie ist das Wohnhaus unwichtig, bedeutungslos, verglichen mit den verlorenen Leben. Er sagt, du hast das Richtige getan, als du die Schweinereien von den Grabsteinen entfernt hast, und dass der über dich verhängte Cherem ungerecht war.«

»Ja, ja«, sagte mein Vater.

»Papa sagt Ja«, schickte mir Zippy, »wobei ›Ja‹ ein relativ förmlicher Ausdruck der Bestätigung ist.«

»Meine Muttersprache verstehe ich«, schickte ich Zippy.

»Jetzt sagt Taub, du seist ein Held, weil du ein Menschenleben gerettet hast, egal, wer dieser Mensch ist – er zitiert die Gemara zum Traktat Sanhedrin, um seine Ansicht zu bekräftigen.«

»Ja, ja«, wiederholte mein Vater.

Jetzt wackelte Rabbi Taub vor meinem Vater mit dem ausgestreckten Finger. Mein Vater trat einen Schritt zurück, als hätte man ihn zurückgedrängt.

»Taub hat Papa einen rückgratlosen Esel genannt.«

»Schlimmer wäre, er hätte ihn ›Schwein‹ genannt«, korrigierte ich sie.

Taubs Stimme wurde plötzlich kratzig und immer schwächer. Die Augen des Rabbis huschten suchend durchs Zimmer. Jetzt war ich an der Reihe zu übersetzen. »Du musst dem Rabbi Wasser geben«, sandte ich an Zippy.

Sie sprang auf, hetzte aus dem Zimmer und kam einen Augenblick später mit einem Becher zurück. Sie reichte ihn Rabbi Taub, der zum Dank den Kopf neigte. Als er trank, floss ihm Wasser aus dem Mund, lief den Bart hinunter und tropfte auf seinen Stuhl. Aber wir taten alle so, als sähen wir es nicht.

Taub stellte den Becher auf den Tisch neben dem Bett und stand auf. Sein Begleiter kam herüber, um den Arm des Rebbe zu nehmen.

Taub wandte sich an mich. »Du verstehst, ja?«, fragte er mich.

»Ja, Rebbe«, sagte ich und sah zu, wie er den Raum verließ.

Mein Vater sah ihm nicht nach. Stattdessen starrte er konzentriert auf einen Fleck an der Wand.

Wir sprachen nicht darüber. Mein Vater ging mit Lea hinaus, sobald die Luft rein war. Doch am nächsten Tag, als mein Vater mir die Zeitung zuwarf, hatte er zwei Artikel angekreuzt. Einer bezeichnete mich als »Häretiker, wie er im Buche steht«, aber der andere stammte von einem berühmten Rabbi aus Lakewood und trug die Überschrift: »Fünf wichtige Lektionen, die wir von Jehuda Rosen lernen können«. Der Rabbi sagte, mein Verhalten sei richtungsweisend und könne als Beispiel dafür dienen, wie sich alte Traditionen auf unsere immer moderner werdende Welt übertragen ließen.

Ich überflog den Artikel, während mein Vater neben dem Bett aufragte. »Das habe ich versucht, dir zu sagen«, meinte ich, als ich fertig war. »Nicht unbedingt, dass ich mich ›richtungsweisend‹ verhalte, nur dass ... Nur dass ich von Anfang an recht hatte.«

Mein Vater schwieg. Er verschränkte die Arme.

»Ich denke, du musst mir nichts sagen. Ich möchte nur, dass du weißt, wie ich fühle, und dass ich meine Meinung nicht geändert habe.«

Er schwieg einen weiteren Moment. »Jehuda, im Guten wie im Schlechten, es ist immer absolut klar, wie du fühlst.«

An meinem letzten Tag im Krankenhaus kam Anna-Marie mich besuchen.

Nachdem ich mein Telefon zurückbekommen hatte, hatten wir einander einige panische, peinliche Nachrichten geschickt, in denen ich ihr sagte, dass ich »o.k.« war, und sie mir sagte, dass sie »o.k.« war. Aber ich hatte sie bis jetzt nicht gesehen.

Meine Familie saß herum und spielte »Die Siedler von Catan«. Ich hatte gerade die »Längste Handelsstraße« gebaut, weshalb Chana angefangen hatte zu schummeln, mehr Rohstoffkarten nahm, als sie durfte, und zu ihrem Vorteil verschiedene neue Regeln verkündete. Rivkie verstand das Spiel nicht, aber sie spielte gern mit den winzigen Teilchen Häuser bauen. Sie saß auf Goldies Schoß, aber weil Goldie nicht viel größer ist als Rivkie, saßen einfach zwei kleine Menschen aufeinander. Meine Eltern hatten sich an den kleinen runden Tisch in der Ecke zurückgezogen und sprachen über irgendetwas.

Anna-Marie tauchte im Türrahmen auf. Ihre Mutter kam hinter ihr hergeschlichen. Anna-Marie klopfte leise an den Türrahmen. Ich sah von dem Spiel auf. Sie trug lange Hosen, sodass ich nicht sehen konnte, ob die Schnitte an ihren Beinen inzwischen verheilt waren. Aber sie ging normal, also schien es ihr besser zu gehen.

Mein Vater schaute auf, als es klopfte, und erhob sich. Als er erkannte, wer es war, knurrte er beinahe. Er schaute an Anna-Marie vorbei geradewegs auf ihre Mutter. Er ließ seine Brust anschwellen. Ging breitbeinig wie ein Bodyguard oder Türsteher auf sie zu. »Wie können Sie es *wagen*, zu kommen –«

»Avraham«, sagte meine Mutter.

»Papa«, sagte Zippy.

Frau Diaz-O'Leary trat einen Schritt zurück. »Ich hatte nicht vor, unnötigen Ärger zu verursachen. Ich warte draußen. Bitte, –«

Anna-Marie sah mich, den Fußboden und dann wieder mich an. »Es ist okay, Mama. Wir können gehen.«

»Nein«, sagte ich. »Geht nicht. Kommt doch bitte herein.«

Anna-Marie wirkte erleichtert und lächelte verlegen. Sie trat ins Zimmer. »Ich habe koschere Starburst mitgebracht. Ich sehe, du hast viel zu essen, aber –«

»Starburst ist kein Essen«, sagte ich. »Ich kenne die Zutaten. Nur Zucker, der Rest ist Chemie.«

»Dann schmecken die also wegen dem Rest Chemie so lecker.«

Ich wollte Anna-Marie meiner Familie vorstellen, aber mein Vater würde ihr ohnehin nicht die Hand geben und die kleinen Mädchen konnten nichts mit ihr anfangen, also ließ ich es sein. Die Erwachsenen wussten ohnehin, wer sie war.

Zippy überließ Anna-Marie ihren Stuhl und übernahm meinen Part in dem Spiel. Ich hätte gern ein bisschen Privatsphäre gehabt, aber so etwas wie Privatsphäre gibt es in meiner Familie nicht.

Eine Minute saßen wir schweigend da. Keiner von uns wusste, was er sagen sollte. Sollten wir über den Streit sprechen, den wir gehabt hatten? Über das Trauma, das wir erlebt hatten? Oder über unsere fünfzehn Minuten des Ruhms, zu dem dieses Trauma geführt hatte? Keiner von uns wollte über irgendeines dieser Themen sprechen. Es würde eine Zeit kommen, um über all das zu sprechen, aber die war nicht jetzt.

Es war im Grunde wie an dem Tag, als wir uns zum ersten Mal getroffen hatten, als keiner von uns wusste, was er sagen sollte. Wir hatten einiges gemeinsam durchgemacht, aber nach einem Trauma wie diesem, das dich derart tief verändert, fühlte es sich fast so an, als wären wir zwei neue Menschen, die einander erst wieder kennenlernen mussten.

Es war ein angespannter, unangenehmer Moment. Ich wünschte fast, ich hätte sie nicht hereingebeten. Aber dann blinzelte sie mehrmals hintereinander und sagte: »Hoodie.« Ihre Stimme war leise, fast flüsternd.

»Anna-Marie«, flüsterte ich zurück.

»Die meisten meiner Freunde nennen mich Divis.«

Wir lächelten uns an und die Spannung schwand.

»Sind das *alles* deine Schwestern?«, fragte sie mit Blick auf die um das Brettspiel versammelte Menge.

»Ja.«

»Ich habe mir immer eine Schwester gewünscht«, sagte sie wehmütig.

»Ich kann dir eine abgeben. Sag mir, welche du haben willst.«

Anna-Marie kicherte.

»Darf ich dir Chana anbieten?«, sagte ich. Chana schaute mit einem Knurren vom Brett auf. »Sie hat einen verfeinerten Geschmack«, erklärte ich, »einen sensiblen Gaumen. Sie ist der geborene Gourmet. Und sie kann zur Abschreckung einen Wachhund nachmachen.«

»So einen könnte ich gebrauchen. Borneo liebt Eindringlinge. Er liebt jeden.«

Das Brettspiel bewegte sich auf sein Ende zu. Die älteren Kinder konzentrierten sich auf das Spiel, also achtete niemand auf Rivkies Gebrabbel. Sie hatte eine von Leas »Städten« vom Brett weggestohlen und brachte sie zu uns, um uns davon zu erzählen.

Ich tat so, als wäre ich beeindruckt von dem kleinen Holzklotz, den sie mir ins Gesicht hielt. Ich fragte sie, wie viele Häuser es in der Stadt gäbe.

»Eins«, sagte sie.

»Das ist aber eine kleine Stadt«, sagte Anna-Marie.

Rivkie schaute zu Anna-Marie auf, nahm sie zum ersten Mal richtig wahr. »Die Familie Horowitz lebt dort«, erzählte Rivkie ihr. »Sie haben einen Abba, eine Imma, zehn Kinder und zwanzig Katzen.«

»Das muss ein ganz schön stinkiger Haushalt sein«, sagte ich. »Das Katzenklo möchte ich mir gar nicht vorstellen.«

»Die Katzen kacken nicht«, erklärte Rivkie.

»Dann müssen sie sehr verstopft sein«, bemerkte ich. »In einer Fernsehsendung hieß es letztens, dass du am Ende Kot kotzt, wenn du zwei Wochen nicht kackst. Ich mache mir echt Sorgen um die Stubentiger.«

Rivkie nickte feierlich, sann nach. Sie hatte noch nicht gelernt, ihre zwei älteren Geschwister als getrennte Wesen zu betrachten. Die anderen wussten inzwischen, dass ich hauptsächlich Unsinn von mir gab, ein billiger Versuch, es mit Zippys echter Weisheit aufzunehmen. Ich zog Rivkie zu mir aufs Bett. Ich verwuschelte ihre Locken, sagte ihr, sie sei meine Katze, und wann immer sie gefährlich lange an extremer Verstopfung leiden müsse, würde ich ihr Abführmittel besorgen. Sie hatte keinen blassen Schimmer, wovon ich redete, aber sie dankte mir. Ich war froh, dass genau zu diesem Zeitpunkt keine Krankenschwester im Raum war, denn die Krankenschwestern hatten mir in aller Deutlichkeit eingeschärft, dass ich keinen meiner Besucher »hochhieven« dürfe.

»Kannst du fangen?«, fragte ich Anna-Marie, holte aus und wollte ihr meine Schwester zuwerfen. Meine Schulter brannte vor Schmerzen, aber ich musste das jetzt tun.

Anna-Marie zuckte zurück. »Ja, aber ich fange keine … Menschen.«

»Wenn du eine Schwester willst, musst du das lernen.«

Anna-Marie lachte. »Okay. Aber lass uns das nicht vor deiner Familie üben. Ich glaube, sie hassen mich schon genug. Ich will deine Schwester nicht fallen lassen.«

»Verständlich«, sagte ich und beförderte Rivkie auf den Boden.

Anna-Marie keuchte erleichtert und streckte die Hand nach Rivkie aus, aber Rivkie war schon wieder aufgetaucht und kletterte auf die Bettkante, damit ich sie wieder hinunterwarf.

Anna-Marie war entsetzt. Sie schaute sich um, als wäre sie in einen Zoo geraten und plötzlich von allerlei seltsamen Kreaturen umgeben. Aber sie schaute nicht nach der Tür und unternahm keinen Versuch, zu flüchten.

Es gibt viele komische Dinge, wenn man im Krankenhaus liegt. Zum Beispiel hängen in meinem Zimmer zu Hause *keinerlei* schlechte Gemälde von Scheunen. Aber in meinem Krankenhauszimmer gab es gleich drei davon. Außerdem war zum ersten Mal in meinem Leben niemand da, der mich zum Beten ermahnte. Niemand fragte mich abends, ob ich das Schma gesagt hatte. Niemand prüfte morgens, ob ich Schacharis betete. Zippy brachte mir einen Siddur, ein Gebetbuch, und meine Tefillin, aber der Arzt sagte, ich dürfe die Tefillin nicht anlegen.

Also betete ich zum ersten Mal in meinem Leben freiwillig. Und ich hatte nicht vor, es zu tun. Ich hatte nicht gebetet, als ich nahezu bewusstlos auf der Intensivstation gelegen hatte, und es war nichts Furchtbares passiert. Ich überlegte, das Beten auszulassen, und sei es auch nur, um eine neue Erfahrung zu machen. Manchmal machst du etwas – oder machst es nicht –, nur weil du es kannst.

Am zweiten Morgen meiner Genesung ließ ich das Morgengebet aus. Ich rührte mein Gebetbuch auf dem Tisch neben dem Bett nicht an. Doch als ich mich herumdrehte, um die Lage zu finden, die am wenigsten schmerzte, durchlebte ich die Schießerei wieder, so wie ich es etwa jeden Tag tue und vermutlich auch noch viele Jahre tun werde.

Das ist das Schlimmste für mich am Trauma, das unaufhörliche Wiedererleben, das ewige Wiederabspielen desselben, in endlosen Wiederholungsschleifen. Der Traumatherapeut sagt, das sei völlig normal. Und ich bin froh: Denn wenn ich das Attentat wieder abspiele, habe ich keine Schuldgefühle. Viele, die ein Trauma erlebt haben, wünschen sich, sie hätten anders gehandelt, hätten andere Menschen retten oder die Gewalt stoppen können. Aber ich kann mich ein wenig damit trösten, dass ich weiß, ich habe das Richtige getan. Ich habe getan, was ich konnte, indem ich Anna-Marie geholfen habe, aber für Flad oder Herrn Abramowitz oder Frau Goldberg hätte ich nichts tun können. Ich denke die ganze Zeit an sie. Wo auch immer ich hingehe, trage ich die Erinnerung an sie mit mir. Doch ich weiß, ich hätte sie nicht retten können.

An jenem Morgen spielte ich immer wieder die Szene durch, in der Herr Abramowitz, die Hände in der Luft, von einer Kugel in den Nacken getroffen wurde. Immer wieder sah ich im Geiste vor mir, wie er die Hände hob, sah, wie das Loch in seinem Nacken erschien, genau unterhalb seines Kiefers. Der Nacken ist *so* ungeschützt. Ein echter Konstruktionsfehler.

Ich verlor mich darin, Herrn Abramowitz' Tod wieder zu durchleben, und bevor es mir bewusst wurde, sprach ich das Kaddisch. Das Kaddisch ist das Trauergebet. Anders als die meisten Gebete spricht man die Worte des Kaddischs zu anderen Menschen, nicht zu Gott. Der Vorbeter ruft die Verse laut aus und die ganze Gemeinde antwortet.

Man darf das Kaddisch nicht allein beten. Es braucht eine Gemeinde. Einen Minjan, mindestens zehn Männer.

Ich dachte an Zippy, eine junge Frau, die mit Tefillin betete und somit gleichzeitig ein Gebot übertrat und erfüllte. Und dasselbe tat ich wohl, als ich das Kaddisch allein in meinem Krankenhauszimmer betete. Aber ich fühlte den Moment der Übertretung nicht. Es fühlte sich richtig an – nach Erfüllen eines Gebots –, diesen Verlust auf meine eigene Art zu betrauern. Kein religiöser Lehrer musste mir die Bedeutung dieses Rituals erklären. Die Bedeutung entdeckte ich in mir selbst.

KAPITEL 15

in dem ich am Rand auf einem Gartenstuhl sitze, sowohl wörtlich als auch bildlich

Einen Monat später heirateten Zippy und Joel. Ich lud Anna-Marie zu der Hochzeit ein. Na ja, eigentlich weiß ich nicht, ob das so stimmt. Ich glaube, sie hat sich einfach selbst eingeladen. Die Hochzeit fand im Garten der Jeschiva statt, und Divis textete nach dem Motto: »**Hey, ich wohne ganz in der Nähe. Ich könnte einfach in einem hübschen Kleid vorbeispazieren, vielleicht lädt mich ja jemand ein.**«

Seit dem Krankenhausbesuch war unsere Beziehung wieder entspannter und wir schrieben uns hin und wieder. »**Das bezweifle ich sehr. Außerdem sollte dein ›hübsches‹ Kleid bis zu den Fußknöcheln reichen, lange Ärmel bis zu den Handgelenken haben und den Nacken bedecken. Passt deins auf diese Beschreibung?**«

»Nein. Ich denke, ich muss mir ein anderes besorgen.«

»**Nein, musst du nicht. Du bist gar nicht eingeladen.**«

Wenn ich jetzt darüber nachdenke, war es Zippy, die sie einlud oder darauf bestand, dass ich sie einlud.

Anfangs war ich gekränkt wegen Anna-Maries Faszination für meine Familie und meine Religion. Denn ich hatte das Gefühl, es ging ihr gar nicht um mich als realen Menschen. Ich kam mir vor, als würde Anna-Marie mich wie in so einem Schaukasten im Museum betrachten. Außerdem hegte ich den Verdacht, dass sie auch deshalb gern Zeit mit mir verbrachte, weil sie damit ihre Mutter ärgerte.

Andererseits, fand nicht auch ich sie aus ganz ähnlichen Gründen interessant? Und obwohl meine anderen Freunde wieder mit mir reden durften, war es schwierig, mit ihnen in Kontakt zu bleiben, wenn ich sie nie sah.

In der verbleibenden Phase der Notenvergabe ging ich nicht in die Schule, weil ich fast jeden Tag Physiotherapie und Traumatherapie hatte. Ich sollte meine Hausaufgaben »asynchron« machen, was für mich »gar nicht« hieß.

Außerdem machte es meinen Vater jedes Mal rasend, wenn Anna-Marie da war, aber wegen dem, was Rabbi Taub gesagt hatte, konnte er nichts dagegen tun. Wäre ich so fies wie Chana, dann würde ich im ganzen Haus Bilder von Anna-Maria aufhängen, nur um ihn zu quälen. Hätte ich mehr Geld, könnte ich eine lebensgroße Pappfigur von ihr kaufen und sie in der Küche direkt neben der Kaffeemaschine aufstellen.

Noch dazu meinte der Traumatherapeut, es tät mir und Anna-Marie gut, Zeit miteinander zu verbringen. Auch wenn wir über das Trauma selbst nicht sprächen, könnte uns das Zusammensein helfen, es zu verarbeiten.

Bei der Hochzeit jedoch war genau das der Haken: Hier durften wir nicht zusammen sein. Genau wie in der Synagoge sind die Geschlechter bei einer Hochzeit getrennt. Ich war auf der Männerseite und unter normalen Umständen hätte ich mit Joel, meinem Vater und allen anderen getanzt. Aber mein linker Arm lag noch immer in einer Schlinge, und es schmerzte, wenn ich tanzte.

Ich setzte mich abseits an den Rand und schlürfte Saft aus einer Plastiktasse. Ich sann darüber nach, wie ironisch es war, dass ausgerechnet ich das Wohnhausprojekt gerettet hatte, dass der

Rest der Gemeinde es mir zu verdanken hatte, wenn sie nächsten Herbst dort einziehen könnten. Doch niemand dankte es mir, aber dank Rabbi Taub nahmen die Leute wieder Blickkontakt mit mir auf, was ziemlich cool war – es ist schön, wenn Menschen dich wahrnehmen.

Ich war in Gedanken verloren, darum dauerte es einen Moment, bis ich bemerkte, wie Mosche Zvi einen Stuhl zu mir heranzog. Er war verschwitzt vom Tanzen. Ich hatte ihn seit dem ... Vorfall nur ein paar Mal gesehen und immer nur in der Synagoge. Doch wir hatten kein einziges Wort gewechselt. Ich war noch immer böse auf ihn, weil er mich nicht im Krankenhaus besucht hatte.

Er sah mich nicht an. Ich sah ihn nicht an. Wir blickten auf die Tanzfläche, beobachteten, wie alle anderen, die Ellbogen ineinander verhakt, in ihren schwarzen Anzügen herumwirbelten.

Ich hatte dem Getanze schon fast eine Stunde zugeschaut. Auf der Wasserstein-Hochzeit ein Jahr zuvor hatte auch ich getanzt, war dort ganz genauso mit Freunden und der Familie herumgewirbelt. Damals hatte ich mich zugehörig gefühlt, als würde ich genau in diese Gemeinschaft hineinpassen. Aber jetzt fühlte ich mich wie ein Außenstehender, unsicher, wohin ich passte, ob ich überhaupt irgendwohin passte.

»Passen« war genau das richtige Wort. Denn die ganze Sache war wie eine Jacke, die mir nicht mehr richtig passte. Aber es war gleichzeitig auch die einzige Jacke, die ich hatte. Darunter war ich nackt. Ich wollte sie nicht wirklich tragen, aber ich konnte sie auch nicht ausziehen, denn was sollte ich stattdessen überstreifen?

»Hi«, sagte Mosche Zvi.

Ich sagte nichts. Ich sah ihm an, dass er sich unwohl fühlte, und das sollte auch ruhig so bleiben.

»Hoodie«, sagte er. Er musste sich anstrengen, um über die laute Musik hinweg zu sprechen.

»Sprich, Mosche Zvi. Wenn du etwas zu sagen hast, sag es.«

»Schön, schön. Sehr gut. Ich will dir nur sagen, dass ich dich nicht besucht habe, weil ... Mein Vater und ich sind verschiedener Meinung. Ich ... Nach dem ganzen Vorfall habe ich die Gemara zum Traktat Sanhedrin noch einmal studiert, um es selbst besser zu verstehen. Darin heißt es: ›Wer ein einziges jüdisches Leben rettet, der rettet die ganze Welt.‹ Dem entnehme ich, dass das jüdische Leben wichtiger ist als alles andere. Und das glaube ich auch immer noch. Aber kurz darauf wird derselbe Satz wiederholt, doch dieses Mal ohne den Zusatz ›jüdisch‹. Da heißt es: ›Wer ein einziges Menschenleben rettet, der rettet die ganze Welt.‹ Ohne nähere Bestimmung. Es heißt einfach ›Seele‹, also ›Leben‹. Damit könnte jeder Mensch gemeint sein, jüdisch oder nichtjüdisch.«

Wir schwiegen für eine Minute.

»Ist das deine Art, dich zu entschuldigen?«, fragte ich. »Willst du mir sagen, dass du zu mir stehst?«

Er schwieg. Ich verstand das als ein Ja.

»Sehr gut«, sagte ich. »Ich akzeptiere deine Entschuldigung.« Ich hatte ja auch nicht wirklich eine andere Wahl.

Er erwartete offensichtlich, dass wir uns die Hand geben oder uns umarmen würden. Aber ich ließ ihn hängen. Sollte er sich ruhig noch ein bisschen länger unwohl fühlen.

»Es freut mich, dass du mit deinem Lernen weiterkommst«, sagte ich zu ihm. Dann zückte ich mein Telefon, um zu zeigen, dass unsere Unterhaltung beendet war. Ich tat so, als hätte ich gerade eine Nachricht erhalten, schielte auf das Telefon, als würde ich lesen. Dann bekam ich wirklich eine Nachricht. Es war Anna-Marie. »**Ich glaube, ich gehe nach Hause**«, schrieb sie.

»Willst du die Abkürzung an meinem Stuhl vorbei nehmen?«, schickte ich zurück.

Sie antwortete nicht, aber ich konnte sehen, wie sie um die Ecke eines der Schuhkartongebäude bog. Mosche Zvi sah sie auch kommen. Ich konnte die Angst in seinen Augen sehen. Er stand auf, tätschelte mir die Schulter und ging zurück zur Tanzfläche.

Ich schob Mosche Zvis Gartenstuhl ein Stück weg von mir, damit Anna-Marie nicht direkt neben mir saß. Sie setzte sich. Ein Ausdruck der Erleichterung breitete sich auf ihrem Gesicht aus.

»Was ich nicht verstehe, ist«, sagte sie, »verheiratete Paare dürfen sich berühren, richtig? Aber auf einer Hochzeit können sie nicht zusammen tanzen.«

»Man berührt einander nicht in der Öffentlichkeit«, erklärte ich ihr. »Man stellt seinen Körper nicht zur Schau.«

Sie sah mich an, versuchte wie immer herauszubekommen, ob ich diesem Gebot zustimmte oder nicht, ob es mich verletzen würde, wenn sie widersprach.

»Es fühlt sich einfach nicht *wichtig* an für mich«, sagte sie. »Du kannst dich nicht um alles kümmern. Warum die Zeit mit Dingen verbringen, die … nicht wichtig sind?«

»Wenn du glaubst, dass Gott sich darum kümmert, dann ist es das *Wichtigste*, das es gibt«, sagte ich.

»Das kann ich mir vorstellen«, sagte sie. »Es ist gar nicht so sehr verschieden von dem Kram, wegen dem meine Mutter sich verrückt macht.«

Sie war für einen Moment still.

»Ich will nicht fanatisch sein, Hoodie. Ich will vernünftig sein. Ich will mich weiterhin um Dinge kümmern, die bedeutend sind. Sind wir etwa alle nur zu Fanatikern bestimmt, jeder wegen einer anderen Sache?«

»Ich weiß nicht, ob ›bestimmt‹ das richtige Wort ist. Du hast dabei *ein Wörtchen* mitzureden. Aber das ist eben das Schwierige: die Wahl. Wenn du ein Kind bist, wählen andere alles *für* dich. Jemand anders wählt den Pfad, den du gehen sollst. Und wenn du erst in das Alter kommst, in dem du eine Wahl auch rückgängig machen kannst, bist du schon ziemlich weit gegangen. Es ist ein weiter Weg zurück.«

»Denkst du, es ist es trotzdem wert? Um zu sein, wer du bist? Oder zumindest, wer du sein möchtest?«

»Ja. Das denke ich. Aber es gibt noch immer einen kleinen Teil in mir, der wünscht, ich *müsste* gar keine Wahl treffen. Würde ich jetzt in diesem Moment von einem tollwütigen Waschbären gebissen und bekäme Schaum vor dem Mund, müsste ich mir um Wahlmöglichkeiten keine Sorgen machen. Es läge dann alles nicht mehr in meinen Händen. Und es wäre *leichter*. Ich könnte einfach mit dir tanzen, und niemanden würde es kümmern, denn infolge meiner Tollwut wäre es nicht mehr meine Wahl.«

Wir saßen für einen Moment still da. Nein, es war nicht wirklich still. Die Musik wummerte. Man konnte sie wahrscheinlich eine Meile weit hören.

Wir durften nicht *zusammen*sitzen, darum schauten wir nicht in dieselbe Richtung. Aber Anna-Marie erhaschte einen Blick auf mich. »Warte. Dann tanze ich in diesem Szenario also mit einem *tollwütigen* Menschen? Warum sollte ich das tun?«

»Fairer Einwand.« Ich lachte. »Der Punkt ist einfach, dass ... Weißt du was? Vergiss es. Soll ich uns ein bisschen Wein herschmuggeln?«

»Ja, bitte«, sagte Anna-Marie. »Ich dachte, wenn ich zu der Hochzeit gehe, ärgert sich Monica ziemlich. Aber wenn ich betrunken nach Hause komme, das wird ... Wahnsinn. Das gibt *Feuer*.«

Ich ging zu dem Tisch mit den Getränken hinüber, nahm zwei Plastikbecher und füllte sie mit koscherem Wein. Es war kein wirkliches Schmuggeln. Wenn du groß genug bist und an den Tisch mit dem Wein heranreichst, darfst du auf einer Hochzeit Wein trinken. Ich mochte eigentlich keinen Wein, aber Anna-Marie schien das aufregend zu finden.

Zurück bei den Gartenstühlen, reichte ich Anna-Marie einen Becher. Sie probierte einen Schluck und verzog das Gesicht. »Das ist *viel* zu süß.«

»Also wenn du eine bessere Methode kennst, deine Zähne lila zu färben, ich bin offen für Vorschläge.«

Anna-Marie lächelte mich über den Rand ihres Bechers an. »Bringst du mich nach Hause?«

Ich warf einen Blick auf die Feier. Alles tanzte. Niemand schaute auf uns. Niemand würde mich vermissen. Ich nickte und wir brachen zu dem kurzen Spaziergang auf.

Divis führte mich den Rasen hinunter auf die Straße, aber dort, wo wir links hätten abbiegen müssen, um die halbe Straße zu ihrem Haus hochzugehen, wählte sie stattdessen den Weg geradeaus. Wir gingen die Straße hinauf, an *unserem* Baum vorbei, obwohl ich Zweifel hatte, ob sie bei dem Baum auch daran dachte.

Wir gingen schweigend. Nichts als das Klappern unserer Abendschuhe auf dem Bürgersteig und das entfernte Summen der Musik waren zu hören.

Es ist witzig: Angeschossen zu werden war besser, als abgewiesen zu werden von dem Mädchen, das du liebst. Als Anna-Marie mir sagte, dass sie mich nicht ebenso mochte wie ich sie und es auch niemals getan hatte, dachte ich, dass ich sie nie wieder sehen wollte, mich nie wieder wohl in ihrer Gegenwart fühlen könnte.

Aber als ich jetzt mit ihr durch das Wohnviertel spazierte, fühlte ich mich genauso wie vor einiger Zeit, als ich auf ihrer Couch gesessen hatte. Ich fühlte mich zu Hause. Abgesehen von Zippy war Anna-Marie die einzige Person, der ich mich völlig geöffnet hatte. Und sie war die einzige Person, die mein Trauma teilte, die in diesem Horror bei mir gewesen war, im schlimmsten Moment meines Lebens. Es war tröstlich, mit jemandem zusammen zu sein, vor dem man nichts verbergen musste.

Der Spaziergang wurde erst dann unangenehm, als wir das Haus erreichten. Anna-Marie stand am Straßenrand und sah zu mir auf. Als wir uns zum ersten Mal getroffen hatten, waren wir genau gleich groß gewesen, doch in den letzten ein, zwei Monaten war ich einen halben Zoll gewachsen.

Sie nahm einen Schluck aus ihrem Becher und blitzte mir dann ein lila Lächeln zu. »Kannst du den Wein in meinem Atem riechen?«, fragte sie und neigte sich näher zu mir.

Das konnte ich. Sie roch süß, vom Wein und von einem anderen, mehr menschlichen Geruch. Es war berauschend, nicht nur, weil Wein eben berauschend war. »Nein«, log ich.

»Mist. Ich wollte sichergehen, dass meine Mutter es merkt.« Die Sonne ging unter und das Haus hinter ihr war dunkel und leblos. Anna-Marie nahm noch einen Schluck. Dann neigte sie sich noch näher, brachte ihre Lippen dicht an meine. »Wie ist es jetzt?«, fragte sie.

Und dann waren ihre Lippen auf meinen, meine Hand lag auf ihrer Hüfte, und ihre Hand lag auf meinem Arm, was äußerst schmerzhaft war. Aber zumindest schmeckte so der Wein besser.

Als wir die Arme umeinanderschlangen und unsere Münder aufeinanderpressten, zählte ich die halachischen Übertretungen auf, die das bedeutete, aber es war schwierig zu zählen, während sie ihre Finger in meinem Nacken hatte.

Im Krankenwagen hatte ich Gott gelobt, nie wieder eines seiner Gebote zu brechen. Ich versuchte nicht einmal, den Bruch meines Versprechens zu rechtfertigen. Ich hoffte einfach, Gott habe anderweitig zu tun und sehe es zufällig nicht, wie die zwei Jugendlichen sich am Straßenrand der ruhigen Vorstadt küssten.

Nach einem Moment zogen wir uns beide zurück und standen eine Armlänge voneinander entfernt. Mein Herz pochte und mein Atem ging schnell und kurz. Über Anna-Maries Schulter sah ich ein Licht im Haus flackern und die Bürgermeisterin erschien. Sie stand am Wohnzimmerfenster und starrte.

Anna-Marie schaute sich um, sah ihre Mutter und grinste sie an. Dann machte sie wieder einen Schritt auf mich zu, legte ihren Arm auf meinen für einen zweiten Anlauf.

Ich zuckte und fuhr zurück. »Es tut mir leid, es ist nur mein Arm. Falls du dich erinnerst, ich habe dort eine Schusswunde, und es tut weh, wenn du –«

»Oh, entschuldige, ich …«

Aber der Arm war eine Ausrede. Das war nicht der Grund, warum ich mich zurückzog. Anna-Marie zu küssen war absolut atemberaubend und ich würde die starken Beschwerden im Schlüsselbein dafür gern ertragen.

Ich war mir nur nicht sicher, ob ich bereit war zu dem, was es bedeutete, sie zu küssen.

Ich war mir nicht sicher, ob ich den besten Freund, den ich eben zurückgewonnen hatte, verlieren wollte, die Gemeinde, die mich größtenteils wieder akzeptierte, die Familie, die mich wieder herzlich in ihrem Kreis aufgenommen hatte. Sie konnten damit klarkommen, dass ich Zeit mit ihr verbrachte, aber *das* hier war eine völlig andere Sache. Außerdem gab es offenbar eine Grenze für die Anzahl der Gebote, die ich selbst gleichzeitig brechen konnte.

Und falls ich Anna-Marie jemals wieder küssen würde, dann sollte das passieren, weil wir einander liebten. Und wenn Divis sich umdrehte, um sicherzugehen, dass ihre Mutter auch zuschaute, dann gab mir das zu denken, wie viel von dem Kuss Liebe für mich und wie viel Hass gegen Monica er enthielt.

»Das ist eigentlich nicht wahr«, sagte ich. »Ich meine, es *tut* weh. Aber nicht darum – ich will nur … Ich weiß einfach nicht, ob ich schon bereit dafür bin. Und auch nicht mit Gewissheit, ob ich es jemals sein werde. Ich bin einfach nicht sicher, und ich glaube, es ist nicht fair, dich in einer Situation zu lassen, wo ich ständig vor und zurück schwanke. Es hat mit der Wahlmöglichkeit zu tun, von der ich in dem Gleichnis vom Waschbären gesprochen habe. Oder du kannst auch sagen, es ist wie ein Mantel, aber darunter bist du nackt, und selbst wenn du die Jacke nicht *magst*, sie auszuziehen ist es eine ziemlich große –«

»Hoodie?«

»Und erinnerst du dich, als du mir gesagt hast, du könntest ehrlich mit mir sein, *weil* wir aus verschiedenen Welten kommen? Als ich später darüber nachgedacht habe, hat es wehgetan, weil ich dachte, es geht gar nicht um *mich*. Es ging nur darum, wer ich war. Aber jetzt verstehe ich es und ich fühle ganz genauso. Wir haben etwas, das uns gehört und niemandem sonst, und ich will einfach nicht –«

»Hoodie.«

»Ja?«

»Du kannst aufhören, ich habe es verstanden.«

Sie tätschelte meine andere Schulter, nahm einen letzten Schluck aus ihrem Becher und verschwand in Richtung Vordereingang, wo das Rasenschild gestanden hatte.

Ich betrachtete sie vom Straßenrand aus, während ihre Mutter sie vom Fenster aus betrachtete. Als die Bürgermeisterin zu mir hinüberschaute, winkte ich ihr zu. Sie trat vom Fenster zurück und öffnete ihrer Tochter die Tür.

Ich ging die Straße hinauf, fühlte mich leer. Auf der Hochzeit gab es genug Essen, damit würde ich mich jetzt vollstopfen.

Nach der Heirat zog Zippy aus. Ich hatte immer gedacht, das Haus würde düster und kalt sein ohne sie. Und es war auch tatsächlich düster und kalt für mich, aber nicht nur, weil sie fehlte. Als sie fortging, nahm sie ihr Laptop mit, mein Vater kappte die Internetverbindung und ich versank in dunklen Zeitaltern.

Damit verlor ich meine Hauptverbindung zur Welt. Ich hatte mich daran gewöhnt, Nachrichten online zu lesen, durch Kommentare zu scrollen, zu verfolgen, wie Internettrolls ihr antisemitisches Gift versprühten. Es war verstörend, aber so wusste ich zumindest, was in der Welt vor sich ging.

Es gab auch noch andere Streitpunkte. Plötzlich war ich der Älteste. Das älteste Kind in der Familie zu sein, brachte wichtige Verantwortung mit sich. Beispielsweise schrieb Mutter mir manchmal aus ihrer Zimmerecke oben eine Nachricht, dass ich »den Ofen auf 350 vorheizen sollte«. Und ich musste herausbekommen (ohne die Hilfe von Rabbi Google), welche von den Maschinen der Ofen war, wie man ihn einschaltete und auf 350 *was*?

Selbstverständlich »Grad«. So instruierte mich Zippy über das Telefon. Ich rief meistens einfach Zippy an. »Fahrenheit«, präzisierte sie. »Eigentlich«, fuhr sie fort, »ist heute ein guter Tag für dich, um es zu verpatzen. Ich möchte gern, dass du das Knoblauchbrot verbrennst.«

»Du *möchtest* gern, dass ich –«

»Ja, bis zur Unkenntlichkeit. Dann verbreitet es im ganzen Haus den Geruch von Verbranntem. Ich brauche einen Vorwand, um rüberzukommen und die Situation zu retten. Ich habe nämlich etwas für dich.«

Ich tat, wie mir geheißen wurde. Ich »vergaß« völlig, die Zeitschaltuhr zu setzen, und »erinnerte« mich erst, als der Rauch in kleinen Schwaden aus dem Ofen aufstieg.

Es war gar nicht so leicht, so zu tun, als wäre ich zu abgelenkt gewesen, um an das Brot zu denken. Bis zur zweiten Phase der Notenvergabe ging ich nicht wieder in die Schule und langweilte mich zu Tode. Ich hatte Zuflucht bei jüdischen Büchern gesucht, die allerdings auch, wie man zu meiner Verteidigung sagen muss, der einzige Lesestoff im Haus waren, abgesehen von den Rückseiten der Shampooflaschen oder meinen Hausaufgaben.

Als meine Mutter oben auf dem Treppenabsatz erschien, um mich darüber zu informieren, dass der verbrannte Geruch sie von ihrer Arbeit »ablenkte«, versicherte ich ihr, dass Zippy jede Minute da sein müsse, um das Problem zu lösen.

Zippy bereitete uns ein erstklassiges Abendessen zu: Nudeln, Knoblauchbrot, Salat. Danach räumten ich und sie die Küche auf, während meine Eltern sich nach oben zurückzogen, um zu arbeiten, und die Mädchen nach draußen gingen, um zu sehen, welche schönen Herausforderungen an Gras- oder Schlammflecken sie dem neuen Wäscheverantwortlichen der Familie (mir) bescheren konnten.

Als das Geschirr auf dem Abtropfgestell stand, die Sonne untergegangen und die Küche dunkel war, saßen Zippy und ich allein am Tisch. Wir schwiegen einen Moment. Dann griff Zippy in ihre Tasche unten neben ihrem Stuhl. Sie zog einen rechteckigen Gegenstand hervor, legte ihn auf den Tisch und schob ihn mir zu.

Es dauerte eine Sekunde, bis sich meine Augen an das Dunkel gewöhnt hatten und ich sah, was es war: ein iPhone.

»Was ist das?«, fragte ich.

»Das ist ein Smartphone, Hoodie. Du hast sicher schon einmal eins *gesehen* an irgendeinem –«

»Nein, ich weiß, was das *ist*. Ich meinte nur ...« Einige meiner Freunde hatten Smartphones, aber alle mit eingebautem Filter, also im Grunde wie Klapphandys, nur eben nicht zum Aufklappen.

»Ich muss jetzt nach Hause, und ich habe keine Ahnung, wann Papa runterkommt. Also mache ich es kurz. Das Telefon hat keinen Filter. Und für deine Zwecke lässt sich auch nichts zurückverfolgen, denn es läuft auf Joels und meinen Vertrag. Ist also der reine Stoff, Hoodie. Wenn du – ich weiß nicht –, wenn du Pornos willst, kriegst du Pornos.«

»Kannst du dich dazu etwas klarer ausdrücken?«, fragte ich. »Nur so, aus reiner Neugier, wie finde ich damit Pornos? Frage ich einfach Siri? Siri, zeig mir Pornos.«

Ich machte Witze, aber Zippy lachte nicht. »Du musst es erst einschalten«, sagte sie.

»Das war meine komische Art, mich bei dir zu bedanken.«

»Ich weiß«, sagte sie. Sie schaute aus der Küche in den dunklen Flur. Sie sprach schnell und leise. »Hör zu, diese Religion, dieses Leben ist nicht perfekt. Wenn du von der Tradition erwartest, dass sie perfekt ist, wird sie dich enttäuschen. Wenn du von den Menschen um dich herum erwartest, dass sie rein und fromm sind, werden sie dich ebenfalls enttäuschen. Aber es gibt nicht den einen richtigen Weg. Glaube niemandem, der dir etwas anderes erzählt. Und es gibt Schlupflöcher. Es gibt VPNs, die Wi-Fi-Filter umgehen. Es gibt geheime, ungefilterte Telefone. Was du mit diesen Sachen machst, liegt an dir. Du kannst mit Siri Pornos anschauen oder Talmudstunden auf YouTube streamen. Das ist deine Wahl. Wie auch immer, mehr kann ich nicht tun.«

Ich fuhr das Telefon hoch.

Zippy stand auf, warf sich ihre Tasche über die Schulter, ging auf die Küchentür zu und blieb stehen. »Noch etwas«, sagte sie. »Nur damit wir uns darüber im Klaren sind: Wenn Papa das herausfindet, streite ich es ab.«

»Du wirst einfach lügen wegen des Telefons?«, fragte ich.

»Welches Telefon? Ich weiß nicht, wovon du redest. So ein Ding könnte womöglich nichts Gutes bedeuten. Der einzige Weg, ein rechtschaffenes Leben zu führen und nicht in Versuchung zu geraten, ist strikter Gehorsam und Entsagung.«

Zippy verschwand aus dem Haus und ich nach oben in mein Schlafzimmer.

In der folgenden Stunde machte ich mich daran, verschiedene Social-Media-Apps herunterzuladen und durch endlose Mengen an Fotos und Videos zu scrollen. Dann machte ich, bevor ich kneifen konnte, ein Foto von mir, wie ich im Bett lag, und sandte es an Anna-Marie. »**Schau, ich poste mein erstes Selfie, mache ich es richtig?**«

Seit unserem gescheiterten Weinkuss hatte ich nicht mehr mit Anna-Marie geredet, und ich sorgte mich, dass sie nicht antworten würde. Abgesehen von dem Telefon war sie meine einzige Verbindung zu dieser anderen Welt. Und sie war die einzige Person, die mein Trauma mit mir durchgestanden hatte. Und ich mochte sie. Sie war mir wichtig. Sie musste einfach antworten.

Ein paar Minuten verstrichen. Doch gerade als ich mich damit abfinden wollte, dass ich nie wieder von ihr hören würde, textete sie zurück.

»**Lmfao**«, schickte sie mir, zusammen mit einem Haufen lachender-weinender Emojis. »**Du hast nichts ›gepostet‹. Du hast mir nur ein gruseliges Foto von dir geschickt, von einer Nummer, die ich nicht mal kenne. Wie ein schlechter Stalker. Und** tbh, der kleine Schnurrbart, den du dir wachsen lässt, macht es nur schlimmer.«

Ich strahlte das Telefon an.

Dann schickte ich ihr ein Video-Loop-Dings von einem Baby, das auf einem Tisch tanzt, dann eines von einer Katze, die etwas von einem Tisch herunterstößt, dann einen Hund, der auf einem Laptop tippt, dann eine Frau an einem Bürotisch, die in Feierstimmung die Arme durch die Luft schwenkt. »**Wie ist es jetzt?**«, schrieb ich. »**Mache ich es jetzt richtig?**«

Sie sandte mir den Loop mit einer Frau, die wütend den Kopf schüttelte. »**Ich denke, man kann dich trainieren. Wir können damit anfangen, an deinem gif game zu arbeiten. Es ist ganz einfach: Lass die Finger davon.**«

Ich legte das Telefon neben mich und starrte an die Decke. Langsam versank ich in den Wasserflecken und gewundenen Ritzen des Putzes.

Ich überlegte, ob ich sie noch immer liebte. Ich war mir nicht sicher. Vielleicht hatte sie recht, als sie mir sagte, ich hätte keine Ahnung, was Liebe wirklich war – Anna-Marie hatte oft recht. Doch ich wusste sicher, dass ich sie in meinem Leben brauchte, und vielleicht war dieses Bedürfnis eine Art Liebe.

Das Telefon summte auf der Bettdecke. Es war eine weitere Nachricht von Anna-Marie, irgendein Link.

Ich klickte darauf. Es war die Internetseite der New York University. Als ich runterscrollte, sah ich, warum sie es geschickt hatte. Dort stand, dass die NYU eine Vereinbarung mit der Yeshiva University hatte, sodass NYU-Studenten Kurse an der YU belegen konnten und umgekehrt.

»**Können wir Kurse zusammen belegen?**«, schrieb ich.

»**Ja. Aber du musst zur NYU kommen. Ich trage keine langen Röcke.**«

Ich musste an meinen Noten arbeiten, um an der YU aufgenommen zu werden, aber das erzählte ich Divis nicht. Es waren noch ein paar Jahre bis zum College. Wichtig war, dass wir bis dahin befreundet blieben.

Ich sandte ihr zwei Spider-Men, die aufeinander zeigten.
»**Kennst du dieses Meme?**«
»**Ich kenne alle Memes, Hoodie.**«
»**Kannst du es mir erklären?**«
»**Wie viel Zeit hast du?**«
»**Alle Zeit, -s, alle Zeit.**« Wenn ich die Wahl hätte, würde ich einfach nonstop bis zum Sonnenuntergang am Freitag mit Anna-Marie hin- und herschreiben. Und dann, denke ich, würde ich, wenn ich dort stehen würde, über diese Brücke gehen – oder auch nicht.

DANK

Ein Buch ist ein Gemeinschaftswerk, und diesen Roman gäbe es nicht ohne die großartige Arbeit von einigen wirklich besonderen Menschen. Mein tiefster, aufrichtiger Dank geht an …

Meine Agentin Rena Rossner. Schon nach unserem ersten Gespräch war mir klar, dass du die perfekte Partnerin für dieses Projekt und für mich bist. Danke, dass du mir bei der Überarbeitung des Manuskripts geholfen und einen so wundervollen Platz dafür gefunden hast. Du lässt dich von einem echten Neurotiker wie mir nicht verrückt machen. Ich bin sehr glücklich, deine Unterstützung zu haben.

Meine Verlegerin Talia Benamy. Du hast diese Geschichte vor dir gesehen und zum Leben erweckt, als sie noch gar nicht zu Ende geschrieben war. Deine Hingabe, Großzügigkeit und Aufmerksamkeit fürs Detail beeindrucken mich und machen mich ein bisschen verlegen. Danke, dass du dieses Buch in die Welt begleitet hast. Ich bin dir so dankbar.

Roz Warren. Danke, dass du jedes Wort von mir gelesen und mich ermutigt hast, das meiste davon zu streichen. Dank deiner Ehrlichkeit, deines Sinns für Humor und deines scharfen Auges ist jedes meiner Manuskripte besser geworden. Und damit kein Missverständnis entsteht: Das scharfe Auge ist hier metaphorisch gemeint. Deine Sehkraft ist miserabel. Sie besorgt mich.

Michael Deagler und Rob Volansky. Ohne euch hätte ich vermutlich vor Jahren mit dem Schreiben aufgehört. Das Schriftstellerleben kann einsam und frustrierend sein, und ohne die Kameradschaft und Unterstützung, die mir eure Freundschaft gewährt, wäre ich allein im Dunkel gewandelt. Ganz zu schweigen davon, dass ihr in den letzten zehn Jahren entscheidend dazu beigetragen habt, dass ich mich als Schriftsteller weiterentwickele. Ich schulde euch beiden unendlich viel.

Meine Familie: Meine Frau, Eltern, Schwester, Großeltern. Ihr habt mich auf unzählige Weisen unterstützt und ich werde euch niemals genug danken können.

Dich, den Menschen, der eben dieses Buch gelesen hat, denn auch dir ist es zu verdanken, dass mein lebenslanger Traum wahr werden konnte. Ich hoffe, du hast es gern gelesen. Und falls nicht, dann entschuldige ich mich. Die Zufriedenheit meiner Kunden liegt mir am Herzen. Ich versuche, es beim nächsten Mal besser zu machen.

Wenn die Welt verschwindet

Christian Duda

Baumschläfer

Roman
Ab 16 Jahre
Gebunden, 196 Seiten (75685)
E-Book (75686)

Der 24. Januar wird für Marius zum Wendepunkt in seinem Leben. Der Tag, an dem seine Mutter stirbt. 33 Messerstiche katapultieren Marius aus seiner Familie, hinein in den freien Fall. Er lebt auf der Straße, baut sich zwischen Mülltonnen eine Bleibe aus Kartons, erfährt wütende Tritte ebenso wie Hilfsbereitschaft. Doch er lebt längst nach seinen eigenen Regeln: Traue niemandem. Glaub kein Wort. Alle lügen. Bis zu einer Nacht, in der ihn die knorrigen Zweige einer Eibe umfangen.

Duda erzählt frei nach einer wahren Begebenheit. Ein intensiver Roman, der lange nachhallt.

www.beltz.de

How to date an Alien

Cornelia Travnicek
Michael Szyszka (Ill.)

Harte Schale, Weichtierkern

Roman
Durchgängig vierfarbig illustriert
Klappenbroschur, 126 Seiten
Beltz & Gelberg (75645)

Der Oktopus: kaum erforscht, Einzelgänger, undurchschaubar, seiner Umwelt überlegen – ein bisschen wie ein Alien. Und ein bisschen wie Fabienne, 16.
Fabienne hat sich gerade von ihrem Freund getrennt und damit auch ihre Freunde verloren. Hilfesuchend macht sie einen Termin mit einem Psychologen – und erfährt die Diagnose: Asperger. Vielen Dank auch! Aber damit kommt sie klar und andere müssen das jetzt auch! Selbstbestimmt versucht sie neue Freunde zu finden – und ein Sexualleben.
Michael Szyszka erfasst Fabiennes Beobachtungen und bissige Analysen ihrer Umwelt und verwandelt sie in bunte, wilde Collagen. Facettenreich, und schillernd – genau wie ein Oktopus.

www.beltz.de **BELTZ & Gelberg**

Ihr wollt Gerechtigkeit?
Wir holen sie uns!

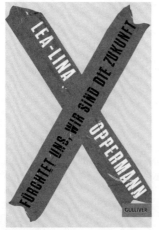

Lea-Lina Oppermann

Fürchtet uns, wir sind die Zukunft

Roman
Klappenbroschur, 296 Seiten
Beltz & Gelberg (75580)
Taschenbuch (81298)
E-Book (75581)

Als der Klavierstudent Theo auf die charismatische Aida trifft, stürzt sein Weltbild in sich zusammen. Aida kämpft mit der ZUKUNFT gegen die Machtstrukturen an der Akademie. Die Studenten prangern Missstände an, wollen wachrütteln und das Leben feiern. Fasziniert lässt sich Theo von Aidas feurigen Reden mitreißen und folgt den waghalsigen Aktionen der ZUKUNFT. Bis er etwas Ungeheuerliches erfährt.

www.beltz.de

Diese verdammte Wut!

Juliane Pickel

Krummer Hund

Roman
Ab 14 Jahre
Gebunden, 264 Seiten (75875)
Taschenbuch (81299)
E-Book (75875)

Daniel ist vor allem eins: wütend. Immer wieder hat er diese »Anfälle«, bei denen er die Kontrolle verliert und zuschlägt. Seit sein Vater weg ist, schleppt seine Mutter einen Typen nach dem anderen an. Ihr neuester Freund ist ausgerechnet der Doc. Der Mann, der seinen Hund eingeschläfert hat. Trotzdem beginnt er, ihn zu mögen. Als nach einer Party ein tödlicher Unfall geschieht, hat er einen schrecklichen Verdacht.

Nominierung für den Deutschen Jugendliteraturpreis

Peter-Härtling-Preis 2021

LUCHS des Jahres 2021 *(ZEIT / Radio Bremen)*

www.beltz.de **BELTZ & Gelberg**

Die Straße bleibt in meinem Kopf

Dominik Bloh

Unter Palmen aus Stahl

Die Geschichte eines Straßenjungen

Mit Fotos
Ab 14 Jahre
Taschenbuch, 184 Seiten (81256)

Dominik Bloh war noch ein Teenager, als seine Geschichte auf den Straßen Hamburgs begann. Seine Kindheit war geprägt von Lügen, Gewalt und Drogen. Mit 15 sind Gangster seine Idole, mit 16 wirft ihn die psychisch kranke Mutter aus der Wohnung. Es folgt die Obdachlosigkeit: nicht wissen, wohin, ständig in Bewegung sein, Hunger, Kälte und Einsamkeit. Trotz allem versucht er, ein Maß an Normalität aufrechtzuerhalten. Zwischen Schule, Hip-Hop, Basketballplatz und dem Überlebenskampf auf der Straße.

»Dominik Bloh schreibt schockierend, berührend, vor allem aber fesselnd.« *Westdeutsche Zeitung, 12.3.2022*

www.beltz.de

BELTZ & Gelberg